सोनमढ़ी चीनी बत्तीसी

(कहानी-संग्रह)

सोनमढ़ी चीनी बत्तीसी

प्रमोद द्विवेदी

हिन्द युग्म

ISBN : 978-93-92820-86-1

प्रकाशक:
हिंद युग्म
सी-31, सेक्टर-20, नोएडा (उ.प्र.)-201301
फ़ोन- +91-120-4374046

मुद्रक : मनीपाल टेक्नोलॉजीज लिमिटेड
आवरण-चित्र : उदय प्रकाश
कला-निर्देशन : विजेन्द्र एस विज

पहला संस्करण : नवंबर 2023
मूल्य : ₹249

Sonmadhi Cheeni Battisi
A collection of short stories by *Pramod Dwivedi*

Published By
Hind Yugm
C-31, Sector-20, Noida (UP)-201301
Phone : +91-120-4374046
Email : sampadak@hindyugm.com
Website : www.hindyugm.com

First Edition: Nov 2023
Price : ₹249

समर्पित उन धीर पाठकों को
जो मेरी कहानी पढ़कर
एक फ़ोन ज़रूर करते हैं।

यूँ ही कोई क़िस्सा-गो नहीं होता

जब कोरोना या हैज़ा फैला हो, तो प्यार कैसे मुमकिन है? ऐसी ही परिस्थिति में गेबरियल गार्सिया मारख़ेज़ को 'लव इन द टाइम ऑफ़ कालरा' जैसा उपन्यास लिखना पड़ा होगा। प्रमोद द्विवेदी की कहानियों के लिए उसी तर्ज़ पर, इन क़िस्सों की केंद्रीयता या इनकी धुरी को खोजा जाय, तो कहना होगा, 'रिश्ते एंड फ़ैमिली इन इंडिया टुडे'। आज के भारत में मानवीय-सामाजिक संबंधों और पारिवारिक रिश्तों-नातों का सकते में डाल देने वाला रोज़नामचा।

ग़ज़ब की पठनीयता और हर वाक्य में व्यंजना, वक्रोक्ति और विडंबनाओं का ऐसा घनत्व कि कोई भी उस्ताद कथाकार या दास्तान-गो अचंभित रह जाय। हमारे आज के लगातार बदलते समाज और संस्कृति के पुराने और नये के बीच की टकराहट को जिस विट और व्यंजना के साथ प्रमोद द्विवेदी प्रकट करते हैं, वह इस मानी में बेजोड़ है कि उनकी वाक्-विदग्धता से कभी भी हास्य का सिरा नहीं छूटता। अतीत के गर्वों-गंभीरताओं के भीतर छिपी निरर्थक और निरंतर अप्रासंगिक होते जाते ग़ुब्बारों की हवा को व्यंजना की सुई से निकालकर जिस ठोस और खुरदुरी ज़मीन पर वे खड़ी कर देते हैं, वह एक साथ त्रासद और कॉमिक की गहरी समझ और उस अंतर्दृष्टि से संभव होती है, जो हर कथाकार

को हासिल नहीं। फिर जनपदीय-देसज हिंदी का वह ठाठ, जो इधर की कहानियों से लगभग विलुप्त या क्षीण होता जा रहा है। पुरबिया और पश्चिमी हिंदी ऐसी विदग्ध बुनाई, जिसका विस्तार कन्नौज से लेकर विंध्य तक, या अवधी, भोजपुरी, बघेली, बुंदेली की विपुल शब्द संपदा ही नहीं, लोकोक्तियों और मुहावरों के सहारे पंजाबी, हरियाणवी और दिल्ली के आसपास की खड़ी बोली या रेख़्ते को अपने भीतर समेटती है।

संक्षेप में यही कि प्रमोद द्विवेदी की कहानियाँ इस संक्रांत समय के अंतर्विरोधों की मार्मिक पड़ताल हैं। इन कहानियों में जीवन की दारुण सच्चाइयों और विद्रूप का जैसा लेखा-जोखा है, वह अपने पाठ में एक साथ करुणा, आँसू और मुस्कान को जन्म देता है। इस संग्रह की कुछ कहानियाँ तो, मेरी समझ से, हिंदी कथा साहित्य की मूल्यवान धरोहर हैं। वे बार-बार पढ़े जाने की माँग पैदा करती हैं। एक ऐसी दृष्टि संपन्न कहानियाँ, जो हमारे समय और समाज की तमाम संकीर्णताओं को उनकी बुनियाद से ख़ारिज करती हुई एक ऐसे पर्यावरण का निर्माण करती हैं, जिसमें समरसता का अनिवार्य मानवीय संगीत है।

इस संग्रह की कहानियाँ समकालीन हिंदी कहानियों के क्षेत्र में एक प्रभावी और अद्वितीय हस्तक्षेप है। इसका भरपूर स्वागत होगा, ऐसी उम्मीद है।

उदय प्रकाश

कहानी-क्रम

अब ख़ुश हैं मिसेज़ ढींगरा

वो तथागत के एकदम सामने वाले फ़्लैट में रहती थीं। सामने का मतलब उसकी बालकनी से उनकी खिड़कियाँ साफ़ दिखती थीं। एक खिड़की किचन की थी, दूसरी ड्रॉइंगरूम की, और तीसरी एक बेडरूम की। बाक़ी दो कमरों की खिड़कियाँ दूसरी तरफ़ थीं।

उसका सीधा नाता सामने की खिड़कियों से था। बिना परदों के ये खिड़कियाँ जैसे उनकी ज़िंदगी की खुली किताब थीं। तथागत के लिए जी बहलाव का साधन। हर चार-पाँच दिन बाद रात बारह बजते ही पाँच फ़ुट ग्यारह इंच लंबे ढींगरा साहब फ़ॉर्म में आ जाते। मुग़ल-ए-आज़म वाले पृथ्वीराज कपूर जैसी गरजीली आवाज़ में मादर के साथ शुरू होने वाली भारतीय गालियाँ निर्मम हस्त संचालन में बदल जातीं। मिसेज़ ढींगरा का देशज आर्तनाद पूरे मोहल्ले को जागृत कर देता। उनके पास सीमित गालियाँ थीं। पर स्त्रियोचित दहाड़ के साथ वो धमकी देतीं, "रुक ओय हरामी! सत्तवीरे के पुत्तर... खसमखाणे... अभी सौ नंबर मिलाती हूँ... तेरा नशा अभी घुसेड़ती हूँ..."

इसके बाद घर की जड़ वस्तुओं के धम-धम गिरने की आवाज़ आती। फिर उनकी मंद होती आवाज़ से इतना ही सुनाई पड़ता कि ढींगरा साहब नारी-विरोधी गालियों से तौबा करते हुए कह रहे हैं, "राजे, तेरी क़सम! साईं बाबा की क़सम! अब से हाथ नहीं उठाऊँगा... ये ल्ले लोढ़े से तू ही तोड़ दे मेरे पापी हाथ... ये दारू बड़ी कुत्ती चीज़ है। अब घर पर तेरे

ही सामने एक-दो पैग लगाऊँगा... साईं बाबा की क़सम!" इसके बाद माहौल ठंडा होता। किचन की खिड़की देखकर पता चलता कि पति-पत्नी सहवास से पहले की अराजकता समाप्त करने के लिए कुछ अच्छा खाने के लिए तत्पर हो चुके हैं।

बहरहाल, इधर दो-तीन महीने से रहस्यमयी शांति थी। लगा कि शिरडी की यात्रा से लौटने के बाद दोनों आदर्श दंपति बन चले हैं। भले ही तथागत के लिए सामने वाली खिड़कियाँ अनुपयोगी लगने लगी थीं। पर एक सुकून था कि स्थिति नियंत्रण में है। देवठान के दिन ढींगरा साहब वीआईपी नंबर वाली एक सफ़ेद फ़ॉर्चूनर भी ले आए थे। इससे साबित हो रहा था कि मंदी के इस दौर में भी उनके घर में ख़ुशहाली की दर घटने की बजाय बढ़ रही है।

पर क्या करें! उनकी ख़ुशियाँ तो जैसे भारतीय मॉनसून की तरह अनिश्चितता की मारी थीं। आज शनिवार के दिन तथागत की छुट्टी थी। वह सिगरेट सुलगाकर रात बारह बजे के क़रीब बालकनी में खड़ा ही हुआ था कि एक बार फिर पूरा मोहल्ला त्रिभाषी (हिंदी-पंजाबी-अंग्रेज़ी) गालियों से गूँज पड़ा। परंपरा के मुताबिक़ अंगूर-ललना की शक्ति से मदमाए ढींगरा साहब दीर्घ गाली-गर्जन के बाद बीवी पर बरस रहे थे। कुछ और पड़ोसी अपनी-अपनी खिड़की और बालकनी पर आ गए थे। कुछ दर्शक बाक़ायदा सपत्नीक थे। जो बच्चे कल इतवार की छुट्टी के कारण जग रहे थे, उन्हें माता-पिता प्यार से अंदर जाने को कह रहे थे।

हमेशा की तरह फिर हिंसा पीड़ित मिसेज़ ढींगरा ने मोबाइल लेकर सौ नंबर का नाम लिया और ढींगरा साहब की स्कॉच निरर्थक हो गई। वे पत्नी की चरणवंदना में लग गए, "तू तो देवी है, हम राक्षस हैं! राजे, माफ़ कर दे!"

इस मक्कार अर्ज़ पर मिसेज़ ढींगरा की फुफकार फ़ना हो गई। गाल से होकर होंठों तक लुढ़क आए आँसू पोछकर नए सिरे से पतिदेव को

समझाने लगी, "कोई नईं जी, सुबह का भूला शाम्मी घर आ जावे तो उसे भूला नहीं कैंदे।"

सौ नंबर की चेतावनी फिर वापस हो गई।

अब वे शांत राजनयिकों की तरह वार्तालाप कर रहे थे। पीली रौशनी के बीच डिनर टेबल पर प्लेटें लग रही थीं। और हमेशा की तरह मिसेज़ ढींगरा की इंतज़ामिया टेर लगी, "परवीण जी, दही खाओगे या फ्रिज में रख दूँ?"

अब तक मर्यादा पुरुषोत्तम हो चुके प्रवीण कुमार ढींगरा साहब बड़े प्यार से बोले, "रैण दे राजे, दही गला ख़राब कर देगा। अब अंदर ही रख दे।"

इस शांति स्थापना के बाद बालकनी में उसका या पड़ोसियों का कोई काम नहीं था।

तथागत अभी वैवाहिक दशा को प्राप्त नहीं हुआ था। जिस फ़्लैट में रहता था, वह उसके क्षेत्र के बाहुबली सांसद गेंदालाल गहोई का था। पारिवारिक संबंध होने के कारण तथागत को फ्री में दे रखा था। इसके एक कमरे का ताला बंद रहता था। यह तभी खुलता, जब नेताजी पार्टी की किसी जूनियर या सीनियर सखी के साथ अंतरंग क्षण बिताने आते। इस मामले में नेताजी कोई उम्रबंधन या जातिबंधन नहीं मानते थे। देश की राजधानी में फ़ुरसतिया और ऐबी चेलों की जमघट और बेलिहाज़ कैमरा जगत की निगाहों से परे, नितांत निजी करमों के लिए ही यह फ़्लैट काम आता था। उनकी सेठानी पत्नी कभी नहीं आईं यहाँ। एक बार अक्षरधाम मंदिर देखने आई थीं, पर नेताजी ने बाहर-बाहर टहला दिया।

ज़ाहिर है, सांसद का फ़्लैट होने के कारण यह मोहल्ले में काफ़ी महत्त्वपूर्ण था। कुछ शांतिप्रिय पड़ोसी तथागत से बचते थे, तो कुछ सोचते थे कि इसके ज़रिए एमपी साहब से कुछ काम बन सकता है। ढींगरा साहब ऐसे ही हवापरस्त पड़ोसी थे। जब भी मिलते, पूछ लेते, "नेताजी

कब आएँगे? आओ जी, चाय-शाय हो जाए।" वह भी टरकाता जाता।

पर आज उसने विचार बना लिया कि कल रात के थप्पड़-मुक्का कांड के बाद मिसेज़ ढींगरा का गोरा मुखड़ा देखना ही चाहिए। देखें तो रात के तूफ़ान के बाद क्या परिवर्तन आया है। आज इतवार था। सुबह दस बजे के क़रीब उसने धड़कते दिल के साथ उनके फ़्लैट की कॉलबेल बजाई। उम्मीद के मुताबिक़ दरवाज़ा मिसेज़ ढींगरा ने ही खोला। फैले हुए सुनहरे झुतरे के बीच झाँकता पीला-सा चेहरा, जिस पर कुछ रात्रिकालीन चिन्हारियाँ नुमाया थीं। निचला होंठ हल्का सूजा हुआ। उनकी रंगत जैसे कह रही थी– दर्द पिनहा का क्या करे कोई...

उसने असमय, बिन बुलाए आने पर क्षमा-याचना की। लेकिन कुछ सुने बिना ही मिसेज़ ढींगरा ने अंदर जाकर धीरे से कहा, "वो सामने वाले आए हैं नेताजी के घर से।"

ढींगरा साहब ने कोई देरी नहीं की। तहमद लपेटे, घुँघराले बालों को अँगुलियों से ठीक करते, ललियाई आँखों पर नज़र का चश्मा लगाकर आ गए। हवापरस्त भाव से हाथ जोड़ते बोले, "महाराज सेवा दस्सो..."

तथागत ने कहा, "सेवा कोई नहीं। परसों नेताजी आ रहे हैं। आपको मिलवाते हैं।"

फिर क्या था! ढींगरा साहब का सारा आलस हवा हो गया। बताने लगे, "एक्चुली, कल थोड़ा देर से आए। करनाल में एक शादी-वादी थी। थककर सो गया... अब बड़े मच्छर-सच्छर हो गए हैं।"

ढींगरा साहब साफ़ झूठ बोल रहे थे। उन्हें शायद आभास ही नहीं था कि जब वे अपनी प्राणेश्वरी की धुनाई कर रहे थे, उसके सजीव प्रसारण का आनंद कई लोग ले रहे थे।

वे बड़े दुलार से पूछ रहे थे, "राजे जी, हम कित्ते बजे आए थे?"

बीती रात की धुनाई बिसारकर राधा-रानी की तरह ठुमकते हुए राजे जी काम में लग गई थीं और ग़ुस्से में पति जी को बता रही थीं, "वो कमीनी

रुख़साना फेर छुट्टी मार गई... अबकी पैसे काटूँगी।" यह कहकर वो अपनी प्रशासनिक क्षमता दिखाना चाहती थीं।

साथ ही, उसी लय में पति के असत्य वचन का भागीदार बनने के लिए बोलीं, "मेरे ख़याल से जब आप आए हो एक्क तो बज गया होगा!"

अब उसकी बारी थी, "भाभीजी आप भी गई थीं?"

"ना जी, ये आपके भइया जी कहाँ ले जाते हैं, जबकि मेरे तो नानके वाले करनाल में ही रहते हैं। वो क्या है न, मेरे को एलर्जी हो रही है, देखो फ़ेस कितना सूज गया है।"

कहकर वे अपना चेहरा क्लोज़अप में दिखाने को क़रीब आ गईं। चेहरा इतना क़रीब था कि वह गाल पर मुस्तक़िल जमे लाल-भूरे तिल तक गिन सकता था। उसे बड़े से लाल चित्ती वाले इलाहाबादी अमरूद की याद आ गई। इस अप्रत्याशित मुँहदिखाई पर तो तथागत ख़ुद लजा गया।

उससे यह असत्य रूप देखा नहीं गया, "भाभीजी, आप सनस्क्रीन लगाओ। आपको धूप सूट नहीं करती।"

"नहीं जी, किसी ने कहा है कि एलोवेरा लगा लो। विटामिन डी के लिए धूप तो लेनी ही पड़ती है। नहीं तो हड्डियाँ कमज़ोर पड़ जाती हैं।"

"नहीं भाभीजी, किसी स्किन वाले डॉक्टर को दिखा दो। कई बार डेंगू में भी ऐसे सिम्प्टम्स होते हैं।" सामान्य स्थिति की बहाली देखकर उसने कहा।

डेंगू के नाम से वो डर गईं, "ऐसा मत बोलो वीर जी।"

और श्रीमान ढींगरा संत भाव से भार्या का मुखड़ा देख रहे थे, जिसका भूगोल विगत रात उन्होंने ही बिगाड़ा था।

ज़िम्मेदार पति और सनातनी संरक्षक की तरह जम्हाते हुए वो बोले, "अरे, तू फटाफट चाय-शाय और मठ्ठी-सठ्ठी ला। कड़कड़डूमा में है एक स्किन वाली डॉक्टर सतीजा, तुझे वहीं दिखा दूँगा। वहीं गाइने वाली मद्रासन डॉक्टर सुधा रेड्डी से मिल लेंगे। तू तेरी सारी रिपोर्ट ले चलियो।"

गाइने वाली बात पर वो थोड़ा संजीदा हो गईं और झूठमूठ सूखी नाक में अँगुली डालकर चलाने लगीं। फिर छिंगुलिया से एक क़तरा निकालकर झामझोला जैसे गाउन में पोंछ लिया।

अब विषय परिवर्तन हो रहा था। दोनों कहानी गढ़े जा रहे थे। कहने की हिम्मत ही नहीं हो रही थी कि यह पपीते जैसा हो चुका मुखड़ा दरअसल बीती रात के गृह-युद्ध का गंभीर परिणाम है। कहने का कोई तुक भी नहीं था।

उसने ढींगरा साहब के हक में फ़ैसला सुनाया, "भाभीजी, ढींगरा साहब सही कह रहे हैं। आप सतीजा को ही दिखाओ। वो कोई बढ़िया क्रीम बता देंगी। धूप लेनी हो तो गर्मियों में सुबह आठ बजे के पहले की धूप लो।"

मामला यहीं समाप्त हो गया। उसके विदा होने से पहले ढींगरा साहब ने अपनी केबल फ़ैक्ट्री का एक काला बैग और मर्दाना परफ़्यूम उसे भेंट किया और साथ ही पूछ लिया, "नेताजी के क्या शौक़-वौक हैंगे?"

तथागत ने ध्यान नहीं दिया, "क्या मतलब?"

"मेरा मतलब कुड़ी-शुड़ी से नहीं था भाई जी... मतलब दारू-शारू..."

उसका जवाब था, "हमारे नेताजी वीररस परंपरा के बनिया हैं, इन चीज़ों से दूर... हाँ किसी का काम लगाना हो तो बता देना। सीधे एटा-मैनपुरी में बॉडी मिलेगी।" वह यह बात साफ़ छिपा गया कि यह फ़्लैट तो कुड़ी-रमण के ही काम आता है।

एटा-मैनपुरी वाली बात पर ढींगरा साहब ने दोनों हाथ कान पर रखते हुए कहा, "ओ भाई साहब बख़्शो। असी बिजनेस वाले पंजाबी हैं... लड़ाई-झगड़े से दूर... ओम साईंराम!"

तथागत ने उनका गौरव बढ़ाया, "क्या बात करते हैं ढींगरा साहब, आपकी बिरादरी से ही निकला था मदनलाल ढींगरा जैसा क्रांतिकारी, जिसने लंदन में कर्जन वाइली को गोली से उड़ाया था।"

ढींगरा साहब को यह इतिहास शायद मालूम था। बोले, "आप तो जी

हमारी हिस्टरी जानते हो।" उसने कहा, "जी, क्योंकि मैं पत्रकार हूँ। और बीएचयू में इतिहास का छात्र रहा हूँ।"

इस मुलाक़ात के बाद उसकी और ढींगरा साहब की दोस्ती बढ़ती गई। उसकी सिफ़ारिश पर एमपी साहब ने एक फ़ोन से उनका काम करा दिया। ढींगरा साहब एक बड़े बिल्डर पशुपति गौड़ से केबल सप्लाई का ठेका लेना चाहते थे। संयोग से वह बिल्डर नेताजी का चेला निकला और ढींगरा साहब का काम बन गया। बाद में उसे पता चला कि एक दिन एमपी साहब के हुमायूँ रोड वाले सांसद निवास पर ढींगरा साहब अपनी पत्नी और साले के साथ हो आए थे।

अब वाक़ई ढींगरा साहब के यहाँ शांति थी। वह जब भी बालकनी में खड़ा होता, उस मंज़र का इंतज़ार करने लगता। पर इधर तो हाल कुछ और ही था। अक्सर कमरे की मंद रौशनी में वो मेहमानों के बीच केहलियाते दिखते। ढींगरा साहब ने वादे के मुताबिक़ बाहर पीना बंद कर दिया था। घर में लघुबार की स्थापना हो चुकी थी। जिन, वोदका, फ़ेनी से लेकर हर ब्रांड की व्हिस्की, स्कॉच तक को दाख़िला मिल चुका था। बीयर को प्राइमरी कक्षा वाला पेय मानकर इसे स्थान नहीं मिल पाया था।

इस आख्यान में यह बताना तो भूल ही गए कि ढींगरा साहब के पास सब कुछ था। पर संतान सुख से वंचित थे। शादी के नौ साल बाद भी मिसेज़ राजेश्वरी ढींगरा माँ नहीं बन पाईं। सारे टेस्ट हो गए। थायरायड नॉर्मल था। अंडाशय, बच्चेदानी, फ़ेलोपिन ट्यूब–सबकी जाँच हो गई। बड़ी मुश्किल से ढींगरा साहब का संतानोपत्ति पक्ष भी जाँचा गया। मिसेज़ ढींगरा बंबई और चेन्नई तक जाकर इलाज करवा आईं। टीवी पर बाबा रामदेव की लंतरानी सुनकर कुछ दिन कपालभाति भी की। एक बार हरिद्वार भी हो आईं। पर घर में ख़ुशी नहीं आई। अक्सर वे चार-चार बच्चों वाली सुखट्टी बाइयों को देखकर सोचतीं कि भगवान भी किसी-किसी में

ऐसी उपजाऊ मशीन फ़िट कर देता है। चलो जी, ये भी साईं कृपा है...

शायद जीवन में यही ख़ालीपन घर में झगड़े की जड़ बन जाता था। जीवन में कई बार इस संतानहीनता से उन्हें उपहास झेलना पड़ा। ग़नीमत थी कि घर में ननदें-सास कभी कुछ नहीं बोलतीं। पर इस मोहल्ले की किटीबाज़ औरतें ऐसी नहीं थीं। कुछ दिन पहले ही छत में शैतानी कर रहे कुछ बच्चों को मिसेज़ ढींगरा ने डाँटकर भगा दिया तो बेअंदाज़ पड़ोसन मिसेज़ टेबरीवाल ने कह दिया, "जिनके बच्चे-फच्चे नहीं होते, वे ऐसा ही करते हैं। भगवान करे इसके पेट से चुहिया भी ना पैदा हो।"

इस भीषण नारी-विरोधी ताने ने उन्हें अंदर से ऐसा तोड़ा कि कई दिनों तक घर से नहीं निकलीं। तिरिया हठ के साथ उन्होंने तय कर लिया कि सन् 2020 आने के पहले माँ बनकर दिखाएँगी इस मारवाड़ी भैंसिया को।

अब यह वो ज़माना तो था नहीं कि सलीम चिश्ती की दरगाह जाने से हमारे शहंशाह ढींगरा की औलाद की हसरत पूरी हो जाती। सरोगेसी की संभावना तलाशी गई। उन्होंने हाल ही में ख़बर पढ़ी थी कि कॉन्ग्रेस की एक बदनाम नेत्री ने सरोगेसी से बच्चे को जन्म दिया है। गूगल में सर्च करके उन्होंने सरोगेसी की प्रक्रिया के बारे में पढ़ा। समझ में आया कि इसमें सिर्फ़ कोख ही दूसरे की होती है–किराये की। इसके लिए माहिर डॉक्टर की खोज शुरू हुई। वह साकेत में मिली। संयोग से वह उसकी सहेली ममता कंसल की सहेली निकली। नाम था-डॉक्टर बरखा दत्त। मीडिया वाली बरखा दत्त से ज़्यादा लंबी और सुंदर।

जर्मनी से पढ़कर आई डॉक्टर बरखा ने सारी जाँच के बाद अपनेपन से सुझाव दिया, "क्यों शरीर की छीछालेदर करवाने का शौक़ है। मन बनाओ, अपने पास कुछ एक्सीडेंटल माँएँ आती हैं। हर बिरादरी की कुँआरी लड़कियाँ। जैसा चाहिए उतने रेट में बच्चा दिलवा देती हूँ। पूरी प्राइवेसी रहेगी ज़िंदगी भर। एक और तरीक़ा है–नौ महीने पेट फुलाकर नाटक करो। जिस डेट में बच्चा चाहिए, मिल जाएगा। कह देना कि

डिलीवरी हुई है। अब यह च्वॉइस कर लो कि लड़की चाहिए कि लड़का। कास्ट की च्वॉइस तो हो नहीं सकती। सब बच्चे परमात्मा के हैं मेरी नज़र में।"

इस सौदेबाज़ी से एकबारगी तो मिसेज़ ढींगरा हिल गईं। बच्चे के रेट जैसे अमानवीय शब्द से ही उनका कलेजा लरज़ गया।

उन्होंने सारा मामला दुनियादार ढींगरा साहब पर डाल दिया।

काल चिंतन के बाद पति-पत्नी में रज़ामंदी होते ही उनका पेट की चर्बी बढ़ाने वाला खान-पान बढ़ गया। बाज़ार में वैलक्रो वाला ख़ास रुईदार पैड लाकर गर्भवती बनने का नाटक शुरू हुआ। चार माह बाद पैड ने अपना काम शुरू किया। वे नातेदारों-क़रीबियों की 'वदाइयाँ' सुनकर मुस्कुराने लगीं थीं। अब तो वे जान-बूझकर फलवाले को ऊपर से आवाज़ देतीं, "रमेश भइया, किन्नू लाए हो? कहीं से करौंदे मिलें तो ले आना..." जिला हरदोई से आयातित काम वाली बाई सरबती को सलवार-सूट देकर बाक़ायदा अफ़वाह फैलवाई गई कि 'लागत है, 209 वाली ढींगरा भाभी के कुछ होवइयाँ है, अब तो पेटौ निकर आवा है।' यानी वह माँ बनने वाली हैं। प्रचार के लिए सर्वहारा वर्ग ने अपना रोल बख़ूबी निभाया। मोहल्ले की किटी टीम तक बात पहुँच गई। सारी बच्चों वाली औरतों की जिज्ञासा वाजिब थी कि नौ साल बाद बच्चा कहाँ से ला रही है।

मूल मेरठ निवासी सावित्री तोमर ने अपनी मंडली में मत रखा, "ये भइया, नौ साल बाद कौन-सा चमत्कार हो रहा है इसके पेट में?"

मोहल्ले की एकमात्र विधवा और श्रीश्री रविशंकर को मानने वाली मधुर जालान ने कहा, "किसी की गोद भर रही है, तुम लोगों को तो ख़ुश होना चाहिए। मैडम जी काहे को दुबली शहर के अंदेशे में।"

नवंबर 2019 में जब देश मोदी और शाह के ख़िलाफ़ कुनमुना रहा था, ढींगरा साहब ने जीएसटी की माँ-बहन करते हुए तथागत को बताया, "तेरी भाभी की तबीयत ठीक नहीं है। आजकल सहारनपुर में हैं, अपने मायके।"

तथागत ने पूछा, "क्या हो गया ?"

वो मुस्कुराए, "रब दी मेहर!"

उसकी कुछ समझ में आने में लगा था क्योंकि मिसेज़ ढींगरा का योजनाबद्ध ढंग से उचका पेट किसी नज़र से बच नहीं पाया था।

"लग रहा है, गुड न्यूज़ है ?"

"जी, दिसंबर के सेकंड वीक में डिलीवरी की डेट बताई है।" ढींगरा साहब ने आत्मविश्वास से कहा।

"लेकिन सर, दिल्ली में तो ज़्यादा सुविधा है।"

"है तो पर, घर घर ही होता है। सब चंगा ही होगा।"

मिसेज़ ढींगरा की भीष्म प्रतिज्ञा पूरी हो गई। 2020 शुरू होने के पहले ही 18 दिसंबर को कथित सहारनपुर में उनके कथित माँ बनने का एलान किया गया। मोहल्ले में भी आधिकारिक तौर पर ऐसा बताया गया। उन्हें बेटा हुआ था, पूरे तीन किलो का। मिलने वालों ने कहा, "अरे इसकी शकल तो एकदम प्रवीणजी से मिलती है।"

अब पुष्ट सूत्रों के अनुसार मामला कुछ और ही था सहारनपुर की तो कहानी बनाई गई थी। असल में डॉक्टर बरखा दत्त ने फिलहाल उन्हें साकेत वाले फ़्लैट में रखा था। दस दिसंबर को एक बच्चा ढींगरा दंपति को दिखाया गया, जिसकी माँ नर्सिंग होम में उसे छोड़कर पेशाब करने के बहाने भाग गई थी। वह झारखंड से आई थी। यह बच्चा इन्हें जमा नहीं। डेट बढ़ गई। बरखा ने बच्चे को एक पुलिस कॉन्स्टेबल को दे दिया, जिसकी पत्नी की कोख बीस साल से हरी नहीं हो पा रही थी। इसके बदले में कॉन्स्टेबल ने उन्हें नोएडा के पास बिसरख में प्लाट दिलाने का वादा किया।

दूसरा केस मुरादनगर के एक सॉफ़्टवेयर इंजीनियर त्यागी ब्राह्मण लड़के और मुसलमान लड़की का था। दोनों भागकर आए थे और बिना

शादी के गुड़गाँव में रह रहे थे। रिस्क कोई नहीं था। पर लड़की बच्चा नहीं चाहती थी। वे दोनों बच्चा यहीं छोड़कर दुबई जाना चाहते थे।

डॉक्टर बरखा ने रात बारह बजे अपने घर में मीटिंग करवाई। तीन लाख में सौदा तय हुआ। एक लाख डॉक्टर का था। दो लाख असली माँ-बाप के। लेकिन नई उमर के माता-पिता ने शर्म से डूबते कहा, "हम बच्चा बेच नहीं रहे। हमें पैसों की ज़रूरत भी है। बहुत परेशानी में हैं।"

अविवाहित माँ ने कलेजे पर सिल रखकर तीन दिन का सुंदर गोरा जापानी जैसा लड़का मिसेज़ ढींगरा की गोद में रख दिया। नगर निगम की ओर से फ़र्ज़ी जन्म प्रमाणपत्र के लिए बरखा ने दो हज़ार अलग से लिए। इनमें से हज़ार रुपए एक पार्षद के हिस्से में गए।

गोद भरते ही मिसेज़ ढींगरा ने पेट के पैड वग़ैरह उतार दिए। डॉक्टर बरखा ने फ़ीडिंग के, सफ़ाई के नियम बताए। टीकों का कार्ड बनाया गया। यह तारीख़ 18 दिसंबर 2019 थी। देश सीएए और एनआरसी की बहस में उलझा पड़ा था। दिल्ली में केजरीवाल की सरकार फिर बनने की भविष्यवाणी की जा रही थी।

क्रिसमस के दिन मोहल्ले में ढींगरा दंपति तीन कारों के साथ ऐसे पधारे, जैसे वास्तव में सहारनपुर की धूल-धक्कड़ लेकर आ रहे हैं। बच्चा मिसेज़ ढींगरा की गोद में था। वह थोड़ा पीड़ा के साथ चल रही थीं, ताकि दर्शक औरतें कयास लगा सकें कि बच्चा सीजेरियन है और माँ टाँकों के कारण थोड़ा कष्ट में है।

इस बार वाक़ई ठंड कुछ ज़्यादा ही थी। मौसम मर्मज्ञों ने बताया कि एक सदी के बाद ऐसी ठंड पड़ी है। ऐसी महाठंड में पिता बनने से बेपनाह ख़ुश ढींगरा साहब ने इकत्तीस दिसंबर 2019 की रात की रंगीनी अपनी छत पर समेट ली। पूरा घर रौशनी और लाल-पीले गुब्बारों से भरा हुआ। हर फ़्लैट में ढींगरा साहब की ओर से जश्न का न्योता बज़रिए गार्ड भेजा

गया, इस हिदायत के साथ कि अभी कोई गिफ़्ट-शिफ़्ट नहीं लाएगा। बड़ा प्रोग्राम बाद में करेंगे।

न्योता मंज़ूर था। जहाँ मयपरस्ती का मौक़ा फोकट में मिले, वहाँ जलसा बन ही जाता है। शाम से ही पंजाबी गानों की धूम मच गई। सजे-सँवरे लोग बच्चों के साथ उमड़ पड़े। पर मिसेज़ टेबरीवाल और उनका परिवार यहाँ नहीं था। मिसेज़ ढींगरा ने पति को पहले से हिदायत दे रखी थी– 'इस झबरी कुतिया को नहीं बुलाना है।'

मारक सर्दी होने के कारण जच्चा-बच्चा को जगमगाती छत पर आने से रोक दिया गया था। औरतें ड्रॉइंगरूम में जाकर आभा से भरी मिसेज़ ढींगरा को बधाइयाँ दे रही थीं। बलैइया ले रही थीं। गोद में चाँद-सा चमकता बच्चा लिए जीवन में पहली बार मिसेज़ ढींगरा इतनी ख़ुश थीं।

उपहारों और पैसों से निहाल हुई मोहल्ले की प्रजा कह रही थी– 'भगवान के घर देर है, अँधेर नहीं!'

इसके बाद तथागत के इस सामने वाले घर से देर रात किसी तरह की अभद्र ध्वनि नहीं आई।

आती थी तो सिर्फ़ एक नौनिहाल के देर तक रोने और 'अल्ले अल्ले मेला सोना राजा भूक्खा है' कहकर पुचकारती माँ की ममतामयी आवाज़।

सचमुच राजेश्वरी ढींगरा अब बहुत ख़ुश थीं।

जात न पूछो साहेब की

अम्मा यह सुनकर दुछत्ती रूपी कोपभवन में चली गई थीं कि आज एकादशी के दिन खाने पर हमारा परम मित्र, हॉस्टल के दिनों का साथी आरपी आदर्श आ रहा है। घर में बाक़ी लोग निर्लिप्त भाव से स्वागत के लिए तैयार थे, क्योंकि उन्होंने नए ज़माने की नई हवा लग गई थी। घर के बाथरूम, वॉशबेसिन साफ़ हो गए थे। ड्रॉइंगरूम में पड़ी चिकटही चादर बदल दी गई थी। जिस घड़ी में वक़्त दस मिनट पीछे चल रहा था, उसमें एवरेडी का सेल डालकर सबसे लंबे शख़्स को ज़िम्मा दे दिया गया था कि इसे सीधा लगा दिया जाए। सोभा सिंह की महान पेंटिंग सोहनी महिवाल पर चिपके सदाबहार जाले को उतारा गया तो सोहनी का रूप और निखर आया था। इसी बहाने मकड़ी के जाले साफ़ हो गए। मनी प्लांट का पानी बदल दिया गया। यह सब होने के बाद ही अम्मा सनातनी बग़ावत में श्वेत-श्याम झुतरे फैलाए बाहर निकलीं और सीधे निवृत्त होने के लिए चली गईं। टॉयलेट का दरवाज़ा इतने भड़ाक से बंद किया कि सारे धर्मद्रोही हिल जाएँ। ज़्यादा तनाव में वे दो-तीन बार पेट ख़ाली करने जाती थीं। ज़्यादा ग़ुस्से में भोजन त्याग देती थीं। मात्र बारह घंटे के लिए।

अक्सर इस विद्रोह के बीच उनकी बहूरानी सरे-संझा जान-बूझकर गुलाटी के रायते वाले समोसे-खस्ते मँगाती और सासूजी का पचास ग्राम ख़ून जलवा देती। सब्र टूटता तो सासू जी भोज्य-अवशेष पर लबरही नज़र डालते हुए कह डालती, 'काहे दिद्दा रानी, भकोसने से पहले एक बार

पूछ नहीं सकती थी?' बहू नक़ली माफ़ी माँगती और भग्न समोसे और रायते से उनका अनशन ऐसे तुड़वाया जाता जैसे अन्ना हजारे की कोई माँग मान ली गई हो।

आज की बात कुछ अलग थी। वह पहले ही कह चुकी थीं, "जात-कुजात वालों के साथ बाहर बैठकर ही खाओ। घर की मरजादा बचाकर रखो। इस जनम में तो ई सब हमसे न देखा जाएगा।" हमने एक दिन उन्हें अख़बार में तस्वीर दिखाई, "देखो, प्रधानमंत्री जी इनके साथ बैठकर खा रहे हैं।" एक और तस्वीर दिखाई, "देखो मोदीजी प्रयागराज में इनके पाँव पखार रहे हैं!"

पर अम्मा हमारी तो वह गुल मुहम्मद थीं जो अपनी जगह से हिलने को तैयार नहीं। तर्क कोई नहीं था। बस यही कहती थीं, "पुरखन से चला आ रहा है। मोहरी की ईंट महलिया में नहीं लगती बबुआ।"

मैंने यह भी तर्क रखा, "अपना किरायेदार सुनील कुरियाकोज तो केरल का ईसाई है, उसकी भेजी इडली-डोसा कैसे हपर-हपर खा लेती हो?" इस तर्क में वे हार जाती और कहती, "हे भगवान बहुत नरक दिखा दियो, अब उठा ल्यो!"

असल में हमारी अम्मा बदले हुए ख़ानदान में वर्ण व्यवस्था और जातीय श्रेष्ठता का आख़िरी दुर्ग बनकर खड़ी थीं। हम सब उनकी इसलिए मान लेते थे कि वे सत्तर-बहत्तर की हो गई हैं। बीमार भी रहती हैं। अपने साथ ही सारी गौरव-गठरिया लेकर विदा हो जाएँगी। इस चक्कर में घर में नौकर-चाकर भी रसोई से बाहर का ही काम करते। रसोई में घुसने का अधिकार उन्होंने घर की महिलाओं के हाथ से नहीं जाने दिया। बर्तन भी हम सब मिलकर ही धोते। गाँव से कोई दूसरी यानी छोटी जात वाला आता तो उसे परंपरा का पालन करते हुए एक बार बर्तन धोना ही पड़ता। फिर उसका शुद्धिकरण रसोई वाले सिंक में होता। वैसे इधर दो-तीन साल से नई सुविधा का लाभ उठाते हुए हमने थर्मोकोल वाली प्लेटें भी रख रखी

थीं। धोने का कोई झंझट ही नहीं। पर ये एकदम उनके लिए थीं जो आज़ाद भारत में भी, ज़मींदारी प्रथा जाने के बाद भी पिरजा कहे जाते थे। उन्हें इन प्लेटों पर आपत्ति भी नहीं थी।

लेकिन आरपी आदर्श की बात अलग थी। शहर में एडीएम प्रशासन के तौर पर उसकी नियुक्ति हुई थी। मैंने भी अख़बार पढ़कर जाना कि वह हमारे शहर में आ गया है। मैंने जैसे ही बड़े भइया को बताया कि अपना आदर्श एडीएम बनकर आ गया है, उन्होंने कहा, "गुरु यह सही, चंगा काम हुआ। उससे असलहा का एक और लाइसेंस लेना है।"

आरपी हमारे साथ हॉस्टल में रहा था। हम दोनों की सामाजिक हैसियत में ज़मीन-आसमान का फ़र्क़ था। जब वह गाँव से आया तो दयनीय भाव में था। फ़ौजियों जैसी एक बड़ी बकसिया साथ में, जिस पर आलता वाले लाल रंग से बाक़ायदा लिखा था–सीएल आदर्श। यह उसके पिता का नाम था। लेकिन मेरे लिए यह अपने को क्रांतिकारी और समदर्शी साबित करने का शानदार मौक़ा था। मैंने पूछा भी नहीं कि यह नाम के साथ जाति की बजाय आदर्श क्यों लगाया। हमारे हॉस्टल में जनवाद के शानदार प्रवेश ने कम-से-कम इतना तो कर ही दिया था कि सब एक साथ मेस में खाना खाते। एक-दूसरे का घी शेयर कर लेते। मेस का खाना बनाने वाली कोई भी हो, उसे महराज ही कहते।

ऐसे माहौल में हमारी दोस्ती बिना भेदभाव के आगे बढ़ी। दो साल बाद हम सिंगल रूम में आ गए। हफ़्ते में एक बार हम साथ मिलकर कमरे में कुछ ख़ास बनाते। अपनी बचत से रम के पउवे का जुगाड़ करते और नए भारत की परिकल्पना करते, जहाँ इंसान की असली क़ीमत थी। आरक्षण को लेकर उसके विचार साफ़ थे कि जिन्हें ज़रूरत है, उसे मिलना ही चाहिए। क्रीमी लेयर वालों को ख़ुद ही अपने दावे से हट जाना चाहिए। उसकी बातों से लगता था कि सामाजिक हैसियत में भले वह पीछे हो, पर

पैसे का कोई संकट नहीं था। औरों की तरह उसने हमसे कभी उधार नहीं लिया। रोज़ एक अंग्रेज़ी अख़बार, वह भी 'हिंदू' और आधा किलो दूध उसने बाँध रखा था।

इस बीच वह एक बार मेरे साथ दशहरे की छुट्टियों पर घर आया था। पहली बार में ही उसका समग्र परिचय पूछ लिया गया।

"पूरा नाम क्या लिखते हैं?"

"जी, रामप्रताप आदर्श।"

"अच्छा आदर्श नाम से कविता-कविता लिखते होगे?"

"जी नहीं, सरनेम है।"

"अमाँ, ई कौन-सा सरनेम हुआ? पांडे, गुप्ता, भदौरिया, सक्सेना तो होता है, पर आदर्श? अच्छा तो..."

वह चुप ही रहा।

लेकिन समाज के महान अन्वेषी खोद-खोदकर सत्य को निकाल लाते हैं, "लग रहा है, कोटे वाला है। अच्छी बात है, इनमें अवेयरनेस बढ़ी है, पर रिज़र्वेशन की भी तो लिमिट होनी चाहिए।"

पर इन बातों से आदर्श को ज़्यादा फ़र्क़ नहीं पड़ा। वह बस मुस्कुराए जा रहा था। उसका सम्मान बरकरार था। लेकिन उस दिन अम्मा तक यह बात नहीं पहुँचने दी गई। खाने के बाद वह ख़ुद बर्तन उठाकर नल तक जाने का प्रयास करने लगा, पर मैंने ऐसा नहीं होने दिया। बाक़ी लोग सुधरे ज़माने के असर में आ चुके थे। पर बर्तन मैंने ख़ुद ही जाकर साफ़ किए।

अम्मा को तो हक़ीक़त तब पता चली, जब उसका पीसीएस में हो गया और वह ट्रेनिंग के बाद सारे काम छोड़कर लखनऊ होता हुआ सबसे महँगी मिठाई और नमकीन लेकर आ गया। मति फिर गई थी उसकी कि ख़ुद ही सत्य बयान कर दिया, "अम्माजी, आप सबका आशीर्वाद है, वरना हमारी कहाँ हैसियत! कुछ नहीं होता तो पिताजी लॉन्ड्री में लगवा देते या ओमान भेजवा देते चाचा के पास।"

"लॉन्ड्री है तुम्हारी?"

"हाँ अम्मा, यहाँ के धोबीघाट तो ख़त्म हो गए। यही बची है। परिवार के ज़्यादातर लोग दुबई और अबूधाबी में जाकर यही काम कर रहे हैं।"

"तो काहे भइया तुम बरेठन की बिरादरी के हो?"

हम सबकी हालत ख़राब हो गई इस साक्षात्कार से। अम्मा को चुप रहने का इशारा किया।

पर आज तो जैसे आरपी आदर्श ख़ुद सत्य वचन के लिए पूरे साहस के साथ, बामक़सद डटा था। "हाँ, अम्मा बांगरमऊ से लेकर हरदोई तक के सारे धोबी लुधियाना से लेकर दुबई तक छाए हैं। पिताजी हमारे जॉर्डन में लॉन्ड्री चला रहे हैं। ई देखो घड़ी हमारी कुवैत की है। एकदम सोने की।"

इस भौतिक शान से अम्मा को ज़्यादा मतलब नहीं था। बस होशियारी से मुस्कुराए जा रही थीं। मिठाई के डिब्बे और आगरे वाली नमकीन को अंदर भिजवाकर वह चाय बनाने का आदेश देने का बहाना लेकर अंदर चली गईं। अंदर जाकर उनका पहला हुक्म था कि चीनी मिट्टी की प्लेटें निकाल ल्यो। आदर्श को तुरंत लौटना था, इसलिए शांति से मामला निपट गया। हमने भी खाने-पीने पर ज़ोर नहीं दिया।

असल में आरक्षण के कारण वह पहले ही प्रयास में पीसीएस बनकर निकल गया था। हम दो साल और रगड़े और फिर हारकर घरेलू कारोबार में चले आए। कुल मिलाकर अच्छा ही हुआ। सरकारी नौकरियों में लूटमार और सियासत झेलना अपने वश में नहीं था। पिताजी ऊपर जाने से पहले बता गए थे– 'नौकरी ना करी।'

वह प्रतापगढ़, बस्ती, लखीमपुर होते हुए अब हमारे शहर में था। बड़ा अफ़सर बनकर भी उसने अपने को नहीं बदला। पहले दिन ही ख़बर थी कि एडीएम साहब ऑटो करके शहर का मुआयना करने निकले। अतिक्रमण हटाने के लिए उसकी मशहूरी इतनी बढ़ी कि लोग उसे तोड़ूलाल कहने लगे थे। अंग्रेज़ी अख़बार उसे बुलडोज़र मैन लिखते थे।

हमारे शहर में अच्छे और सख़्त अफ़सरों के नाम ऐसे ही रखे जाते थे–लोहा पांडे, ठोकू सिंह, तोड़ूलाल। डीएम एक महिला थी संजना राय। ग़ाज़ीपुर की भूमिहार। भूरी आँखों वाली, लंबाई पाँच फ़ुट दस इंच। आईएएस पति दिनेश राय पीएमओ में थे, इसलिए मैडम का जलवा कुछ ज़्यादा ही था। स्थानीय सांसद ने एक बार बेअदबी कर दी तो मैडम ने खुलेआम धमकी दे दी कि इतने केस डलवा देंगे कि दिन भर वकील के बस्ते में दिखोगे। बड़ा हाहाकार मचा। पर कुछ नहीं हुआ, उल्टा उन्हें एक-दो अतिरिक्त प्रभार दे दिए गए। सर्वश्रेष्ठ अफ़सर के पुरस्कार से उन्हें नवाज़कर सरकार ने सांसद रज्जन लाल नीखरा को उनकी औक़ात दिखा दी। बहरहाल इन सख़्त-मिज़ाज मैडम ने ही सरकार से अनुशंसा कर आदर्श को तैनाती दिलवाई थी क्योंकि अतिक्रमण ने पूरे शहर को चौपट कर रखा था। कोई कठोर फ़ैसले करने वाला ही इलाज कर सकता था। आदर्श ने आते ही शहर में तोड़-फोड़ मचा दी। अपने आप उगे मंदिर-मज़ार साफ़ हो गए। सरकार का ग्रीन बेल्ट का इलाक़ा वापस मिल गया। तालाबों पर बने घर टूट गए। सरकारी पार्क में भैंस बाँधने वाले उद्दंड समाजवादी खूँटा और नेताजी के फ़ोटो सहित फरार हो गए। अख़बार उसके नाम से रोज़ रंगे रहते। हम अम्मा को पढ़ाते, "देखो आदर्श ने कैसा बाँस किया है ससुरों के, सारी नेतागिरी घुस गई।" आदर्श हमारे शहर का ही नहीं, घर का भी हीरो बन गया। पर माताराम को इस विषय पर ज़्यादा रुचि नहीं थी।

एक दिन मैंने उसे फ़ोन किया। हर बार व्यस्त रहने वाला संदेश। मेरा ग़ुस्सा बढ़ गया। मन-ही-मन सोचा कि साले में अफ़सरी तो नहीं घुस गई। लेकिन मन ने जल्द ही इस ख़याल को फटकार दिया। मुझे याद आया कि हॉस्टल में एक बार उसे रात में 106 बुख़ार चढ़ गया था। वह रोने लगा, "हमें अम्मा-बाबू से आख़िरी बार मिलवा दो।" मैं सचमुच घबरा गया था। रात भर उसका सिर दाबकर, पानी की पट्टियाँ चढ़ाकर बुख़ार

उतारा। एक पैरासिटामॉल दे दी। सुबह पाँच बजे जाकर पसीना आया तो बोला, "हम कहाँ हैं?" मैंने राहत की साँस ली। मैंने उसे बताया, "तुम्हारी हालत क्या थी।" वह भावुक हो गया, "गुरुदेव हमें जिवा लिए... सच्ची-मुच्ची आप दिल में जगह बना लिए हो।" सुबह मैंने उसे यूनिवर्सिटी की डिस्पेंसरी में दिखाया तो खड़ूस डॉक्टर खालसा ने डाँट अलग से पिलाई, "अबे मर जाता ऐसे में। जाओ इसे पहले नहलाओ और खाने में जो मन हो खिलाओ।"

मुझे लगा, डॉक्टर मज़ाक़ कर रहे हैं। "डाक्साब, इसे 106 बुख़ार था रात में..."

"तो क्या हुआ? जाओ इसे नहलाओ, अच्छा मन नहीं है तो गीले कपड़े से पोछ दो और शाम को समोसा खिलवा देना।" आदर्श को भी हँसी आ गई। ख़ैर, वह ठीक हो गया। पर इस घटना के बाद मेरे लिए हमेशा मर-मिटने के लिए तैयार रहता। मज़ाक़ भी करता, "गुरु कभी कहीं कीला ठोंकना हो तो बताना।" यह हमारी यारी का एक नमूना मात्र था। वह जैसे अहसान चुकाने की ताक में रहता था।

लेकिन वही आदर्श आज फ़ोन तक नहीं कर रहा था। फ़ोन आया तो सुबह सात बजे। आवाज़ में साहबी थी, "अमाँ पंडितजी! काहे इतना बाँस किए हो? फ़ोन नहीं उठ रहा तो कुछ वजह होगी न यार... हाँ, बोलो।"

बोलिए अब 'बोलो' हो गया था। मैंने सँभलकर कहा, "सॉरी हम सोचे कि..."

"का हम सोचे कि... ई नहीं कि गड़िया उठाकर चले आते, देखते हम किस हाल में हैं। तीन दिन तक से हजामत तक नहीं कर पाए हैं।"

मैं समझ ही नहीं पाया कि इस अफ़सर से कैसे बात करें। अंदर ग़ुस्सा भी था, "अरे भाई साहब, ग़लती हो गई जो फ़ोन कर दिए।"

उधर से हँसी फूटी, "गुरुदेव तुमसे ज़्यादा हम तड़प रहे हैं मिलने के लिए। इतवार को आते हैं।"

मैंने झट से कह दिया, "खाना यहीं खाना। फ़ैमिली लेकर आओ।"

"फ़ैमिली अभी फ़ैज़ाबाद में है। मैं ही आता हूँ।"

तो इस तरह एडीएम साहब यानी आरपी आदर्श के आने का कार्यक्रम बना। रसोई से जुड़ी हर सूचना अम्मा को देनी ही पड़ती थी। उन्होंने सरगर्मी से भाँप लिया कि आज कुछ नया घटित होने वाला है। भाभी ने मेरा नाम लेकर उन्हें सूचित किया, "आज आदर्श जी आ रहे हैं लंच पर।"

अम्मा फनफना गईं, "काहे के आदर्शजी-फ़ादर्शजी। तार डालो ससुरे ख़ानदान को। बड़े आर्यसमाजी बने चले हैं।"

उनका सुभाषित ऐसा शुरू हुआ कि बाक़ी के मौन रहने में ही भलाई थी। सारे सद्विचार उगलकर वह उस कोपभवन में पसर गईं जहाँ हमारी दारू की बोतलें और राइफ़ल रखी थी।

रसोई का कार्यभार बाक़ी महिलाओं को मिल गया। मानव-शक्ति बढ़ाने के लिए एक राजपूत किरायेदारिन को ले लिया गया। दमआलू, शाही पनीर, दालमखनी को प्रधान व्यंजन के रूप में रखा गया। बाक़ी सूखी मिक्सवेज, रायता था। खाना ऐसा कि हर महक आँत को चिढ़ाकर लौट रही थी। साल में एक-दो बार अपना महत्त्व बताने वाले सबसे शानदार डोंगे निकले। बाक़ायदा टाइम टेबल बना कि पहली पंगत में कौन रहेगा। दूसरी में कौन। अगर खाना बच गया तो किरायेदारों को उपकृत कर दिया जाएगा।

पूरा घर, बच्चों सहित नहा-धोकर तैयार था। मेरी पत्नी ने प्रवेश-द्वार पर फूलों की रंगोली बना दी थी। किसी के आगमन पर ऐसा आयोजन काफ़ी दिनों बाद हो रहा था। बरामदे में चार कुर्सियाँ डाल दी गई थीं। स्त्रियाँ रसोई के आस-पास, बाक़ी लोग ड्रॉइंगरूम में विशिष्ट आहट का इंतज़ार करते हुए। हमारा अंदाज़ा था कि कोई बत्ती वाली गाड़ी आएगी। पहले दो सिपाही उतरेंगे। गाड़ी सायरन मारकर आगाह करेगी कि जिल्लेसुभानी जलवाफ़रोश हो रहे हैं।

पर ऐसा कुछ नहीं हुआ। लोहे का दरवाज़ा खटका, फिर कॉलबेल बजी। देखा तो साक्षात् आदर्श बाबू। उम्मीद ही नहीं थी। पीछे ड्राइवर सामान लादे। कुछ सामान आदर्श के हाथ में। चमकता चेहरा, बाल थोड़े विदा हो गए थे।

देखते ही उसका आत्मीय भाव जाग गया। "पंडितजी, ड्राइवर को रस्ता दिखाओ, कहाँ धरना है।"

मैंने उलाहना दिया, "अरे भाई क्या-क्या लाद लाए? फ़र्मेलटी में पड़ गए!"

वह तो तैयार था, "ई टकहियल कामरेडी ज्ञान धरो अपने पास... अपने घर आए हैं छह-साल बाद, ख़ाली थोड़े आ जाएँगे।"

मैं निरुत्तर था। सामान मेज़ पर सज गया जैसे कोई तिलक का सामान लेकर आया हो।

फिर परिचय का नया दौर। संसार में आए नए प्राणियों से मुलाक़ात। फिर वह कहता, "अरे इत्ते बड़े हो गए आप!" फ़ौज से रिटायर होकर आए मेरे बड़े भाई साहब तो पूरे रौब से बता रहे थे कि कौन-कौन से अफ़सर उनके साथ रॉयल क्लब में बिलियर्ड खेलने आते हैं। मायावती और अखिलेश यादव से लेकर दक्षिण में रजनीकांत के क्रेज़ को लेकर चर्चा हुई।

आदर्श की बातों से लगा कि इन बातों में ज़्यादा उसकी दिलचस्पी नहीं है। वह जैसे कुछ तलाश रहा था। यह तो उसे मालूम ही था कि हमारे पिताजी इस जगत में नहीं हैं। उसने सकुचाते हुए कहा, "अम्माजी नहीं दिख रही हैं। आज तो तगड़ा गंगा-स्नान है, वहीं तो नहीं चली गईं?"

मैंने कहा, "नहीं, आज नहान कैंसिल। अम्माजी अंदर हैं। आज एकादशी का व्रत है, इसलिए..."

वह अब जाकर खुला, "काहे की एकादशी? उनके लिए स्पेशल तिवारी की रसमलाई लाए हैं। बुलाओ उन्हें।"

आग्रह बड़ा प्रबल था। पर जाता कौन कोपभवन में।

मैंने ही ज़िम्मा लिया। जाकर देखा तो चटाई बिछाकर वो पसर गई थीं। लेकिन एक कटोरी में सेब का टुकड़ा देखकर मुझे तसल्ली हो गई कि वह सांकेतिक उपवास ही है।

मैंने जाकर धीरे से कहा, "आदर्श बाबू याद कर रहे हैं। तुम्हारे लिए तिवारी की रसमलाई और न जाने क्या-क्या लेकर आए हैं।"

अब वो जागृत हुईं। दाता का सम्मान करना उन्हें शुरू से आता था। ख़ास तौर पर खाने वाली चीज़ का अनादर करना वो नहीं जानती थीं।

मुँह बनाकर उन्होंने कहा, "चलो आते हैं... पर खुपड़िया पिरा रही है।"

उनके सभा में आने की पुष्टि करते हुए मैंने आदर्श से यह असत्य बोला कि "वैसे आज निर्जला एकादशी है, पर अम्मा आएँगी।"

अम्मा का आगमन बड़ी सामाजिक घटना थी। मेरी पत्नी, भाई-भाभी ने मन-ही-मन मामले की गंभीरता को समझ लिया था। वो आईं। मुख्य अतिथि की तरह। आदर्श ने उनके चरण छुए। उन्होंने आशीष दिया।

उसकी हिम्मत तो देखिए। पूछ ही लिया, "अम्मा, काहे इतनी उदास हो? तबीयत तो ठीक है न? चलो इस बार एम्स में चेकअप करवाते हैं। अपना हिसाब-किताब है। सिसोदिया से अपनी दोस्ती है।"

इस सभा में हम लोग तो जैसे पीछे रह गए। आदर्श बच्चों की तरह सामान खोले जा रहा था, "यह साउथ इंडियन साड़ी आपकी, ये राधाकृष्ण आपके। ये विजैसार की लकड़ी का लोटा, मेरा दोस्त श्याम सिंह असम से लेकर आया था। ये इनका, ये उनका..." यही चलता रहा। बच्चे तो अपने मतलब की चीज़ों पर झपट रहे थे। वह मुस्किया रहा था।

मैंने बोर होते हुए कहा, "अरे ये बताओ इनमें कुछ सामान वापस ले जाना है क्या?"

"अरे नहीं भई!"

"तो फिर इन्हें ऐसे ही पड़ा रहने दो। चलो कुछ अपने हालचाल बताओ और यह भी कि सीधे खाना खाओगे कि पहले चाय-साय।"

इत्ते में अप्रत्याशित रूप से अम्मा बोल पड़ीं, "पहले मुँह मीठा कराओ, इत्ती दूर से आए हैं।" कहने के साथ ही रसमलाई वाली भड़िया लेकर वो अंदर चली गईं।

हमें इत्मीनान हुआ कि खान-पान के किरदारों में उन्होंने अपना नाम शामिल करवा लिया। वो ख़ुद ही कटोरी में रसमलाई और अपने हाथ के बनाए पेड़े और सिकटियापुरवा की मशहूर गुझिया लेकर आईं।

उनके चेहरे पर वात्सल्य जाग गया था। सुखद बात यह थी कि उन्होंने आज हम सबकी नाक रख ली थी। वरना आदर्श को हम क्या जवाब देते कि अम्मा कहाँ रह गईं।

पर उनकी असली परीक्षा तो अभी बाक़ी थी। अम्मा की हर मुस्कान हमारे अंदर उत्साह भर रही थी। मैंने धीरे से अपनी पत्नी से कहा कि अम्मा अब मॉर्डर्न हो चली हैं, इसलिए अब यह नहीं कहना कि वो बदलने से रहीं।

इस पर वह बोली, "जनाब अभी यह तिवारी की केसरवाली रसमलाई बोल रही है। अभी लंच के बाद देखना तमाशा करेंगी कि बर्तन कौन धोए। गंगाजली निकालो।"

मैंने चैलेंज स्वीकार किया।

चाय-नाश्ते के बाद आदर्श मोबाइल में मसरूफ़ हो गया। ये हुकुम, वो हुकुम... ग़ुस्सा भी देखा उसका। किसी को डाँटकर कह रहा था, "साले ऐसी जगह पटकूँगा कि दिलबाग़ खाने को तरस जाओगे।"

मैं मुस्कुराकर उसे देख रहा था। बदला हुआ आदर्श। ग़ुस्से में तो एकदम भूरेलाल जैसा अफ़सर दिख रहा था।

मैंने कहा, "संडे को भी चैन नहीं!"

वह हँसा, "काहे का संडे! राय मैडम का ख़ौफ़ ऐसा कि मोबाइल

स्विच ऑफ़ ही नहीं कर सकते। बैटरी बोल जाए तो जवाब तैयार रखना पड़ता है। भरी मीटिंग में कह देती हैं– जो घर फूँके आपनो, चले हमारे साथ... नहीं तो तबादला करवा के लखीमपुर खीरी, गोंडा चला जाए।"

आख़िरकार खाने का बुलावा आ गया। मेहमान को नई चप्पल दी गई। वॉशबेसिन के पास छोटी तौलिया टँगी थी।

खाना क्या, पूरी व्यंजनों की नुमाइश थी। आदतन वह गिनने लगा, "एक-दो-तीन..."

उसकी आदत थी खाते समय दुनिया को भूल जाना। परोसने के लिए चार लोग। पूछने के लिए कोने पर खड़ी अम्मा।

वह खाते-खाते बोला, "एक आइटम कम है भई।"

मैंने कहा, "क्या?"

"अरे अपना बुकनू।"

"अरे राम रे!" कहकर अम्मा दौड़ीं। बुकनू वाली डिबिया से बुकनू लाकर दिया। कहा भी, "बबुआ थोड़ा बाँध दे... साथ ले जाना।"

आदर्श हँसा, "अगली बार ले जाएँगे... मतलब जल्दी नहीं।"

अम्मा भी हँसी। मैंने कहा, "नहीं मैं ख़ुद पहुँचा दूँगा।"

खाना खाकर वह पहले भी बोलता था, "दिव्य आनंद आ गया!"

आज भी यही कहा। यानी समापन की घोषणा। लेकिन यह भी कहा, "कोई काम वाली बाई नहीं रखी क्या?"

मैं संकट समझ रहा था, "काहे की काम वाली? हम सब हैं न काम वाले... तुम हाथ तो धो लो।"

"अरे बर्तन तो रख दें भाई। गाँधी जी कहते थे कि अपने बर्तन..."

"अच्छा आओ इधर गाँधी जी!" मैंने आगे बढ़ने का इशारा किया।

पर वह तो अड़ा था, "अच्छा नहीं लगता।"

अब यह संकट तो अम्मा ही दूर कर सकती थीं, "अरे जाओ भइया मेहमान हो, अत्त कर रहे हो... जाओ बतियाओ बैठ के ड्रॉइंगरूम में।"

कहकर उन्होंने बर्तन उठाए। बहुओं को आदेश जारी किया, "अरे तुम लोग भी निपट लो। हमारा तो रसमलाई से पेट दन्न हुई गया है।"

रसोईघर में कंपटीशन शुरू हो गया, "तुम पहले खाओ... नहीं पहले तुम..."

अम्मा इस लखनवी अदा वाले विवाद से परे होकर झूठे बर्तन धोने में लग गई थीं। मेरे दिल के किसी कोने ने पहली बार कहा– 'कौन कहता है दुनिया बदल नहीं सकती!'

उधर आदर्श फिर बैरी मोबाइल में बिजी होकर मातहतों को डपटने में लग गया था।

हार गए चांदोरकरजी

दीनानाथ कैलाशनाथ चांदोरकर सालों बाद इतनी ज़ोर से दहाड़े थे। वह भी अपने सबसे दुलारे पोते शंकर शरण पर।

अबोध शंकर दूर खड़ा सहमा-सा अपना कसूर तलाश रहा था। चांदोरकरजी आँखों में शोले भरे घर से निकल गए। बाहर निकलने के पहले उन्होंने बाहर का गेट इतनी ज़ोर से बंद किया कि उसकी झनझनाहट देर तक गूँजती रही। इतनी ज़ोर से उनकी पत्नी को कहना पड़ा, "कौन जंगली गया है?"

डरे हुए शंकर ने कहा, "आजोबा... चले गए।"

उस दहाड़ की चीर-फाड़ तो होनी ही थी।

नन्हे मुजरिम से उसकी माँ ने ही पूछा, "क्यों रे आजोबा को क्यों खिजाया रे?" वह बेचारा मासूमियत से कहे जा रहा था, "आई शपथ, मैंने कुछ नहीं किया। इतना ही बोला, आजोबा स्कूल के एक नाटक में मेरे को गाँधी बनने का है। एक चश्मा, एक धोती और एक गाँधी का फोटू मँगाया है मैडम स्वाति बर्डे ने। बस इतना ही बोला था कि वो चीख़ पड़े, "साली बर्डे मैम को गोली मारो... और तेरी खोपड़ी पटक दूँगा जो बनिये गाँधी का नाम लिया।" आजोबा यह भी बोले, "तूने गाँधी का रोल क्यों लिया। भगत सिंह का रोल लेता... आज़ाद का रोल लेता।"

अब सबकी समझ में आ गया कि इस चीख़ का कोई मतलब है।

चांदोरकरजी को वाक़ई दिल का दौरा पड़ चुका था। सीने को भींचे वो

बड़बड़ा रहे थे, "साला गाँधी अब भी पीछा नहीं छोड़ रहा। भूत बनकर पोते के पीछे पड़ रहा है। सोचा था कि अपने लोगों की सरकार बनते ही चैन से मरूँगा, पर उसका नाम तो घर में घुसकर तंग कर रहा है।"

गाँधीजी और चांदोरकरजी की अदावत आज की नहीं थी। जब होश भी नहीं सँभाला था, पता नहीं क्यों गाँधी से चिढ़ने लगे थे। असल में पिताजी कट्टर सावरकरवादी थे। महाराष्ट्र के गाँवों में सावरकर के साथ घूमकर कई मंदिरों में दलित प्रवेश कराने में साथ रहते थे। रक्षा के लिए शस्त्र रखते थे। और मानते थे कि भारत की जाति व्यवस्था ख़त्म कर इसे एक क्षत्रिय धर्म के रूप में बदल दिया जाए। जैसे खालसा पंथ में सबको सिंह बना दिया गया। वैसे ही हर हिंदू को अपनी जाति ख़त्म कर सिंह बनना होगा। लेकिन उनके विचार को ब्राह्मणों ने ही नहीं माना।

गाँधी से इतनी चिढ़ कि एक बार सावरकर को सूचित किए बिना वो गाँधी को मारने के लिए निकल पड़े। अमरावती की एक सभा में जब पकड़े गए तो पास निकली एक छोटी कृपाण। पुलिसवालों के सामने वो चीख़ते रहे, "मैं इस गाँधी को मारने आया हूँ।" पर किसी ने उनकी बात को गंभीरता से नहीं लिया। उल्टा बोले, "पागल है मेंटल केस।" फिर उन्हें पकड़कर असलहा एक्ट में बंद कर दिया। जेल में अंग्रेज़ अफ़सर ने पढ़ाई-लिखाई की आदत देखकर जल्द मुक्त करा दिया। पर यह पूछ ही लिया, "सच में गाँधी को मारना चाहते थे?" उन्होंने अडिग होकर कहा, "एक अच्छा हिंदू गाँधी को मारना चाहेगा।"

चांदोरकरजी अपने लोगों के बीच बड़े गर्व से बताते थे, "पिताजी की रिहाई के बाद नाथूराम ने गाँधी को मार डाला। तब मैं दस साल का था। गाँधी के मरने की ख़बर आते ही मोहल्ले में ख़ुशी भरा सन्नाटा था। बाबा गर्व से सीना फुलाए घूम रहे थे और कह भी रहे थे कि आज छाती को ठंडक पहुँची, पर अफ़सोस मेरे हाथों नहीं मारा गया।"

इसके बाद की घटनाएँ बताते-बताते वो काँपने लगते, "रातोंरात ब्राह्मणों के घर फूँके गए। बच्चे-बूढ़ों, औरतों, किसी को नहीं बख़्शा गाँधी के गुंडों ने। जो जिस हाल में था भाग निकला। बाद में दबी ख़बरें आने लगीं कि हिंदुओं की भीड़ ने ही पाँच हज़ार से ज़्यादा ब्राह्मण हिंदुओं को जलाकर मार दिया। हमारे ख़ाली घर को भी दंगाई लूटकर आग के हवाले कर गए। वो महात्मा गाँधी की जय, नेहरू की जय बोलकर आग लगा रहे थे। पेट्रोल से भरे बम फेंक रहे थे।"

यह हादसा चांदोरकरजी के मन में ऐसा धँसा था कि इंदौर में अपनी क़ानूनी पढ़ाई के दौरान ही उन्होंने गाँधी वध के बाद हुए जनसंहार की जाँच के लिए नया आयोग बनाने के लिए अदालत में अर्जी दी। कई अंग्रेज़ी अख़बारों में संपादक के नाम पत्र लिखे। पाँचजन्य और ऑर्गेनाइज़र को भी पत्र भेजे। पर इस विषय में सबने हाथ खींच लिए। हाई कोर्ट में वकालत के दौरान एक राज्यसभा सांसद से भी उन्होंने अनुरोध किया कि ब्राह्मण हत्याकांड का मामला सदन में उठाया जाए। पर उनका भी टके-सा जवाब यही था, "यह संभव ही नहीं। जब संसद ने गोडसे शब्द को ही असंवैधानिक घोषित कर दिया है तो यह जनसंहार का मामला कौन उठाने देगा!"

इसके बाद चांदोरकरजी वकालत में ही रमे रहे। इंदौर-ग्वालियर में ज़्यादा रहे। लेकिन बाद में भोपाल का अरेरा कॉलोनी ऐसा रास आया कि यहीं बस गए। मन में यह टीस हमेशा रही कि गाँधी के कारण उनका मूल निवास छूट गया। पिताजी सरकारी नौकरी को तरस गए। कांग्रेसियों ने कहीं भी टिकने नहीं दिया। यवतमाल, नासिक, गोंदिया तक भटके, सिर्फ़ परिवार को पालने के लिए। कई जगह जाति छिपाकर काम माँगते थे। माँ ने एक नवबौद्ध दलित के घर खाना बनाने का काम किया। पिताजी कहाँ से पैसे लाते थे, किसी को पता नहीं चला।

लेकिन इंदौर आते-आते उनकी दशा कुछ जीने लायक़ हो गई। प्रदेश

की हुकूमत बदली तो अब गाँधी को गाली देने वाली नई पीढ़ी तैयार हो गई। यह पहले से ताक़तवर थी। यह आग के बदले आग लगाने वाली पीढ़ी थी।

उनके लिए इंदौर में एक अच्छी बात यह भी थी कि कई जगह शाखाएँ देखने को मिल जाती थीं। महाराष्ट्रीयन ब्राह्मण भी काफ़ी थे। कई ऐसे भी थे, जो सन् अड़तालीस में पूना से भागकर आए थे। पिता की विरासत सँभालकर चांदोरकरजी आगे बढ़े। घर पर केसरिया पताका शान से फहराई जाने लगी। राममंदिर के लिए उनका योगदान इतना था कि क़ानूनी लड़ाई के लिए इलाहाबाद में जो पैनल बना, उसमें चांदोरकरजी का नाम भी था। हर दो माह में वो एक चक्कर इलाहाबाद का मार आते थे।

लेकिन समय की गति भी ऐसी थी कि वो अपने विचारों और संग्राम के लिए घर से कोई सेनानी नहीं दे पा रहे थे। असल में हिंदू धर्म में क्रांतिकारी परिवर्तन के सिद्धांत का पालन करते हुए उन्होंने जबलपुर के शिंदे परिवार से आई लड़की से शादी कर ली। वो मानते थे कि वर्णशंकर संतानें प्रतिभाशाली होती हैं। ख़ैर, शादी के कुछ दिनों बाद ही वो समझ गए कि उनकी वैचारिक कट्टरता को एक सीमा तक ही स्वीकार किया जा सकता है। हुआ यह कि इंदौर के एक गुटका अख़बार ने ख़बर छाप दी कि एक संगठन गोडसे की याद में शहीदी कार्यक्रम करने जा रहा है। इसमें गोडसे मंदिर का प्रस्ताव रखा जाएगा। पत्नी जयश्री ने यह ख़बर पढ़ी तो उनकी अच्छी ख़बर ली, "क्या तमाशा करते हो? कुछ पॉज़िटिव काम करो। गोडसे को अपने मन में रखो, दूसरों पर क्यों लाद रहे हो?"

एक और घटना ने घर में संग्राम खड़ा कर दिया। वो ना जाने कहीं से गोडसे के फ़ोटो वाला कैलेंडर ले आए। कैलेंडर क्या पोस्टर था, जिसकी तस्वीर किसी सड़क-छाप कलाकार ने बनाई थी। उन्होंने पूजा-अर्चना कर, बड़ी हिम्मत कर ब्लेड से अपना अँगूठा काटा। दबा-दबाकर चार-

छह बूँदें ख़ून की निकालीं और लंबा-सा टीका चित्र पर लगाया। पत्नी ने यह सब देखा तो बोलीं, "छिह... बाबा! कैसी बच्चों जैसी हरकत करते हो?" इतना कहना उनके लिए अंगार फेंकने जैसा था।

वो बलबलाने लगे, "मेरा घर, मेरी ही क़द्र नहीं।"

रुड़की से पढ़कर आया बेटा सुनील माँ के साथ था। बेटियाँ उमा और विभा देश की आम जनता की तरह तटस्थ थीं। वो बोली, "बाबा दुनिया में इतनी प्रॉब्लम्स हैं, हम गाँधी-नेहरू के चक्कर में टाइम खोटी करेंगे तो आगे नहीं बढ़ पाएँगे।"

लेकिन बेटा माँ के साथ हो जाएगा, यह बात उन्हें सदमा दे गई। बचपन में उसे शाखा ले जाते थे। राष्ट्रधर्म के ताज़ा अंक लाकर सबसे पहले उसे देते थे। पर यह तो निरा कपूत निकला जा रहा था। उसको आईआईटी में जाने के बाद बिहारी और बंगाली लड़कों ने ऐसा घुमाया कि सबसे पहले तो जनेऊ नर्मदा में बहा आया। अब बातें करता था कि देश को आगे बढ़ने के लिए हिंदुत्व के कुएँ के मेढक बनकर नहीं रह सकते। इसी बहसा-बहसी में चांदोरकरजी एक दिन कह गए, "तुझे पता नहीं हमारी क़ुरबानियों का।"

वह पलटकर बोला, "कौन-सी क़ुरबानियाँ, आप देश के लिए जेल गए क्या? आपके पिताजी गए थे क्या?"

चांदोरकरजी के पास जवाब नहीं थे। वो खिसियाकर रोने के क़रीब आ गए थे। बोले, "तू तो सिंह की कोख में सियार पैदा हुआ है। तुम जैसे ही लोग एक और पाकिस्तान बनवाकर मानेगो। जाओ, तलवे चाटो कॉन्ग्रेसी कुत्तों के।" बेटे ने ख़ामोश रहने में भलाई समझी।

चांदोरकरजी सीना थामकर बैठ गए। शुगर ने लंबी छलांग मार दी थी। जयश्री को पत्नी धर्म निभाना था। वह बेटे पर बरस पड़ी, "शरम कर, वो तेरे पिता हैं।"

लड़का भी भुनभुनाकर ऊपर वाले कमरे में चला गया। बहनों से

कहता जा रहा था, "ओल्ड मैन इज़ मेंटली सिक।" ग़नीमत थी यह बात चांदोरकर साहब ने नहीं सुनी।

लेकिन आज चांदोरकरजी ने ठान ली कि इस विपथगामी लड़के से वास्ता नहीं रखना। उस दिन उन्होंने गाँधी-विरोधी होते हुए भी मौन रखा और अन्न का त्याग रखा। मगर एक वक़्त के लिए। क्योंकि डॉक्टर भीमशंकर सकलेचा ने कह रखा था, "ज़्यादा भूखे रहने की कोशिश करोगे तो शुगर लेवल शूट कर सकता है।" इसीलिए वो सेहत देखकर आंदोलनकारी क़दम उठाते थे। कोर्ट में जाना कम कर रखा था, पर जब जाते तो साथ में टिफ़िन और टॉफ़ियाँ ज़रूर ले जाते थे।

कई दिनों तक उनकी और बेटे की बोलचाल बंद रही। फिर थोड़ा संघी, थोड़ा कॉन्ग्रेसी तबीयत वाले किशोरी भाई राउत याद किए गए। किशोरी भाई इस तरह के संकट में याद किए जाते थे। भोपाल तक उनकी पहुँच थी। हर जगह फ़िट हो जाते थे। एक बार पीसी सेठी के दरबारी भी बन गए थे। अच्छा माल कमाया। टीटानगर में शानदार घर बनवाया। अब मारुति की एजेंसी लेकर मज़े कर रहे थे।

चांदोरकरजी के घर से परवाना पहुँचा तो वो खाने-पीने का ढेर सारा सामान लेकर पहुँच गए। बाप-बेटे को साथ बैठाकर राज़ीनामा करवाया गया। चांदोरकरजी को भी समझाया गया, "कल को बच्चों की शादी होने वाली है। आप ये तमाशा बंद कर दो। विचारधारा में बुराई नहीं, बाबा नेता बन जाओ, इलेक्शन लड़ जाओ। बीजेपी में घुस जाओ।" चांदोरकरजी नीलू फुले की तरह होंठ निकाले 'हूँ-हूँ' कर सुनते रहे।

किशोरी भाई के सामने तय हुआ कि घर में गाँधी को लेकर बेवजह चर्चा नहीं होगी। बेटे सुनील ने पिता के पाँव छूकर शपथ ली कि वह किसी प्रकार की सैद्धांतिक यातना देने से बचेगा। चांदोरकरजी से प्रतिज्ञा करवाई गई कि वो अपनी ज़िद और विचार शाखा तक सीमित रखें। बच्चों को आज़ाद ढंग से सोचने दें कि क्योंकि दुनिया और देश पहले जैसे नहीं रहे।

असल में कसूर उनका नहीं था। जब कोर्ट में उन्होंने देखा कि अंग्रेज़ी के बिना कोई काम चलता नहीं तो तीनों बच्चों को सबसे मशहूर मिशनरी स्कूल में भर्ती करा दिया, जबकि सरस्वती शिशु मंदिर का विकल्प उनके सामने था। जब तक कुछ समझते बात बिगड़ चुकी थी। घर में बर्थ डे पर केक कटने लगा। गोमूत्र का मज़ाक़ उड़ने लगा। जब-जब वो बताते कि संस्कृत सबसे वैज्ञानिक भाषा है, तो बच्चे कहते, "आपने क्यों नहीं पढ़ी?"

चांदोरकरजी पछताकर रह जाते कि क्यों इन्हें अंग्रेज़ी स्कूल में डलवा दिया!

बहरहाल दस साल से गाँधी को लेकर घर में कोई विवाद नहीं हुआ। चांदोरकरजी विहिप की प्रदेश कार्यकारिणी में पहुँचने के साथ बार एसोसिएशन के मानद सचिव बन गए। वो वकील के साथ नेता बन गए थे। बच्चों की शादी अच्छी जगह हुईं। एक लड़की कनाडा में थी तो दूसरी मुंबई में। लड़का सुनील आईआईटी करने के बाद कुछ दिन हैदराबाद रहा। लेकिन माता-पिता के साथ रहने के लिए इंदौर में एक कंपनी का वाइस प्रेसीडेंट बनकर आ गया। यहाँ पैसे कम थे, पर वह बेटे का धर्म निभाने को प्राथमिकता देता था और उसकी पत्नी शिवांगी भी इन्हीं विचारों की थी। इसलिए पूरे घर में सुख-समृद्धि छाई थी।

अब सुनील का बेटा यानी चांदोरकरजी का प्यारा पोता शंकर शरण आठ साल का हो चुका था। वह अपने आजोबा का दुलारा था। उसे देखकर चांदोरकरजी को लगता था कि जैसे जीने का मक़सद मिल गया है। शंकर था भी बड़ा प्यारा। गोरे चेहरे पर नीली आँखें किसी को भी मोह लेती थीं। चांदोरकरजी की सुबह उसके नाम से ही होती थी, "हाँ भई हमारे कान्हा राजा उठे कि नहीं... आज स्कूल क्या लेकर जाएँगे?"

इतना प्यार कि बहू को टोकना पड़ता, "इतनी पैंपरिंग की ज़रूरत नहीं

इन्हें... कभी-कभी दो डंडे भी लगने चाहिए।"

और वो बिगड़ जाते, "मेरे नंदकिशोर को हाथ भी मत लगा देना!"

इस मामले में जयश्री बहू का साथ देतीं।

असल में वक़्त के साथ वो भी नरम इंसान बन चुके थे। उनका वैचारिक पहलू छोड़ दें तो वो मूल्यों के पैरोकार बन चुके थे। विपस्यना की क्लास भी लेने जाते थे। भ्रष्टाचार को लेकर उनके विचार साफ़ थे कि इसने देश को खोखला बना दिया है। राजनीतिक रूप से वो मानते थे कि कॉन्ग्रेस और भाजपा में ख़ास फ़र्क़ नहीं। पर दोनों में चुनाव करने की बात होने पर वो भाजपा को ज़्यादा नंबर देते और कहते, "बदमाश तो हैं, पर कम-से-कम हिंदू की बात तो करते हैं।"

आज ऐसा क्या हो गया कि वो लपटें छोड़ने लगे! शब्द इतने विकृत थे कि वाक्य-विन्यास तक बिगड़ गया। किसी को भरोसा नहीं था कि वो जान से प्यारे अपने पोते पर इस तरह खौड़म हो जाएँगे।

फिर जैसे इतिहास दोहराया गया। घास चरते घोड़े के नथुने से जैसी फुर्र-फुर्र की आवाज़ निकलती है, उसी तरह के सुर उनकी नाक से निकल रहे थे। दो बार पेशाब करने गए और और दो बार रास्ते में रखे फ़्लावर पॉट पर लात मारी। उनकी बिना चीनी की चाय धरी रह गई। अंकुरित का नाश्ता सजा रह गया। शंकर भी बिना दूध पिए ही स्कूल निकल गया। उसने आज आजोबा को प्यार भी नहीं किया, न बाय किया। आज किसी ने किसी को नहीं छेड़ा। बरसों बाद शांति भंग हुई थी। लोग मौन सहयोग देकर मामले को निपटाना चाहते थे।

एक ख़ास बात यह थी कि ग़ुस्से में ज़्यादा बलबलाने के बाद वो दूर किसी पार्क में चले जाते थे। लेकिन आज पास की लाइब्रेरी की तरफ़ चले गए। कुछ गंभीर पढ़ने की इच्छा नहीं थी। कुछ पत्रिकाओं के पन्ने पलटे। कल्याण का योग विशेषांक सामने पड़ा था। थोड़े पन्ने पलटे। फिर

बाहर आ गए। लाइब्रेरी के सामने ही एक शहीद की प्रतिमा थी। प्रतिमा के सामने बैठकर वो राष्ट्र-चिंतन करने लगे। सुबह अख़बार में पढ़ी कुछ ख़बरें उन्हें व्यथित कर रही थीं– बिहार में नवमी शोभायात्रा में एक समुदाय के लोगों ने गोलियाँ चलाईं। एमपी के एक सांसद के घर से छापे में करोड़ों की बेहिसाबी नगदी मिली। महिला विधायक के सेवा केंद्र में चकलाघर चलता था।

चांदोरकरजी के ख़ून में गर्मी लहराई। हाथ की अँगुलियाँ मोड़कर वो तनाव दूर करने में लग गए। ऐसे समय में वो विचित्र, नाकाम और नपुंसक कल्पनाएँ किया करते थे। एक कल्पना आम थी– देश के सौ हिंदू मरजीवड़ों का संगठन बनाकर देश के सारे भ्रष्ट लोगों की हत्या कर दी जाए। सोचते-सोचते वो हत्याएँ कर डालते। अंबानी, डालमिया, सिंघानिया, किसी को नहीं छोड़ते। बिरला और टाटा को वो थोड़ा सही मानते थे।

कल्पना दरकती तो दिल की धड़कन बढ़ाने के अलावा कुछ नहीं होता। आज भी कल्पना करते-करते दिल ज़ोर से फड़फड़ाया। एंजाइना के दर्द की अनुभूति के पहले ही उन्होंने भ्रामरी प्राणायाम कर डाला। सारे विकार कपूर की तरह उड़ गए।

मन अब शांत हो चला था। इतना शांत कि सामने अमलतास के झूमते पत्ते और खिले पीले फूल उनसे बात करने लगे। इस जगह इंसान कम थे, इसलिए पंछी अपनी सत्ता महसूस कर रहे थे। ऐसा शुद्ध कलरव था कि उन्हें प्रकृति से प्यार होने लगा। बहुत दिनों बाद उन्हें नीलकंठ दिखाई दिया। कोयल तो जैसे कंप्टीशन कर रही थी। सामने के पेड़ पर गिलहरी चढ़-उतरकर टिटकारी मारती जा रही थी।

इस शांति के बीच उन्हें प्यारे पोते का चेहरा याद आने लगा। कितना प्यारा लगता है। यह सोचकर दिल में हूक-सी उठी कि आज वह बिना दूध पिए, कुछ खाए घर से स्कूल गया है। पक्का है, उसने ग़ुस्से में टिफ़िन भी

नहीं खाया होगा। आख़िर ज़िद्दी ख़ानदान का है। शंकर को जल्द देखने की इच्छा ने उन्हें पार्क से उठा दिया। जानते थे कि दोपहर बारह बजे तक वह स्कूल से आ जाता है।

पैदल-पैदल चलते वो बड़े बाज़ार के तरफ़ चल पड़े। शंकर को कलेवा स्वीट्स की रसमलाई बहुत अच्छी लगती थी। उन्होंने पूरे घर के लिए पैक कराई। दुकानदार मेघनाद ने पूछा, "क्या बात है, वकील साहब, बहुत दिनों बाद इधर तशरीफ़ लाए और वो आपका बालक कहाँ हैं?" बेमन से वो इतना ही बोले, "बालक घर पर है। पढ़ाई में लगा होगा।"

यह पहली बार हुआ कि वो ग़ुस्से में घर से निकले हों और शांत होकर हाथ में कुछ लिए लौटे हों। पत्नी को मालूम था कि चाहे वो कितने ग़ुस्से में गए हों पर शाम से पहले लौट आएँगे। आत्महत्या को वो महान कायरता मानते थे। इसलिए पत्नी और बच्चे मानते थे कि चिंता करने की ज़रूरत नहीं।

घर पहुँचे तो एकदम शांति थी। उनके इंतज़ार में दरवाज़ा पहले से खुला था। आते ही सोफ़े में पूरा शरीर छोड़कर बैठते हुए उन्होंने गहरी साँस और गंभीर आवाज़ के साथ कहा, "अरे कहाँ हैं शंकर सिंह?" वो शंकर सिंह इसलिए कहते थे कि उनका मानना था कि वो ब्राह्मण होते हुए भी सारे कर्म क्षत्रियों वाले करते हैं। वो कहते भी थे, "हम परशुराम की परंपरा के ब्राह्मण हैं– पीठ पर शास्त्र, हाथ में शस्त्र।"

बहू उन्हें नींबू वाली चाय देकर ऊपर शंकर को बुलाने चली गई। चांदोरकरजी को नीचे तक आवाज़ आ रही थी, "मैं नहीं आऊँगा, कुछ भी नहीं खाने वाला।"

यह ऐसा बालहठ था कि चांदोरकरजी को अपना हठ दुबला दिखने लगा। बहू ने नीचे आकर गहरी साँस फेंकी और तनिक ग़ुस्से में बोली, "ख़ानदानी गुण हैं जिसको देखो साला नाक पर ग़ुस्सा... जाओ मरो!"

हमेशा शांत रहने वाली बहू को पहली बार ऐसी भाषा बोलते सुना था उन्होंने। जयश्री बहू के साथ थीं। बोली, "सब ज़िद्दी हैं, कोई कम नहीं!"

सुनील को दफ़्तर फ़ोन करके बता दिया गया था कि आज घर में यह नाटक चल रहा है। उसने हँसते हुए कहा, "अरे भई, ये ग्रैंड फ़ादर और पोते का मामला है, अपन कुछ नहीं कर सकते।"

चांदोरकरजी ने पहली बार सहमे हुए ढंग से बहू से पूछा, "क्या बोलता है नवाब?"

शिवांगी उनकी ओर पीठ किए ही बोली, "बड़ा अड़ियल टट्टू है। कहता है, आजोबा जब तक चश्मा, धोती और फोटू लेकर नहीं आएँगे। मैं नहीं खाने वाला।"

"ओह, ये बात!" चांदोरकरजी ने अपना चौड़ा माथा खुजाया। बोले, "अरे भाई उसकी फ़ेवरेट मिठाई रसमलाई लेकर आया हूँ... बोलो न।"

ऊपर से आवाज़ आई, "ये मिठाई आप ही खा लो!"

एक बार तो चांदोरकरजी की इच्छा हुई कि वो यहीं से चीख़कर कह दें, "मरने दो इस हरामज़ादे को!" लेकिन मोह का बंधन ऐसा कि वो अपना मूल चरित्र तजने को तैयार हो रहे थे। गाँधी के नाम पर वो हारना तो नहीं चाहते थे। पर पोते को मायूस करने वाली विजय उनके लिए ज़हर के समान थी।

हाथ को फेरते हुए वो अपने गंजे हो चुके सिर से माथे तक लाए। मानो, अपनी नाकाम हस्ती पर हाथ फेर रहे थे और वक़्त की बेपीर हरकत पर मनन कर रहे थे। एक गहरी साँस भरने के बाद उन्होंने लगभग घोषणा करने की भाषा में, दयनीय अंदाज़ में कहा, "अरे भाई इस बदमाश से कह दो कि हम इसका गाँधी वाला सामान शाम को ले आएँगे... लेकिन शर्त है, पहले खाना खाना होगा।"

उनके इस अप्रत्याशित एलान या आत्मसमर्पण पर किसे अचरज नहीं होता!

सास और बहू ने एक-दूसरे का चेहरा देखा। वो जैसे इतिहास चक्र को पढ़ रही थीं।

सचमुच चांदोरकरजी जीवन में पहली बार बिना किसी विवादित बहस के, हारी माने हुए थे। उन्हें कोई शर्म भी नहीं थी इसमें।

लेकिन दिल के किसी नरम कोने ने कहा, इंसान आख़िर में हारता अपने से ही है।

पेस बॉलर

दिल में दो स्टेंट पड़ने के बाद जाने-माने क्रिकेट कोच और पूर्व पेस बॉलर राजू चौधरी आज अपने कमरे में शिफ़्ट कर दिए गए थे। हसीन, तंबई रंगत वाली नर्स ने यह जानकर अपनी सेवा और मुस्कुराहट में वृद्धि कर दी कि उनका मरीज़ एक ज़माने में इंडिया टीम का पेस बॉलर रहा है। बीच-बीच में वह हिदायत देती जाती, "अंकल, अपने मिलने वालों से बोलना कि ज़्यादा बातें नहीं करने का।" और फिर हौले से एक मानीख़ेज़ मुस्की ढीलकर बोलती, "ज़्यादा बात करने को मन करेगा, तो अपन हैं न... समझे सर!"

साठ से ऊपर के हो चुके राजू चौधरी अपने से आधी उम्र की हँसमुख नर्स के इस रसभीने आमंत्रण पर अपनी उजली दंतपंक्ति दिखाकर कहते, "सिस्टर, एक्चुली हम बहुत सोशल टाइप के हैं। बातें करना ही हमारी दवा है। पर, प्रॉमिस अभी ज़्यादा नहीं बोलूँगा। पर क्या करें, आज ही मुंबई से गावस्कर भाई साहब का फ़ोन आया था कि एक स्पोर्ट्स फ़ंक्शन में दिल्ली आना है। वहीं से टैक्सी पकड़कर ग़ाज़ियाबाद आ जाऊँगा। कल मनोज प्रभाकर, चेतन शर्मा और अपना मेरठ वाला बालक प्रवीण कुमार आ रहा है। अब देखो, सुबह से आने वाले लोग कम ही नहीं हो रहे। हम कहे जा रहे हैं कि भाया सब ठीक है, पर लोगों के इमोशन को क्या कहें... जिसको देखो यही कहे जा रहा है कि राजू भाई को अटैक पड़ने का मतलब है कि दुनिया में किसी को भी कुछ हो सकता है।"

उत्साह से लबलबाए वो कुछ और लंतरानी हाँकना चाहते थे कि नर्स ने अपने लिपस्टिकदार, पतले सुर्ख होंठों पर तर्जनी रखते हुए उन्हें रोक दिया। राजू भाई के आस-पास सुवासित माहौल बनाते हुए उनके नजदीक आ गई। कुछ क्षण सवालिया निगाह से उनके चेहरे की ओर देखा। खेले-खाए राजू भाई देर तक उसकी निगाह से निगाह मिलाने में असमर्थ थे, इसलिए गहरी साँस फेंककर झुकी नज़रों से अपने मैले नाख़ूनों को देखने लगे। फिर होशियारी से चादर के नीचे हाथ छिपा लिया।

शुभचिंतक नर्स ने उनकी पीठ के पीछे एक और तकिया लगाया और आवाज़ को भारी करते बोली, "बाबा, काए को इतना बोलता। इलाज तो डॉक्टर करेगा ना, फिर काए को इतने लोगों को बुलाना। डाइट कंट्रोल करना है, रेस्ट करना है। ठंड से बचना है, सिंपल।" राजू भाई तो सचमुच मुग्ध हो गए। बच्चों की तरह बोले, "वाइफ़, बच्चे, ग्रैंडसन तो आ सकते हैं?"

"ऑफ़कोर्स! पर बोला ना, रेस्ट ज़रूरी है, कम-से-कम तीन माह। उसके बाद घूमिए। नॉर्मल लाइफ़ जी सकते हैं।" धीरे से उसने राजू चौधरी की गुमसुम पत्नी प्रेमलता को देखकर कहा यह। वो मुस्कुराए, मतलब था–दिल के मरीज़ को बीवी के साथ लेटने-फेटने पर कोई पाबंदी नहीं। नर्स ने एक फ़ॉर्मूला भी बता दिया, "देखो अगर आप तीन मंज़िल तक सीढ़ियों से जा सकते हो, इसका मतलब है कि आप टोटली 'फ़िट्ट' हो।" इस 'फ़िट्ट' पर उसका ऐसा ज़ोर था कि राजू भाई अपनी पत्नी और बहू को देखकर हयादार मुस्कान से भर उठे। सर पर पल्ला किए बहू अनन्या पर्दा ठीक करने के बहाने उठकर बाहर देखने लगी।

सचमुच राजू भाई के स्टेंट पड़ना कोई मामूली घटना नहीं थी। दो दिन पहले ही वो गुड़गाँव की एक पंजाबी शादी में जमकर नाचे थे। तीन पैग दारू लेने के बाद वर-वधू के सिंहासन के बग़ल में बैठकर क्रिकेट

प्रेमी लड़कियों को बता रहे थे, "अरे वीएस लक्ष्मण को छोड़ो, गुंडप्पा विश्वनाथ जैसा ग्लांस करने वाला खिलाड़ी आज तक नहीं हुआ।" ज़बान बेपटरी होने के बाद वो इतना रसिक और हाँकू हो चले थे कि बेधड़क कहने लगे, "जब खेलते थे, हम लोगों के पीछे लड़कियों की लाइन लगी रहती थी। क्रिकेटरों का ग्लैमर ही कुछ ऐसा होता है। कहीं देखा है, किसी हॉकी खिलाड़ी या पहलवान पर कोई हीरोइन फ़िदा हुई हो।"

उन्होंने अंजू महेंद्रू-गैरी सोबर्स, शर्मिला टैगोर-नवाब पटौदी से लेकर नीना गुप्ता-विवियन रिचर्ड्स तक के बखान कर डाले। कुछ और बोलते, इससे पहले ही समझदार लोग उन्हें खान-पान ठिकाने की तरफ़ ले गए। पुराने साथी खिलाड़ियों ने कहा कि गुरु एक तो आप को चढ़ गई है, दूसरे आज भी लड़कियों को देखकर आप रवि शास्त्री बन जाते हो। अरे, अपनी उम्र का तो लिहाज़ करो दादा।

लेकिन दो दिन में ऐसा क्या हो गया कि घर लौटते ही अस्पताल पहुँचने की नौबत आ गई। असल में दिक़्क़त तो उन्हें काफ़ी पहले से थी। कुछ दिन मोहल्ले की सुंदर होम्योपैथिक डॉक्टर ऋतु कसाना से मीठी गोलियाँ लेते रहे। फिर बीवी के साथ यूट्यूब देखकर इलाज तलाशते रहे। सुहागा से लेकर गैसहरण चूर्ण और एलोवेरा ज़ूस तक आज़मा डाले। फ़ायदा नहीं हुआ। कभी असली डॉक्टर को दिखाने की सोची ही नहीं।

उस परेशानी वाले दिन भी राजू भाई इसे गैस का मामला समझते रहे। पूरी रात चूर्ण और जिनटेक आज़माकर निकाल दी। जब दर्द काबू में नहीं रहा और वो बार-बार छाती पकड़ते रहे तो घबराई पत्नी ने लड़के और बहू को जगाकर कहा कि भई इन्हें डॉक्टर के पास ले चलो। मोहल्ले में एक ही नर्सिंग होम था, जिसे लुटेरी डॉक्टर प्रमिला रंजन शाक्य चलाती थी, जो एक सपा नेता की रखैल थी। जाते ही वहाँ मौजूद नए डॉक्टर ने पहले एक इंजेक्शन ठोक दिया। फिर मर्ज़ परखकर हृदय संस्थान को रेफर कर दिया।

वहाँ डॉक्टरों ने बताया कि इन्हें तो दिल का दौरा पड़ा है, आप क्या तमाशा करते रहे चौबीस घंटे। सबके हाथ-पाँव फूल गए। फ़ौरन बेटी-दामाद को बुलाया गया। प्रॉपर्टी डीलर दामाद नोटों वाला बैग लेकर आया था। उसे मालूम था कि यहाँ से अब ख़र्चे का मीटर चढ़ने वाला है। ग़नीमत रही कि डॉक्टरों ने दिल्ली जाने की सलाह नहीं दी। बाईपास सर्जरी की ज़रूरत नहीं थी। बताया कि ज़्यादा ब्लॉकेज़ की वजह से इन्हें दिक़्क़त हो रही थी।

ख़ैर, अस्पताल में आए आईपीएल के उभरते खिलाड़ी विनीत शर्मा से डॉक्टरों को जब पता चला कि उनका मरीज़ पुराना पेस बॉलर है और कई नए खिलाड़ियों का कोच है तो वो संजीदा हो गए। अस्पताल के निदेशक रमेश श्रीवास्तव के पास खेल मंत्री सतीश उपाध्याय का फ़ोन आ गया, "भई, ज़रा देखते रहना। गौरमेंट खिलाड़ियों पर ख़ास ध्यान दे रही है।" प्रशासन की ओर से युवा एडीएम साहब नवीन जैन भी राउंड लगा गए। इस तरह दिल में दो छल्ले पड़ने के बाद घरवालों ने जाना कि राजू चौधरी ने माल तो कमाया ही है, शहर में उनकी ठीक-ठाक साख भी है। चूँकि अस्पताल सरकार के अधीन था, इसलिए एडीएम साहब निदेशक को बोल गए कि अगर इनका इंश्योरेंस कार्ड न हो तो बिल में डिस्काउंट कर खेल मंत्री को पहुँचा दें। उनका निर्देश है।

बड़े-बड़े लोगों के राजू भाई के पास आने से ही सफ़ेद परियों-सी फुदकती नर्सों को पता चला कि इस दिल के मरीज़ पर ख़ास ध्यान देना है। प्राइवेट रूम में शिफ़्ट होते ही गोल्ड मेडलिस्ट डॉक्टर और क्रिकेट के शौक़ीन विजय सेठ ने सबसे काबिल नर्स राजेश्वरी तांत्रे को उनकी सेवा का दायित्व दे दिया। राजेश्वरी की वीआईपी और बातूनी मरीज़ों से ख़ूब पटती थी। इस चक्कर में बूढ़े मरीज़ भी अपनेपन से उसका वॉट्सऐप नंबर ले जाते और गुड मॉर्निंग मैसेज और रसीले वीडियो भेजते रहते। राजू भाई से पहली भेंट में उसने अपनी कला दिखा दी। उनकी पत्नी और बेटी तक को प्रभावित कर लिया। पत्नी ने तो मन-ही-मन तय कर लिया था

कि अस्पताल से जाने से पहले इसे 500 रुपए का इनाम और एक पर्स देकर जाऊँगी।

प्राइवेट रूम में राजू भाई को दो दिन हो गए थे। डॉक्टर की बात पर वो भी सोचने लगे थे कि कि कौन-सा तनाव उन्हें था जो दिल पर भारी पड़ गया। बेटे-बेटी हिल्ले लग चुके थे। दोनों के दो-दो बच्चे हो चुके थे। मुरादनगर में अच्छी खेती थी। उन्हें डिपार्टमेंट की ओर से पच्चीस हज़ार की पेंशन भी मिल रही थी। नेहरू नगर में शानदार घर था। शारीरिक स्थिति ऐसी थी कि महीने में पत्नी की सहमति से बिना हल्ला किए एक-दो बार कामचलाऊ सहवास धर्म निभा लेते थे। हालाँकि वह कहती थी– "जवानी में इत्ता घणा प्रेम नहीं दिखाए... अब बुढ़ाप्पे में बड़े गोविंदा बन लाग रहे हो।"

इस पर उनका खिलाड़ी भावनायुक्त जवाब रहता, "मेरी चौधराइन, मैच खेलो ना खेलो, नेट प्रैक्टिस चलते रैणा चाहिए।"

यह नेट प्रैक्टिस वाला वचन चौधराइन प्रेमलता की समझ में नहीं आता। राजू भाई ज़रूर यह रसभीनी बात कहकर तिर्यक मुस्की ढीलते हुए निकल जाते।

बताइए, ऐसे शानदार जीवन के बीच उन्हें काहे का टेंशन होता!

ख़ैर, स्ट्रेस वाली बात तो हर डॉक्टर करता है। लेकिन मेडिकल साइंस यह भी तो बताता है कि अंड-बंड का खाना, ख़ासतौर पर बाहर का खाना दिल के लिए मुफ़ीद नहीं होता। तो स्ट्रेस वाले पक्ष हटाकर डॉक्टर सेठ ने यह कहना शुरू कर दिया, "जैसा कि इनकी केस हिस्ट्री से पता चला है कि इनके पिताजी को भी दिल की बीमारी थी। दूसरे गुटखा खाने, तला हुआ, बाज़ार का खाने से भी दिल पर असर पड़ता है। डोंट वरी, आगे ध्यान रखेंगे, ज़ीरो फ़ैट पर चले जाएँगे और वर्जिश, मेडिटेशन करेंगे तो आगे इन्हें कुछ नहीं होने वाला। लाइफ़ की संचरी भी मार सकते हैं।" संचरी सुनकर राजू चौधरी बोले, "अच्छा जी सेंचुरी?"

डॉक्टर सेठ ने कहा, "हाँ भई हम संचरी ही कहते आए हैं।"

माहौल थोड़ा ख़ुशनुमा हो गया। नर्स राजेश्वरी ने भी चर्चा में भाग लेते हुए कहा, "अंकल आज काफ़ी मज़े कर लिए। डायरेक्टर साहब भीड़ देखकर बहुत नाराज़ हैं। कहलवा दिया है कि कल से कोई अटेंडेंट नहीं एलाउड होगा। केवल वाइफ़ रहेंगी। बेटा-बेटी, बच्चे भी नहीं।"

यह सुनकर राजू चौधरी थोड़ा गंभीर और उदास से हो गए। उन्हें लगा कि कोई उन्हें सांकेतिक रूप से डाँट रहा है। एक ऊब भरी आवाज़ में बोले, "सिस्टर अभी कब तक रैणा होगा?" राजेश्वरी ने मादक नाराज़गी दिखाते हुए कहा, "आप को यहाँ कोई परेशानी। अच्छे से खाना मिल रहा है। केयर हो रही है। मिनिस्टर साहब की वजह से स्पेशल ट्रीटमेंट मिल रहा है। अब आपका कोई बड़ा ख़र्चा भी नहीं हो रहा। टीवी लगा है, आजकल आईपीएल चल रहा है। देखिए, पर हाँ टेंशन वाले मैच नहीं देखने का!"

राजू चौधरी 'हाँ-हाँ' करते रहे। मौक़ा ताड़ रही पत्नी ने सिर हिलाकर कहा; "सिस्टर ठीक ही तो कह रही हैं। एक तो आप बोलते बहुत हो। दुनिया भर के खिलाड़ियों को फ़ोन कर-करके न्योता दिए जा रहे हो कि आओ एक बार बीमार का हाल ले लो। मेला लगाओगे तो दिक़्क़त अस्पताल वालों को होएगी ही। थोड़ा धीरज धर लो। एक हफ़्ते में तो छुट्टी मिल ही जावेगी।"

राजेश्वरी ने अँगूठा दिखाकर पत्नी की बात का समर्थन किया और राजू चौधरी की तरफ़ देखते हुए कहा, "आप चाहो तो आज भी जा सकते हो। पर जैसा कि आपको बोला गया है कि आप स्पेशल पेशेंट हो। अस्पताल कोई रिस्क नहीं लेना चाहता। इसलिए आपको रोका गया है। जिस दिन डायरेक्टर साहब बोलेंगे, आपको डिस्चार्ज कर देंगे, सिंपल!"

राजू चौधरी संतुष्ट हो गए। पर यह संतोष मुस्तक़िल नहीं था। मोबाइल उनसे छीन लिया गया था, क्योंकि वो यूट्यूब पर पाकिस्तान को गरियाने वाले वीडियो देख-देखकर बीपी बढ़ा लेते थे। कभी-कभी गंदा वीडियो

अचानक आने पर मासूमियत से कहते कि ये साले अपने आप कहाँ से आ जाते हैं। उन्हें इंजीनियर लड़का जगबीर चौधरी हँसकर समझाता, "डियर पापाजी, ये अपने आप नहीं आते। ये आपकी इच्छा का सम्मान करते हुए आते हैं।"

इस पर वो कहते, "कितने बढ़िया दिन थे, जब मोबाइल-सोबाइल था ही नहीं।"

पूरे तीन दिन हो गए। न मोबाइल, न दोस्त-अहबाब। न पड़ोसी और पूर्व दफ़्तरिया साथी उन्हें देखने को मिल पाए। पत्नी एक चर्चित महिला पत्रिका का हनीमून विशेषांक लेकर आई थी अपने लिए। राजू भाई ने उसे पढ़ने का प्रयास किया। फिर झुंझला गए, "क्या लेवल है जनानी पत्रिकाओं का?" वो अब बार-बार पेशाब करने जाते थे। हर बार लौटकर कहते, "पानी तो ज़्यादा पिया नहीं, इतनी पेशाब क्यों आए जा रही है। कहीं प्रोस्ट्रेट, शुगर की बीमारी तो नहीं लग गई।"

राजू भाई अभी तक दोनों से मुक्त थे। इसी आधार पर डॉक्टर कहते थे, "आप एकदम फ़िट हो।"

लेकिन आज पेशाब के साथ चक्कर भी आने लगे थे। उन्होंने बाएँ कान पर हाथ रखकर कहा, "लग रहा है एक स्पीकर बंद हो गया।"

पत्नी ने कहा, "क्या वहम पाल रहे हो? कान में मैल-वैल जम गया होगा। कल बड लेकर आऊँगी।"

वे थोड़ा दुखी थे, "अरे भाई यह बड से नहीं होगा। लग रहा है कोई झींगुर सनसनाता घुसकर दिमाग़ की ओर बढ़ रहा है। खोपड़ी फट जाएगी।" पत्नी घबरा गई, "अच्छा, मोबाइल में जगजीत सिंह की ग़ज़ल सुनकर देखो। शायद रिलीफ़ मिले।"

वे लगभग चिल्ला पड़े, "अरे भग्ग... भैन की... साला इधर प्राण निकले जा रहे हैं और कह रही है, जगजीत सिंह की ग़ज़ल सुनो।"

पत्नी घबराकर नर्स को बुला लाई, "देखिए कैसी-कैसी हरकतें कर रहे हैं!"

राजेश्वरी ने आते ही उल्टी हथेली से उनका माथा देखा। अँगुलियों से आँख फैलाकर देखी। कहा, "जीभ बाहर निकालो।" फिर बोली, "रसगुल्ला खाओगे, छेने वाला?" राजू भाई मुस्कुराए। इस नर्स के आगे तो वो घंटों मुस्कुरा सकते थे। फिर शर्माते हुए बोले, "आपको इसने परेशान कर दिया। मैं बहुत अनईजी महसूस कर रहा हूँ। ये देखिए पाँव सूज गए हैं। हथेली देखिए!"

राजेश्वरी ने उनकी हथेली थामी, फिर पाँव की ओर देखकर कहा, "अंकल जी, इतनी देर तक पाँव लटकाकर रखने को मना किया था न आपको। हाथ ठीक है। जो थोड़ी सूजन है, कल डॉक्टर साहब आकर देख लेंगे। आपकी परेशानी की वजह तो कुछ और ही है... भाभीजी तो ज़्यादा परेशान नहीं करतीं?" राजू भाई एक बार फिर शर्माए।

हाँ, राजेश्वरी के आने से इतना ज़रूर हुआ कि कान का जो स्पीकर उन्हें बंद लग रहा था, वह खुल गया। झींगुर की सनसनाहट भी लुप्त हो गई। अब पेशाब भी नहीं आ रही थी। साथ में नींद भी नहीं। पत्नी उनके सामने वाली सेटी पर पसरी पड़ी धुधुआँ रही थी। खर्राटे इतने तेज़ कि एक बार वो भुनभुनाकर नाक के क़रीब पहुँच गए और हथेली से नाक के एक छिद्र की हवा रोककर कहा, "अरे यह तूफ़ान मेल बंद कर दे। नींद ही नहीं आती।"

जिन खर्राटों के साथ उन्होंने जीवन के पैंतीस साल निकाल दिए, उन्हें सुनकर पहली बार लगा कि ये कितने विघ्नकारी हैं। हालाँकि जवानी में ये खर्राटे इतने तूफ़ानी नहीं थे। शायद समय के साथ माँसलता के विकास के साथ खर्राटों का वेग बढ़ता गया। राजू भाई ने तय कर लिया कि कल से पत्नी को अस्पताल आने के लिए नहीं कहेंगे।

ऐसी रात तो राजू चौधरी की शायद ही कटी हो। फ़िराक़ साहब के

शब्दों में– 'दिल दर्द से ख़ाली हो मगर नींद न आए।' भोर की आहट से पहले एकबारगी मन हुआ कि चुपचाप भाग जाएँ। देखा जाएगा।

पत्नी अभी भी पसरी पड़ी थी। बेसुध इतनी कि साड़ी सरककर गोरी और मोटी टाँगें खोल चुकी थी। जब बाहर चिड़ियों की चहचहाहट शुरू हुई तो उन्हें अच्छा लगा और पलकों में भारीपन। अब उन्हें उम्मीद बँधी कि नींद आएगी और देर तक सोऊँगा। उन्होंने पत्नी की साड़ी ठीक कर चादर ओढ़ा दी। वह 'हुँह' करके उठने लगी तो उन्होंने कहा, "पड़ी रह!"

"अरे तुम सोए नहीं?" वह जम्हाते हुए बोली और मोटा पेट खुजाते हुए टॉयलेट की ओर बढ़ी।

"अब आ रही है नींद। सुनो, अब जगाना मत दस बजे तक। डॉक्टर और नर्स भी आएँ तो कह देना कि अभी-अभी सोए हैं।"

पत्नी ने उनका सफ़ेद दाढ़ी वाला चेहरा और स्याह घेरे से ढँकी आँख देखकर चिंता जताते हुए कहा, "हे राम! तुमने क्या हालत कर ली? अच्छा सो जाओ, सुबह डॉक्टर साहब से बतावेंगे कि तुम नए-नए मरज़ पाल रहे हो।"

"ठीक है!" कहकर राजू चौधरी इत्मीनान से लंबलेट हो गए।

सचमुच सुबह दस बजे तक उनकी नींद नहीं खुली। आज उपवास का दिन था, इसलिए पत्नी सुबह उठकर नहा-धोकर बैठी थीं और ख़ाली वक़्त काटने के लिए पत्रिका का हनीमून विशेषांक पढ़ रही थीं। लेकिन एक-दो प्रसंग पढ़ते ही वितृष्णा हो गई। लगा कि उपवास के दिन यह सब क्या पढ़ना। उन्होंने लोकल अख़बार मँगा लिया और देश-दुनिया की ख़बर पढ़ने लगीं। खेल पन्ने पर देखा तो एक ख़बर उनके पति के बारे में थी– पूर्व टेस्ट क्रिकेटर गंभीर रूप से बीमार। आगे ब्योरा यह था– भारतीय टीम के पूर्व तेज़ गेंदबाज़ राजू चौधरी को दिल का दौरा पड़ने के बाद हृदय रोग संस्थान में भर्ती कराया गया है। अभी उनकी हालत में सुधार

है। देश के प्रमुख क्रिकेटरों ने उनके शीघ्र स्वस्थ होने की कामना की है।

ख़बर के साथ राजू चौधरी का पच्चीस साल पुराना मूँछों वाला फ़ोटो भी लगा था। ख़बर पढ़कर प्रेमलता को अच्छा भी लगा और घबराई भी। हालत में सुधार है, का साफ़ मतलब उनकी समझ में नहीं आया। उन्होंने अख़बार नीचे दबा दिया और पति को क़रीब से देखने लगीं। नींद में उनका मुँह खुल जाता था और ऊपर के दाँत दिखने लगे। प्रेमलता ने पास जाकर तर्जनी और अँगूठे के सहयोग से उनका मुँह बंद कर दिया। लेकिन इस प्रयास में वो भड़भड़ाकर उठ गए, "क्या करती हो भई, नींद उचाट दी!"

"ख़ूब तो सोए हो आप, टाइम तो देखिए!" प्रेमलता ने हँसकर कहा।

ग्यारह बज चुके थे। राजू भाई ने माथा खुजाते हुए पूछा, "कोई आया था?"

"आकर लौट गए। आप ही ने मना किया था कि जगाना मत। नर्स बोल गई है कि ख़ाली पेट वाला कैप्सूल खा लें तो बुला लेना।"

राजू भाई दवा वाला पॉलिथीन लेकर बैठ गए। भगवान को हाथ जोड़े तो पत्नी ने कहा, "आज पूर्णिमा भी है।"

"तो क्या गंगा नहाने चलें क्या?"

"नहीं, मेरा मतलब है कि अच्छे से पोंछ-पाछ लेना। नहाना तो डॉक्टर साहब के कहने के बाद ही।"

वे चिड़चिड़े हो चले थे। कुछ देर चुप रहने के बाद बोले, "यार ऐसा करो, तुम भी यहाँ से जाओ। दो-तीन दिन की ही बात है। पता नहीं क्यो रोके हैं। स्टेंट के मरीज़ दो दिन में डिस्चार्ज कर दिए जाते हैं।"

पत्नी समझ गई कि अब ये फ़ॉर्म में आने वाले हैं। थोड़ी देर में राजेश्वरी सदाबहार मुस्कान फेंकती आ गई। आज उसके होंठों पर लिपस्टिक नहीं थी, इसलिए एक भूरा तिल निचले होंठ पर दिख रहा था। राजू भाई शिकायत करना चाहते थे, पर उसकी खनकती आवाज़ के आगे बेबस हो गए। इतना ही बोल पाए, "सिस्टर इस बोरडम का क्या करें?"

राजेश्वरी बोली, "आपको तो बोले थे कि जब बोर हों तो हमें बुला लें। गप्पें-शप्पें मारेंगे।"

राजू भाई थके-से बोले, "सिस्टर कोई आप चौबीस घंटे थोड़ी यहाँ रहती हो। मैं तो भगवान क़सम पागल हो जाऊँगा।"

राजेश्वरी ने कहा, "क्या बात करते हो सर, आपके साथ तो मैम हैं ना!"

इस पर प्रेमलता ने भुन्नहा चेहरा बनाकर कहा, "हुँह काए की मैम, ये तो हमें भी भगा रहे हैं। आज से अकेले तप करेंगे।"

राजेश्वरी हँसी, "मज़ाक़ करते हैं ये। सारे पति ऐसे ही होते हैं। हमारे भी ऐसे ही हैं।"

"अच्छा कल आप बता रहे थे कि पेशाब बहुत आती है, पैर सूज रहे हैं, और?"

"सिस्टर नींद नहीं आ रही। खाना खाने का मन भी नहीं कर रहा।" राजू भाई ने तो बीमारियों और परेशानियों की सूची बना रखी थी।

राजेश्वरी ने इस विशेष मरीज़ की दिक़्क़तें डायरेक्टर साहब को बताईं और कहा कि इन साहब को तो वो बीमारियाँ भी लग गई हैं जिनका इलाज अपने यहाँ नहीं। डायरेक्टर साहब आरामकुर्सी पर पूरी तरह फैलकर नर्स को तनभेदी नज़रों से निहारते हुए मुस्कुराए, "यार तुम फ़ेल हो रही हो। उपाध्याय साहब रोज़ बुलेटिन माँगते हैं।"

राजेश्वरी ने थोड़ा सकुचाते हुए कहा, "सर मेरा एक आइडिया है। आज़मा के देखते हैं। हो सकता है, मरीज़ को सूट कर जाए।"

डायरेक्टर साहब ने आइडिया ग़ौर से सुना और फूले हुए काले होंठों पर जीभ फेरते हुए कहा, "टेंपरेरी परमिशन, इसे रूल मत बना देना।"

सुबह राजू भाई को सूचित किया गया कि आईपीएल में यूपी से खेल

रहे खिलाड़ी और पुराने क्रिकेटर संदीप पाटिल व इलाहाबादी मोहम्मद कैफ़ दोपहर में आपसे मिलने आ रहे हैं। पुलिस के सीओ साहब अस्पताल का राउंड मारकर गए हैं। आप चाहो तो कुछ फ़ैमिली वालों को बुला सकते हैं।

सुनकर राजू भाई में तो नई जान आ गई। पत्नी के मोबाइल से फटाफट बेटे-बेटी, साली-सालों को फ़ोन कर डाले। दफ़्तर के पुराने साथी संजय शर्मा को न्योता दे डाला। राजू भाई ने राजेश्वरी से आग्रह किया, "सिस्टर, दो-तीन कुर्सियाँ और मँगवा लेना, और हो सके तो चाय भी।"

राजेश्वरी उनकी हर भंगिमा को पढ़ती जा रही थी।

इस हृदय रोग संस्थान में ना जाने कितने नेता-व्यापारी-अफ़सर आए और दिल में छल्ला डलवाकर, पाईपास करवाकर चले गए। लोगों को पता ही नहीं चला। रिसेप्शन वाले भी नहीं जान पाते थे। पर आज तो आईपीएल के चार खिलाड़ी क्या आए, मेला लग गया। छुटकी मलयाली नर्सें भी मचलने वाली थीं, पर मैट्रन सेजल मैथ्यू की भृकुटि देखकर मन मारे बैठी थीं।

राजू भाई ने करीने से बाल काढ़ लिए थे। दाढ़ी बनाने से अभी रोक दिया गया था। क्रिकेट की नई पौध ने आते ही हल्के कंबल में ढँके उनके पैर छुए। बस एक ने आदाब किया। लड़कों ने बताया कि संदीप सर की फ़्लाइट लेट हो गई है और कैफ़ सर शाम तक आ पाएँगे।

साले-साली, पोते-पोती बिस्तर के आस-पास थे। प्रेमलता को एक कुर्सी मिल गई थी। पेस बॉलिंग गुरु और चेलों का संवाद शुरू हो गया था। कोलकाता से खेलने वाला अनीस अल्वी पूछ रहा था, "सर आपने तो लिली-थॉमसन से भी टिप्स लिए होंगे। अच्छे पेस बॉलर को क्या-क्या ख़याल रखना होता है। कपिल पाजी की इतनी लंबी फ़िटनेस कैसे रही। नाटे खिलाड़ी पेस बॉलर क्यों नहीं बनते?"

राजू भाई बीच-बीच में गाल पिचकाकर विषय की गंभीरता पर विचार

करते और अपनी उन लंबी, रूखी अँगुलियों को चटका लेते, जिनके सहारे वो आउट स्विंग और इन स्विंग में सिद्ध माने जाते थे और इंडियन हेडली कहे जाते थे।

ये सारे लड़के बीस-बाइस के आस-पास के थे। छोटी उम्र में काफ़ी लंबाई खींच गए थे। शतदल पांडे तो पूरे छह फ़ीट तीन इंच का था, दुबला-पतला इशांत शर्मा जैसा। सब बड़े शालीन थे। मोबाइलों में शानदार इतिहास क़ैद हो रहा था। शानदार कपड़ों में आईं सालियों की जवान लड़कियाँ युवा खिलाड़ियों से सट-सटकर सेल्फ़ी लेने में लगी थीं। एक ने तो बाक़ायदा शर्मीले शंकर यादव के दागदार गाल के क़रीब जाकर फ़ोटो ली।

राजू भाई ने बच्चियों से अस्पताल की मर्यादा बनाए रखने को कहा, फिर क्रिकेट के गुरु संदीपन की तरह शुरू हो गए अपने बखान में, "हमारे ज़माने की पेस बॉलिंग की बात ही अलग थी। हमने तो बचपन में कोटला में वेजली हाल को गेंद फेंकते देखा। माइकेल होल्डिंग को देखा। क्या बॉलर हुआ करते थे। दिल्ली में नेट प्रैक्टिस के दौरान हमारी पेस बॉलिंग देखकर एक बार मार्शल ने कहा था, थोड़ी हाइट और होती तो दुनिया में तुम्हारे टक्कर का पेस बॉलर ढूँढ़ना मुश्किल होता।"

क्रिकेट की इस करोड़पति नस्ल पर अपना ज्ञान उड़ेलते हुए राजू भाई बता रहे थे, "स्विंग के लिए अँगुलियों और कलाई के जर्क का कैसे इस्तेमाल करना चाहिए। कंधे को कैसे यूज़ करना चाहिए।" प्रैक्टिकल दिखाने के लिए वो थोड़ा काँखते हुए बिस्तर से उठना चाहते थे, पर लड़कों ने रोक दिया, "रहने दीजिए... समझ गए सर! एक बार मोहाली में आपने बताया तो था।"

राजू भाई बोले, "ठीक है!"

दिल्ली से खेल रहे राणा ने कहा, "सर, स्पीड के लिए क्या करना होगा?"

राजू भाई ने कहा, "इस चक्कर में नहीं पड़ना। अब कोई स्पीड से नहीं डरता। हेलमेट आने से पहले लोग डरते थे। अब तो गेंद में वर्क और वैरिएशन होना चाहिए। अब आर्ट और ट्रिक का दौर है, चाहे स्पिन हो चाहे पेस बॉलिंग। कटर, यार्कर, स्लोअर, स्विंग सबमें मास्टरी होनी चाहिए। हमारे ज़माने में तो..."

यह कहकर वो फिर पुराने इतिहास की ओर लौटना चाहते थे कि समझदार बालकों ने कहा, "सर आपको रेस्ट करना होगा। सॉरी, हम लोगों ने बड़ा टाइम लिया।"

राजू भाई तो उत्साह के शिखर पर थे, "अरे भाई, पेस बॉलिंग तो क्रिकेट की जान है।" ग्रिफ़िथ, बॉब विलिस से लेकर लिली-थॉमसन, वसीम अकरम तक को उन्होंने याद फ़रमाया। लेफ़्टी की पेस बॉलिंग में क्या उपयोगिता है, यह भी बताया। भारत में पेस बॉलिंग के निराशाजनक अतीत को याद करते हुए उन्होंने बताया, "इशांत शर्मा, मोहम्मद शमी और उमेश यादव वक़्त-वक़्त पर उनसे स्विंग के टिप्स लेते रहते हैं।"

सचमुच आज शाम वो वैसे ही फ़ॉर्म में थे, जैसे पैंतीस-चालीस साल पहले हुआ करते थे। उन्होंने मन मसोसकर कहा, "उन्हें तो काउंटी क्रिकेट में भी खेलने का ऑफ़र मिला था। लेकिन अंग्रेज़ी ने मामला भिंडी कर दिया। तो बच्चो, ध्यान रखना, यूपी वाले खिलाड़ी अंग्रेज़ी के कारण मारे जाते हैं। मीडिया के सामने भी शर्मिंदगी झेलनी पड़ती है।" लड़कों ने इस बात का समर्थन किया और बताया, "उन्होंने दिल्ली में इंग्लिश स्पीकिंग का कोर्स किया है और ऑनलाइन भी पढ़ रहे हैं किसी स्वाति रसगोत्रा मैम से।"

हमेशा की तरह राजू भाई का प्रवचन लंबा हो चला था। आस-पास के पेशेंट की तरफ़ से भी ऐतराज़ होने लगा था कि इस रूम की वजह से दिक़्क़त हो रही है। राजेश्वरी दो बार उधर से निकल चुकी थी। देख चुकी थी कि राजू चौधरी उर्फ़ पेशेंट नंबर 107 आज पूरी तरह चौकस और मगन

हैं। आज उन्हें न कान में सनसनाहट हो रही थी, न बार-बार पेशाब आ रही थी। पाँव की सूजन भी उड़ चुकी थी। बिस्तर पर एक ही आसन पर जमे थे। ज़्यादा उत्साहित होते तो वज्रासन में बैठकर हाथ नचा-नचाकर बतियाने लगते। और घरवालों ने भी इतने दिन बाद उन्हें प्रसन्नचित्त देखा। बड़ी साली सुनीता दहिया कल ही मेरठ से आई थी। सारी बातें सुनकर उसके मुँह से निकला, "सच्ची में जीजाजी इत्ते बड़े पेस बॉलर रहे हैं? हमें तो कभी गावस्कर, कपिल देव से न मिलवाया इन्ने।"

क्रिकेट विमुखी दारूबाज़ बेटे जगबीर ने कमला पसंद और तुलसी मिश्रित गोला गाल के एक कोने में स्थानांतरित करते हुए कहा, "बताते हैं कि पापा ने बॉलिंग एक्शन रिचर्ड हेडली से सीखा था।"

राजू भाई को यह डेकोरम के ख़िलाफ़ लगा। वो आँखों के इशारे के साथ बोले, "ये कचरा पहले बाहर थूक के आ, फिर बतइयो!"

वह खिसिया गया और थूकने के लिए कमरे के बाहर दूर तक निकल गया। उसके पीछे राजू भाई ने कमर पर हाथ रखने के अंदाज़ में कहा, "कितने बाहर के लौंडों को रणजी, सेंट्रल ज़ोन में खेलवा दिया। लेकिन अपने घर के लौंडे को क्रिकेट में कोई इंटरेस्ट ही नहीं है। सब तक़दीर की बात है। देखो, कितनी अच्छी बॉडी है, पूरा तगड़ा जट्ट है, पर पेस बॉलिंग का शौक़ ही नहीं है। उल्टे कहता है कि क्रिकेट निकम्मा गेम है। फ़ुटबाल खेलना चाहिए।"

राजू भाई का दर्द झलक आया तो पत्नी क़रीब आ गई, "छोड़ो जी, नसीब की बात है। पोत्ते सन्नी को बना लेना क्रिकेटर।"

इस गंभीर हो चली चर्चा के बीच, बेहद मसरूफ़ दिख रही राजेश्वरी ने बीच में कूदकर कहा, "हाँ जी अंकल, मज़ा आ रहा है न फ़ुल्ल... अच्छा तो कल गुडबॉय करते हैं अपन। पता लग गया आपको कौन-सा मर्ज़ था। डायरेक्टर साहब ने भी ऑर्डर कर दिया है। आपका बिल लखनऊ पहुँच जाएगा। बाक़ी डॉक्यूमेंट कलेक्ट कर लेना सुबह जल्दी-जल्दी।"

फिर क्या था! राजू चौधरी ने कमान बना धड़ पूरा सीधा कर, इस बार पूरे दाँत खोले और सेब का एक पीला पड़ चुका टुकड़ा उठाकर मुँह में डाला और चबुरियाते हुए बोले, "हम पहले से ही कह रहे थे कि हम बहुत सोशल आदमी हैं। यही हमारी दवा है।"

शाम के आठ बज रहे थे। सामने टीवी पर आईपीएल का दूसरा मैच चल रहा था। आज राजू भाई रिमोट लेकर दो तकियों के ऊपर ऐसे बैठे थे, जैसे वीआईपी पैवेलियन में बैठे हों। यह भी मधुर संयोग कि आज उनकी प्रिय टीम चेन्नई ने झंडे गाड़ रखे थे। और धोनी का बल्ला तो वाक़ई सितम ढाए था।

सोनमढ़ी चीनी बत्तीसी

लंबी कढ़िलन और असहनीय कष्ट के बाद आज वकील साहब ने आँखें मूँद लीं। बड़ा लड़का ज्ञानरंजन सिडनी में चल रहे भारत-ऑस्ट्रेलिया टेस्ट मैच को देखने के लिए तड़के उठ गया था। इशांत शर्मा के पाँचवें ओवर की आख़िरी बाल पर वॉर्नर के आउट होते ही वह टॉयलेट की तरफ़ भागा। काफ़ी देर से वह कसकर पाजामा पकड़े, जाँघ दबाए दबाव थामे बैठा था। अंदर मनौती माँग रखी थी कि एक विकेट गिरते ही वह पेशाब करने जाएगा।

टॉयलेट बाबूजी के कमरे से होकर जाना पड़ता था। वहाँ से लौटते हुए उसने कुछ आशंकित होकर पिता के माथे पर हाथ धरा और फिर नाक की ओर ठंडी हथेली ले गया। भले ही वह एजी ऑफ़िस का ऑडिटर था, पर इतनी डॉक्टरी जानता था कि जिए और मुए की पहचान कर सके। देह एकदम ठंडी पड़ी थी। उसने लाइट जलाकर मुँह की ओर देखा, फिर आँखों की ओर। खेल ख़त्म हो चुका था। टीवी पर एक और विकेट गिरने के शोर के बीच उसने यथोचित गुहार मारी, "माताजी, सरोज, गुड्डन, महेंद्र।"

सब भड़भड़ा के उठे, "अरे, क्या हुआ?"

"अरे बाबूजी चले गए... अपने... अरे राम! यह क्या हो गया अचानक!" कहकर वह टीवी वाले कमरे की ओर भाग गया। यह भी पता करना ज़रूरी था कि चौथा कौन आउट हुआ!

पारिवारिक विलाप का सघन दौर शुरू हुआ, "अरे तुम बिन बताए काहे चले गए महेंद्र के बाबू!"

"बाबूजी, आपके बिना हम कैसे रह पाएँगे!"

"अरे बप्पा रे, आप तो कहते थे कि अपने नाती-पोतों की शादी कर के जाओगे। आप धोखेबाज़ निकले!"

स्त्री रुदन के बीच सबसे छोटा वकील बेटा महेंद्र कैसे चुप रहता। उसने पुरुषोचित ढंग से विलाप किया, "आज वैसाखी के दिन देह त्यागे हैं बाबूजी। रोओ मत उनकी आत्मा दुखी होगी!"

इस बात का असर हुआ। वकीलाइन यानी शीला देवी ने विधि सम्मत आदेश दिया, "अरे दइया रे! इन्हें भूमि पर तो लिटा दो।" तब तक क्रिकेट वाला दर्शक भी श्रवण कुमार जैसी श्रद्धा के साथ वहाँ आ गया। लाश पर कंबल उठाते ही पनारे जैसी बदबू निकली। सरोज़ और गुड्डन तो जैसे उल्टी करने की हालत में थीं। दरअसल देहत्याग से पहले वकील साहब रातभर मल-मूत्र में सने पड़े रहे थे। लगातार बिस्तर पर लेटे होने के कारण उन्हें बेडसोर हो गए थे। डॉक्टर चोपड़ा ने कह रखा था कि दिन में दो बार बदन को स्प्रिट से साफ़ करने के साथ पाउडर लगाकर रखा जाए। लेकिन रोज़ यह हो नहीं पाता। लड़के घिनाते थे। बेटियों को इसलिए दूर रखा जाता था कि अमूमन बिस्तर पर वो नंगे पड़े रहते थे। बेचारी धर्मपत्नी ही अपना धरम निभाते हुए रो-धोकर उनका बदन साफ़ करतीं। सुध बिसरे हो चुके वकील साहब शंकर दयाल रायज़ादा उनकी सेवा पर रोज़ यही बर्राते, "तुम माँ हो मेरी, मेरी माँ... माँ जी! माँ जी... मेरी मदर टेरेसा!"

वह समझ जातीं कि वकील साहब सचमुच होश खो चुके हैं।

घर में उनकी यह हालत पूरे एक साल से थी। दोनों कूल्हे टूटने के बाद वकील साहब का बिस्तर बाक़ायदा अस्पताल वाले बेड की तरह लगा दिया गया था। यह पूरी तरह गुप्त रखा गया था कि उन्हें चोट कैसे और कहाँ लगी। बस दोनों बेटों को मालूम था। ससुराल से आई दोनों बेटियों

को भी यही बताया गया था कि इंदिरानगर में रात को कोहरे के मारे गाड़ी का एक्सीडेंट हो गया था।

कमर से लेकर पूरा जिस्म पट्टियों से बाँधकर रखा गया था। शुरू में पड़े-पड़े वो आचार्य श्रीराम शर्मा से लेकर वेद प्रकाश कंबोज की किताबें पढ़ते रहे। फिर एक टीवी लगा दिया गया। लेकिन धीरे-धीरे सारे शौक़ ख़त्म हो गए। एक दिन ऐसा भी आया जब क्रिकेट की बात चलती तो वो पूछते, "वेंगसरकर ने कितने रन बनाए?" फिर उन्हें बताना पड़ता कि अब विराट कोहली का जमाना है। फिर पूछते, "करसन घावरी तो खेल रहा है ना?" झल्लाकर ज्ञानरंजन साहब बताते, "अब उमेश यादव और भुवनेश्वर कुमार तेज़ गेंदबाज़ी करते हैं।"

ज़ाहिर है, अब वकील साहब का दिमाग़ जवाब दे चुका था। और आज उनकी मृत देह ने सारे किस्सों और अटपटी दरयाफ़्तों पर विराम लगा दिया।

अब बेटियों को वहाँ से हटाकर वकील साहब की देह साफ़ की गई। एक महकउआ तेल लाकर बदन पर रगड़ा गया। ज़मीन पर गद्दा और भागलपुरी चादर बिछाकर उन्हें लिटा दिया गया। चंदन वाली अगरबत्तियों का गुच्छा लगा दिया गया। अब यहाँ इतनी ख़ुशबू थी कि दिवंगत वकील साहब के पास चार-छह घंटे बैठा जा सकता था। शीला देवी ने सबको समझा दिया कि आज बच्चों को सोने दो। स्कूल भेजने की ज़रूरत नहीं।

लाश के पास बैठकर वकील साहब के जीवन पर गहन चर्चा शुरू हुई। मसलन, वो पाक-कला में माहिर थे। अपनी मंडली में कितना बढ़िया मंजीरा बजाते थे। शीला देवी फुसकते हुए गर्व से बता रही थीं, "जज बनने के लिए कित्ती बार ऑफ़र आए, पर वो कहते थे कि आज़ाद पंछी हैं हम।"

और रायज़ादा साहब के बच्चे संतुष्ट थे कि उनके बाबूजी ने शहर में एक हैसियत बनाई। लेकिन शव के अंतिम अशोभनीय रूप ने सबको

थोड़ा व्यथित कर रखा था। फुसकती गुडइन ने कहा, "माताजी, देखो आख़िरी बखत में सारा फ़ेसकट बदल जाता है। गाल कितने पचक गए हैं। ऐसे थोड़ो थे बाबूजी!"

गाल पिचकने के बात पर शीला देवी ने वाक़ई ग़ौर किया कि उनके गाल कुछ ज़्यादा ही धँसे हैं।

अचानक वह चौंककर बोली, "अरे दइया रे, इनके दाँत कहाँ हैं?"

असल में वकील साहब बीस साल से बत्तीसी लगाते थे। यह मामूली बत्तीसी नहीं थी। एक माहिर चीनी डॉक्टर ने सामने के चार दाँत छोड़ बाक़ी में सोना जड़ा था। रात में उनकी बत्तीसी निकालकर चीनी मिट्टी के बड़े से कटोरे में रख दी जाती। सुबह साफ़ पानी या फिटकरी के पानी से धोकर, या कभी विम से धोकर-चमकाकर उनके मुँह में जमा दी जाती। बत्तीसी लगते ही वो पुराने ज़माने के हीरो मोती लाल जैसे लगने लगते। बत्तीसी हटते ही उनका पोपला चेहरा दिखता तो नाना पल्सीकर जैसे हो जाते। इसलिए उनका प्रयास होता कि ज़्यादातर वक़्त बत्तीसी में ही गुज़ारा जाए। सोने से पहले ही वो बत्तीसी निकालते और सुबह पाँच बजे उठते ही जमा लेते। इस वजह से जनता की नज़र में उनका चेहरा शानदार बना रहा। लेकिन जब से बिस्तर पर पड़े, बत्तीसी को लेकर वो पत्नी पर आश्रित हो गए। वही इसे साफ़ करती थीं।

असल में यह बत्तीसी कोई मामूली बत्तीसी नहीं थी। लखनऊ में केसर बाग के पास डॉक्टर ली सुन हाऊ चांग नामक दाँतों के डॉक्टर ने यह बत्तीसी ख़ास तौर पर उनके लिए बनाई थी। चांग लखनऊ का आख़िरी चीनी डॉक्टर था। उसके पास पटना तक के ग्राहक, या कहें बत्तीसी के तलबगार आते थे। चांग पहले कलकत्ते में था। वहाँ से हुनर और हिंदी-बांग्ला सीखकर पहले वह आगरा-कानपुर में रहा। फिर एक बदनाम महिला विधायक मनोरमा अवस्थी उसे लखनऊ ले आई और अपने बड़े से गैरेज में उसे जगह दे दी। यहाँ उसका कारोबार चमक गया। चांग अपने

परिवार को हिंचीनी कहता था।

असल में पायरिया के कारण वकील साहब के दाँत जल्दी गिरने लगे थे। पत्नी व अन्य की शिकायत रहती कि आपके मुँह से बहुत बदबू आती है। चांग की शोहरत जानकर वो पहुँचे और पूरी बत्तीसी की बात की। चांग समझ गया यह मोटा आसामी है। उसने सलाह दे डाली कि इसमें सोने के दाँत भी फ़िट करवा लीजिए। उसने वकील साहब को बताया, "बादशाह लोग भी सोने के दाँत लगवाते थे। यह शरीर के लिए भी ठीक रहता है। कोई साइड इफ़ेक्ट भी नहीं।"

वकील साहब ने मोटी रकम ख़र्च कर यह बत्तीसी बनवाई। सोने के दाँत सामने नहीं थे, इसलिए पूरी मुस्कान पर ही वो दमक मारते थे। कोर्ट में भी उनकी बत्तीसी की ख्याति थी। लोग कई बार मज़ाक़ भी उड़ाते, "वकील साहब बत्तीसी लगाकर रात-बिरात मत निकला करो!" कमाल की बात यह थी कि बीस साल से यह बत्तीसी जस-की-तस थी। नए डेंटिस्ट भी मानने को तैयार नहीं होते कि यह बत्तीसी दो दशक की हो गई है।

बहरहाल, यह नायाब और प्रख्यात चीनी बत्तीसी ना वकील साहब के सिरहाने दिखी, ना कमरे में कहीं। रोना-कलपना छोड़कर दोनों बेटियाँ चूहे के बिल तक हो आईं। पर वह कहीं नहीं मिली। दोनों बेटे शक से एक-दूसरे का मुँह देखकर कह रहे थे, "भई, हमने तो नहीं देखी दो दिन से।"

दुख में डूबी शीला देवी बयान दे रही थी, "अरे भइया, परौं तक यहीं सिरहाने प्याले में धरी थी। हम लगाने जा रहे थे तो कहने लगे–अब सरक जाती है। डर लगता है।"

इस बत्तीसी कांड के चक्कर में सब भूल गए कि लोगों को सूचित करना है। छोटे वकील को ड्यूटी दी गई। उसने डायरी उठाकर फ़ोन करने शुरू किए, "पिताजी के दिन पूरे हो गए। दोपहर बारह बजे के बाद घाट ले जाएँगे।"

बीच में जाकर वह बड़े भाई को समझा आया, "अरे भइया, थोड़ा वॉल्यूम तो कम कर दो!" पहली बार बड़े ने फ़ौरन उसकी बात मानी और बोला, "आख़िरी विकेट है, आज ही पूरी टीम निपट जाएगी।"

असल में क्रिकेट के इस मस्ताने के लिए बाप की मौत बड़ी घटना थी ही नहीं। मन-ही-मन कह रहा था–बुड्ढे ने बड़े मज़े लिए। अच्छा ही है भगवान ने और ज़्यादा दिन नहीं कढ़िलवाया!

असल में बाप और बड़े बेटे में कम ही पटती थी। वकील साहब उसे आईएएस-पीसीएस बनाना चाहते थे, पर वह तीन प्रयास के बाद नाकाम रहा। अंत में एजी ऑफ़िस में ऑडिटर बनकर संतुष्ट हो गया। पिता जैसी होशियारी और दंद-फंदई वह सीखना भी नहीं चाहता था। दो ही शौक़ पाले–क्रिकेट और जगह-जगह मैराथन में जाने का।

वकील साहब शंकर दयाल रायज़ादा एक साल पहले तक सतर जवान की तरह पूरे लखनऊ में दौड़ लगाते थे। घर में इतना पैसा आता कि कोई उनके शौक़ भी जानने की कोशिश नहीं करता। पत्नी इतना ही कहतीं कि ऐसा मत करना कि जवान लड़के लठ लेकर खड़े हो जाएँ। पर क़िस्मत का फेरा देखिए, एक हादसे ने सब कुछ खोलकर रख दिया।

दरअसल वकील साहब ने चौक में एक पुराना घर लेकर किसी अनीसा बेगम को वहाँ रख रखा था। साल भर पहले रात को वहाँ से निकलते ही एक छुट्टे साँड़ ने उन्हें पटक दिया। दोनों कूल्हे टूट गए। सिर फट गया। होश आने पर उन्होंने घर की बजाय बेगम का पता बताया। उसी ने अस्पताल पहुँचाया। घरवालों ने अनोखे तीमारदार को देखा तो शुक्रिया कहकर अलविदा किया। बेगम ने सही सलामत बच गई बत्तीसी शीला देवी को देकर कहा, "दीदी, हमें माफ़ कर दें, मेरा कोई कसूर नहीं।"

बड़े बेटे ने बाप की हालत पर तरस खाने की बजाय कहा, "सरऊ परसादी लेने गए थे बाई जी के यहाँ। ल्यो मज़ा अब ज़िंदगी भर!" दूसरा बेटा इतना बाग़ी नहीं था। पत्नी का मानना था कि भारतीय नारी को तो घर

चलाना है क्या करें... जेहि विधि राखे राम!

दस बजे तक सारे परिवारियों को सूचित कर दिया गया था। ज़्यादातर रिश्तेदार गोंडा, लखीमपुर और कानपुर में थे। तय हुआ कि इनका इंतज़ार कर लिया जाए। इनके एक रिश्तेदार दैनिक जागरण में थे, सो उनके कहने पर ख़बर के लिए विज्ञप्ति बनाने का ज़िम्मा छोटे वकील ने लिया, "लखनऊ के प्रख्यात अधिवक्ता शंकर दयाल रायज़ादा का आज लंबी बीमारी के बाद निधन हो गया। वो सत्तर साल के थे। बार कौंसिल के मानद सचिव रहे रायज़ादा एक साल पहले घर में सीढ़ियों से गिर गए थे। इस हादसे में उन्हें गंभीर चोटें आई थीं और जीवन और मृत्यु के बीच में झूलते हुए उन्होंने आज संसार को अलविदा कह दिया। पूरे राज्य के वकीलों ने उन्हें भावपूर्ण श्रद्धांजलि दी है। उनके परिवार में पत्नी शीला देवी, दो पुत्र और दो पुत्रियाँ हैं। उनके एक पुत्र महेंद्र रायज़ादा सत्र अदालत में अधिवक्ता हैं।"

लेकिन ज्ञानरंजन बाबू इन बातों से बेफ़िक्र थे। एक तसल्ली यह भी थी कि पूरी ऑस्ट्रेलियाई टीम आज ही निपट गई थी। अब वह सैनी टैंट हाउस से आईं कुर्सियाँ लगवाने में लग गया था। फटाफट उसने पानी का डिस्पेंसर रखवाकर आने वालों की संवेदनाएँ स्वीकार करनी शुरू कर दीं। अंदर से यह ख़ुशी थी कि शवयात्रा में अच्छी भीड़ जुटने वाली है। उसके ऑफ़िस के लोग भी आए। दफ़्तर के कामचोर बाबुओं के लिए यह मौक़ा बड़े काम आता है। आज उसे समझ आ रहा था कि पिताजी कैसे भी हों, व्यवहार तो ख़ूब कमाया है।

वकीलों की लाम जुट गई। पार्षद, विधायक, क़लमकार और कृतज्ञ मुवक्किल भी आ गए।

ज्ञानरंजन को याद आया कि हाल में मोहल्ले के एक जनवादी कवि नंदन जी की शवयात्रा में हज़ार से ज़्यादा लोग जमा हुए थे। लाल सलाम, अमर कवि नंदनजी को लाल सलाम के नारे गूँजे थे।

अंदर टट्टर बँधने लगा था। कुछ ज़्यादा ही फूल चुके वकील साहब को सफ़ेद वस्त्रों में लपेट दिया गया था। फ़ैमिली पंडित कृष्णलाल अग्निहोत्री की निगरानी में आख़िरी यात्रा की तैयारी हो रही थी। पंडित ने कहा, "दिवंगत की सारी प्रिय वस्तुएँ साथ रख दी जाएँ।"

टाइटन की घड़ी, एकमुखी रुद्राक्ष की माला, उनके दो चश्मे, हाथ की अँगूठियाँ, चेन सब आ गईं। शीला देवी कुनमुनाईं, "पंडितजी, सोने के दाँत वाली एक बत्तीसी हेरा गई है... अब बताओ कहाँ से लाएँ?"

कृष्णलाल के कान खड़े हो गए। "अरे भाई, ढंग से ढूँढ़ो, कहाँ बिला जाएगी! शास्त्रों में लिखा है कि मृतात्मा की प्रिय वस्तुएँ साथ में परवा करना ज़रूरी होता है।"

तर्कशील वकील पुत्र महेंद्र ने चिढ़कर प्रतिवाद किया, "पंडितजी, यह चूतिया बनाने का कार्यक्रम अब मुल्तवी कर दो। टाइम हो रहा है... हाँ गुड्डन, यह घड़ी, माला, अँगूठी अंदर ले जाओ!"

पंडित कुनमुनाया, "अरे भाई, हम तो शास्त्र सम्मत बात कर रहे हैं। अब तुम बहुत आर्यसमाजी बन गए हो तो ठीक है। सनातन धर्म की मर्यादा भी कोई चीज़ होती है।"

महेंद्र मन-ही-मन बड़बड़ा रहा था– 'ससुरे पंडितवे को मालूम नहीं है कि एकमुखी रुद्राछ की ऐसी माला सिर्फ़ इंदिरा गाँधी के पास थी। नेपाल नरेश ने ख़ुद भिजवाई थी बाबूजी को।'

लेकिन शीला देवी की एक ही रट थी, "अरे भइया वह सोनमढ़ी बत्तीसी ढूँढ़ो... कौन लील गया हरामी, सत्यानाश होय!"

उनकी गाली पर सनाका छा गया था। ऊपर रहने वाली मुँहलगी किरायेदारिन स्वीटी गुप्ता बाक़ी औरतों से कह रही थी, "माया के पीछे मरी जा रही है डुकरिया। पता नहीं, बत्तीसी में कौन-सा कोहनूर जड़ा था!"

अब तक पाँच सौ आदमी घर के बाहर जमा हो चुके थे। इतने ही घाट

पर आने वाले थे। ज्ञानरंजन को तसल्ली थी कि बुढ़ऊ की बारात मोहल्ले में हमारी नाक बचा लेगी। आज एक रिकॉर्ड बनेगा। उसने मखाने-सिक्के और बताशे का झोला अपने बहनोई कमलाकर खरे को सौंप दिया। वह तोंद हिलाते हुए मुट्ठी भर-भरकर लुटा रहा था। ग़रीब बच्चे टाँगों के बीच-बीच घुस-घुसकर प्रसाद लूटने में लगे थे।

विशाल शवयात्रा के बीच, पारंपरिक नारी विलापों की दिलभेदी दहाड़ को दबाती आवाज़ें गूँजने लगी थीं, "जब तक सूरज चाँद रहेगा, रायज़ादा तेरा नाम रहेगा।"

शवयात्रा के ओझल होते ही घर की ये तीन महिलाएँ टेसुए पोंछने के साथ ही फिर उस नायाब सोनमढ़ी चीनी बत्तीसी को तलाशने में लग गईं।

पर वह कहाँ मिलने वाली थी!

बैलनिया दाई

गर्मी की स्कूली छुट्टियों में जब दूसरे लोग नैनीताल-शिमला जाते थे, हम अपने गाँव जाते थे। शहर से थोड़ी दूर इस गाँव में तब विकास के नाम पर इतना हुआ कि लोक-कल्याणकारी सरकार आने के बाद एक देसी दारू का ठेका खुल गया था। क़ानून-व्यवस्था सँभालने के लिए उसी के सामने एक पुलिस चौकी खुल गई थी। छह घंटे के लिए बिजली आनी शुरू हो गई थी। गोधन-क्रांति के नाम पर अच्छी नस्ल के बछड़े-बछिया पैदा करने के लिए प्रधानजी ने ब्लॉक प्रमुख की किरपा से गाँव में श्यामवर्णीय भीमकाय साँड़ छुड़वा दिया था। उसके कूल्हे के पास त्रिशूल का सरकारी निशान था। उस निशान के कारण छुट्टे साँड़ की शान और इज़्ज़त कुछ ज़्यादा ही थी गाँव में। साँड़ की वैसे तो मालिक सरकार थी, पर इसे प्रधानजी का साँड़ कहा जाता था। साँड़ के बारे में एक बात स्थापित हो चुकी थी कि यह गऊ जैसा सीधा है। कोई इसे छेड़े ना तो यह कुछ नहीं कहता।

पर हमारी कहानी का पात्र सिर्फ़ यह साँड़ नहीं था। हुआ यह कि तपती जून के जिस विकट दिन हम गाँव पहुँचे, हमारे चचेरे भाइयों ने बताया कि उस विशिष्ट साँड़ का अपहरण हो गया है। कोई उसे भगाकर ले गया है। बड़ी ढूँढ़ाई मची। गऊ मालिक और गऊ सेवक दौड़ाए गए। पर वह कहीं नहीं मिला। दो दिन बाद किसी ने प्रधान बंसी सिंह (हमारे ताऊ, जिनके घर हम आए थे) को ख़बर दी कि साँड़ तो बैलनिया दाई के फटके में

मज़ा कर रहा है। उसकी संगत के लिए पहली ब्यांत का इंतज़ार कर रही दो-तीन गायें वही हैं। उसके चारे की व्यवस्था कर दी गई है। बैलनिया दाई के सामने तो वह नंदी भगवान की प्रतिमूर्ति बना बैठा है।

इस अपहरण ने गाँव में तहलका मचा दिया। सवाल यह था कि इस साँड़ को फटके तक लाया कौन! अब सहारा जगसुनी बातों का था। इनके आधार पर बताया गया कि दो दिन पहले फटके में क़ैद बैलनिया दाई अपने बँधना खोलकर भाग गई थी। रास्ते में अहीराने के पास यह साँड़ बैठा मिल गया। साँड़ से डरे बिना उसने पीठ पर बैठकर सवारी शुरू कर दी और टिटकारी मारकर हाँकते हुए फटके के अंदर ले आई। तब से यह आज्ञाकारी साँड़ हिलने का नाम ही नहीं ले रहा। वाक़ई ऐसा दुस्साहस बैलनिया दाई ही कर सकती थी। क्योंकि न तो उसे जीवन के बारे में मालूम था, ना मृत्यु के। वह भय से मुक्त थी, इसलिए साँड़ और घोड़े की सवारी एक-जैसी थी।

लेकिन एक तार्किक अनुमान यह भी था कि जन-कोलाहल और गऊ समागम के अतिशय भार से मुक्ति के लिए यह साँड़ ख़ुद ही फटके में चला आया और उसे यहाँ की निर्जनता भा गई। बस ख़ास बात यही थी कि उसे बैलनिया दाई की संगत मिल गई। वह दूर बरगद के नीचे बैठा, रौबीली आँखों से उस आजन्म क़ैदी को देखता रहता था।

साँड़ को वहाँ से छुड़ाने की हिम्मत किसी में नहीं थी, क्योंकि बैलनिया दाई के नाम से पूरा गाँव काँपता था। सिर्फ़ प्रधानजी और उनके बेटों को छोड़कर। सचमुच, रात में बच्चों को सुलाने के लिए गब्बर सिंह की बजाय बैलनिया दाई का नाम लिया जाता था। बैलनिया दाई जब कभी क़ैद से आज़ाद होकर फटे कपड़ों में निकलती थी तो पूरे गाँव में कर्फ़्यू लग जाता था। घरों के दरवाज़े बंद हो जाते थे। चौकी के सिपाही भी 'दाई पायलागी' कहकर सरक जाते थे। अंततः ख़ौफ़ से मुक्ति के लिए प्रधानजी या उनके बेटों की मदद ली जाती। आमतौर पर प्रधानजी ही सोंटा या औगी लेकर

निकलते। उन्हें देखते ही बैलनिया दाई काँपते हुए ज़मीन पर लोट जाती, "मालिक मारो ना, नंबरदार बस हम जा रहे हैं।" और प्रधानजी की बेरहम सटासट के बाद गाँव में शांति स्थापित हो जाती।

गाँव का यह फटका, कभी नंबरदारों की शान की गवाही देता था। इसमें कुछ कोठरियाँ थीं। हाथी-घोड़े बाँधने के जगह थी। देखकर लगता था कि यहाँ कभी छोटा-सा दरबार लगता होगा। एक ऊँचे चबूतरे जैसी जगह थी, जो बड़े नंबरदार यानी सोलह आने के ज़मींदार के लिए थी। इस जगह पर बैठने वाले आख़िरी नंबरदार थे ठाकुर गंगादीन। उन्हें असेसर साहब भी कहा जाता था। असेसर मतलब अदालत में बैठने वाले पाँच जूरी में से एक, जिनकी मदद से अंग्रेज़ जज साहब फ़ैसला करते थे। बताते हैं गाँव में पहली साइकिल ठाकुर गंगादीन के पास ही आई थी। ख़ुद नहीं ख़रीदी थी। क़त्ल के मामले में अनूपपुरी के ज़मींदार ठाकुर दमन सिंह कछवाहा को छुड़ाने के बदले में उनकी पत्नी ने ख़ुद गाँव आकर यह साइकिल उन्हें भेंट की थी।

गंगादीन के बारे में गाँव के लोककवि मंगल यादव ने रचा था, "ठाकुर वंश में याकै हीरा, गंगादीन भगत बलबीरा।"

माता-पिता के अकेले पुत्र गंगादीन तो परम वैष्णव नंबरदार थे, पर उनके चचेरे भाई असली फ़िल्मों वाले ज़मींदार। बहरहाल यही गंगादीन हमारे बाबा थे। और बैलनिया दाई बाबा के एक चचेरे भाई ठाकुर जागेश्वर के बेटे बंसी सिंह की पत्नी थी। यानी रिश्ते में वह हमारी ताई लगी।

तो बात फटके की चल रही थी। ज़मींदारी जाने के साथ ही यह जगह उजड़ गई। होशियार वारिस पहले ही हवा का रुख़ भाँपकर कलकत्ते कमाने चले गए थे। कुछ पट्टीदार छोटी-मोटी सरकारी नौकरी में चले गए। जो गाँव में बचे, उन्होंने कॉन्ग्रेस राज में पंचायती व्यवस्था पर भरोसा कर प्रधानी की कुर्सी पर क़ब्ज़ा कर थोड़ी-बहुत इज़्ज़त बचा रखी थी। गंगादीन यानी हमारे बाबा के वंशज ज़्यादा पढ़े-लिखे थे, सो वो लखनऊ-कानपुर जैसे शहरों में

आ बसे। गाँव में बड़े-से घर के बाहर एक ताला लगा हुआ था। नंबरदारी की निशानी के नाम पर गाँव में एक गंगादीन प्राइमरी पाठशाला थी, जिस पर अलाल क़िस्म के पंडित मास्टरों ने क़ब्ज़ा कर रखा था।

तीस साल से यह फटका उजाड़ पड़ा था। पहले, एक पीपल के पेड़ के मारे और भी लोग नहीं जाते थे। मदकचियों ने उड़ा रखा था कि यहाँ बाबा का वास है। इसी बहाने मदकची और छिनर मंडली वाले अपना काम सुरक्षित ढंग से कर जाते। फिर इस उजाड़ को आबाद किया बैलनिया दाई ने। गाँव में बैलन उसे कहते थे, जो पागल हो जाता था। आमतौर पर ये पागल या बैलन आगरा या बरेली भेज दिए जाते थे। पर नामी नंबरदार परिवार की बहू को दूर किसी पागलख़ाने में भेजना घर की इज़्ज़त के ख़िलाफ़ था। इसलिए फटका की एक कोठरी में बैलनिया दाई को रख दिया गया। कोठरी का सरियादार दरवाज़ा था, जिससे वह बाहर देख सकती थी। यही उसके जीवन की आस थी। शाम को उसका दरवाज़ा खोलकर फटका बाहर से बंद कर दिया जाता। उसे रात भर की आज़ादी थी। इसी आज़ादी का उपभोग करते हुए वह रात भर चीख़ती, "तेरा नाश हो जाए नंबरदार बंसीलाल। तेरे कीड़े पड़ें। तेरी रखैल, रंडी कल्लो देवी के कीड़े पड़ें।" और जब गालियों की इंतिहा हो जाती, प्रधानजी के दोनों किशोर बेटे शिवदत्त और रामदत्त सोंटे फटकारते पहुँच जाते और फिर गाँव में चीख़-पुकार सुनाई पड़ती, "बउआ मर जइबे, बहुत ज़ोर से लागत है... अब नंबरदार के ना गरियइबे... तुम्हरे पाँव पड़ी बबुआ!"

बैलन दाई की पूरी पीठ और बदन पर नीली निशानी छोड़कर बहादुर बच्चे लौट आते। फिर कुछ रातें शांत हो जातीं।

सरकारी साँड़ जब फटके में आ गया तो मानो उसका मालिक ही बदल गया। जिसे प्रधानजी का साँड़ कहा जाता था, उसे अब बैलनिया दाई का साँड़ कहा जाने लगा था। यह तो सचमुच प्रधानजी की सत्ता को

चुनौती थी। इस चुनौती की काट किसी के समझ में नहीं आ रही थी।

हम गाँव में पूरी जून रुकते। इस दौरान दो-तीन बार उससे मिलना होता। भेंट करने के लिए अम्मा के कहने पर एक साड़ी, एक डिब्बा चूड़ी, एक पत्ता चपकउवा बिंदी, दो-चार पुराने हिंदी अख़बार एक चूना-खैनी रखने वाली चिनौटी (डिबिया) साथ ले जाते। अम्मा का कहना था कि "ये देखकर वो ख़ुश हो जाएँगी।"

हम डरते-डरते पूछते, "हमें पत्थर-वत्थर तो नहीं मारेगी बैलनिया दाई?"

वह हँसकर बताती, "तुम कह देना हम ठाकुर रमेश दत्त-रजनी के बेटे हैं... वो कुछ नहीं कहेंगी।"

इस बार हमने यही किया। मैं अपने छोटे भाई दिनेश और ढाल के रूप में प्रधानजी यानी अपने ताऊजी के बेटे शिवदत्त को लेकर पहुँचा। शिवदत्त के हाथ में अद्धी बंदूक़ थी। फटका खुला था। मस्त साँड़ बरगद के पेड़ के नीचे आराम फ़रमा रहा था। उसके सेवकों ने कटिया, भूसे का इंतज़ाम वहीं कर दिया था। किसी की हिम्मत नहीं हो रही थी कि उस छुट्टे साँड़ को बीच गाँव में लाया जाए। पास के गाँव वाले पशु चिकित्सालय को सूचना दे दी गई। पर सरकारी कर्मचारी भला इतनी मशक़्क़त क्यों करते। गाय और जवान बछिया वाले यहीं आकर साँड़ की सेवाएँ प्राप्त करते। साँड़ एक संत की तरह अपना धर्म निभा रहा था। भक्तों ने उसके लिए वहीं एक नांदी बनवा दी थी।

हम जब उनसे मिलने पहुँचे तो हमेशा की तरह फटे कपड़ों में, गंदगी से सनी कोठरी में बैठी थी बैलनिया दाई। अम्मा ने सिखा दिया था कि तुम लोग बड़ी अम्मा कहना। बैलनिया दाई नहीं। हमें देखने से पहले ही वह अपने बेटे शिवदत्त को देखकर काँपने लगी। उसके हाथ की बंदूक़ देखकर चिल्लाई, "अरे गोली मत चलाना बउवा, हम कहीं नहीं भागेंगे।"

शिवदत्त ने हँसते हुए कहा, "नहीं चलाएँगे गोली। ये देखो शहर से

दिनेश-सुरेश आए हैं तुमसे मिलने, तुम्हारे भतीजे हैं ये। लखनऊ वाली छोटी चाची के लड़के।"

बैलनिया दाई की लाल आँखें स्थिर हो गईं, जैसे अतीत में जाकर कुछ याद कर रही थीं, "अच्छा रमेश के लड़कवा। वह हरामी कभी हमसे मिलने नहीं आया। हमारे बियाह में सहिबाला बना था!" पुरानी बातें सब याद कर रही थी बैलनिया दाई।

हमने 'हाँ-हाँ' कर थोड़ा डरते हुए सिर हिलाया। मैंने कहा, "बड़ी अम्मा तुम्हारे लिए माताजी ने साड़ी, चूड़ी-बिंदी और चिनौटी भेजी है। और ये अख़बार।"

ये देखते ही वह सामान पर झपटने वाली थी कि शिवदत्त की बंदूक़ देखकर सहम गई। डरते-डरते बोली, "बउवा दरवाज़ा खोल दो। हम सिंगार करिबे!"

शिवदत्त ने झिड़का, "सिंगार नहीं घंटा.. हगे-मूते बैठी है, सिंगार करिहैं!"

"बउवा, हमारे स्वामी बंसी सिंह की क़सम, कुछ न करब। प्लीज़, एक बार बाहर कर दो। बिंदी लगा लेई, चूड़ी पहन लेई। फिर चाहे बंद कर देना!" बड़ी अम्मा यानी बैलनिया दाई की भाषा मिली-जुली होती थी। अवधी से खड़ी बोली पर आती और गंभीर विषय एक-आध अंग्रेज़ी का शब्द भी आ जाता।

हमने शिवदत्त से आग्रह किया, "भइया इन्हें नहला-धुलवा दो। डर काहे का। ऐसे भागकर कहाँ चली जाएगी तुम तो हो ही ना।"

उसके दिमाग़ में बात घुस गई। उसने बंदूक़ दिखाते हुए इशारा कर दिया कि बस तैयार हो जाओ। दरवाज़े का ताला खोलकर बैलन दाई को बाहर किया गया। हमें वहाँ से हटने का इशारा किया गया। थोड़ी देर में वह नहा-धोकर, हमारी दी साड़ी पहनकर तैयार बैठी थी। "बउवा एक शीशा ला दो हमारे लिए।" उसने रिरियाकर फ़रियाद की।

मैंने वादा किया, "गाँव में मिलेगा तो अभी लाकर दे देंगे। नहीं तो दशहरे की छुट्टी पर लेकर आएँगे। एक शीशा, जूड़ा और एक लिपस्टिक।"

वह हँस पड़ी, "अरे जाओ अब हम बूढ़े हो गए हैं, इसके बाप साले बंसी ने लिपस्टिक नहीं लाकर दी, तुम कहाँ से लाओगे?"

शिवदत्त की आँखें चढ़ीं, "फिर औक़ात पर... ई देख री हो... समझावन लाल चली पीठी पर!"

वह डर गई, "बउआ मालिक से न कहना, चमड़ी उधेड़ देगा।"

मैंने कहा, "बड़ी अम्मा आपकी देवरानी ने कहा है कि इसे पहनकर दिखाना है।" बैलन दाई चूड़ी पहनती जा रही थी। गाती जा रही थीं– 'ऐसी बरी ब्याही से तो मैं कुँवारी भली थी।'

फिर उसने माथे पर बिंदी लगाई और पूछा, "बउवा माथे के बीच में है न?"

मैंने डरते-डरते बिंदी सरकाकर ऊपर कर दी तो बिलख पड़ी, "हमरी देवरानी देवी है।" फिर सुर बदला, "अरे इसका नाश हो जाए बंसी के ख़ानदान..."

शिवदत्त के तेवर बदलते, इससे पहले ही मैंने तंबाखू रगड़कर दे दी। वह ख़ुश हो गई। वह हाथ जोड़ने लगी, "बउवा आज मत कुठरिया में बंद करो। आज हम सिंगार करके बैठी हैं। हमें पूड़ी सब्ज़ी और खिला दो, क़सम अपने स्वामी की, कहीं भागकर नहीं जाएँगे!"

हमारे कहने पर बैलन दाई की सारी इच्छाएँ पूरी की गईं। शिवदत्त ने कहा भी, "उत्पात मच मचाना, नहीं तो धमकी जाओगी। आज चाँदनी रात है, यही बैठकर सोहर-गारी गाना।" उसने डरते-डरते अपने लड़के को आशीष दिया।

मैंने कहा, "अपने पास एक कैमरा होता तो ज़रूर तुम्हारी फ़ोटो खींचकर ले जाता।" हँसी के मारे उसके पूरे दाँत दिखने लगे, मैले मगर मज़बूत।

लौटकर रास्ते में मैंने शिवदत्त से कहा, "भइया इनका दिमाग़ इतना तो नहीं ख़राब। आप लोग इलाज क्यों नहीं कराते?" उसने कोई जवाब नहीं दिया, इतना ही कहा, "हमारा बाप हरामी है तो क्या करें! पागल तो उसी ने किया है। ख़ुद तो रखैल लाकर रख ली। इसे बैलनिया बनाकर फटके में बंद करवा दिया। दस-बारह साल निकल गए फटके में, कुछ और कट जाएँगे।"

शिवदत्त की बात से यह तो समझ में आ गया कि दस-बारह साल पहले वह नंबरदार घराने की दूसरी बहुओं जैसी थी। पर बाप की हरकत ने उसे विक्षिप्त बनाकर यहाँ पहुँचा दिया। समाज ने उसे नाम भी दे दिया 'बैलनिया दाई'।

मुझे बस इतना याद है कि घर में जब बैलनिया दाई (हालाँकि वह हमारी ताई थी) के कुख्यात कारनामों की चर्चा होती तो अम्मा भारी मन से बतातीं कि जब वह नंबरदारों के घर में ब्याह कर आई थी, तो ख़ानदान की सबसे सुघर बहुरिया कही जाती थी। ख़ानदान में सबसे गोरी, एकदम फक्क! हर व्रत रखने वाली। हर शौक़ रखने वाली, सजने-धजने में आगे। मज़ाक़ में जरंतू क़िस्म की जेठानियाँ-ननदें कहतीं, "पूरी हीरोइन है बांदा ज़िले की... नाक सुआ-सी, मुँह बटुआ-सी।"

अम्मा ने बताया, "वह ठाकुर ख़ानदान की पहली बहू थी जो मैट्रिक करके आई। वह चकिया चलाने की बजाय पछइयाँ बैलों वाली बैलगाड़ी हाँकती थी। बीस किलो दूध देने वाली खुन्नी भैंसिया दुह लेती। लेकिन उसके यही गुण जेठानियों को खटक गए। पहले अपने पतियों को भरा, फिर सास को। पति बंसी ऐसा ज़ालिम श्रवण कुमार था कि पत्नी को अधमरा करके अपनी माँ को प्रमाण के तौर पर अपनी सूजी हुए गदेली दिखाता। वह कुलदेवी से कुलच्छिनी बन गई और एक दिन रोते-कलपते ससुर के प्राण निकल गए तो वह कुलघातिन कही जाने लगी।"

सास रोज़ रो-रोकर दहाड़े मारती, "अरे ये कुलघातिन, रंडी हमारे

सुहाग को लील गई!"

अम्मा यह भी बताती थीं कि वह बांदा के एक हाथीनशीन मुखिया ख़ानदान से आई थी। पाँच भाइयों के बीच अकेली बहन। छोटे नंबरदार जागेश्वर तीन भाइयों में सबसे छोटे बंसी के लिए ख़ुद हाथ माँगने गए थे बाँदा। घरवालों ने कुछ सोचकर ही उसका नाम सिद्धेश्वरी रखा था, लेकिन यहाँ आकर वह सिद्धी देवी बन गई। बस, तीन-चार साल ही वह पति की दुलारी रही। शायद उसी प्यार में दो बेटे आ गए थे दुनिया में। बच्चों को तो पता ही नहीं चला कि उनकी माँ क्यों फटके में चली गई।

एक दिन जब बंसी के ज़ुल्म की इंतिहा हो गई तो सिद्धी देवी शिवलिंग पर पैर रखकर खड़ी हो गई और शाप दे डाला, "जैसे ससुर मरा, वैसे ही राँड़ बुढ़िया मर जाए। बंसी सिंह का नाश हो।" उसकी आँखें लाल थीं। बाल बिखरे हुए। सास-जेठानियाँ चीख़ने लगीं, "अरे दइया इस हत्यारिन पर हुलकी मइया सवार हैं।" उसके हाथ में गँड़ासा था। किसी की रोकने की हिम्मत नहीं हुई। रोते-रोते उसने शिवलिंग पर माथा मार-मार ख़ून बहा दिया। गाँव भर में ख़बर फैल गई कि नंबरदार को छोटी बहू बैला गई है... बेहोशी की हालत में उसे रस्सी से बाँधकर भुसहरे में पटक दिया गया। फिर फटके में डाल दिया गया। दोबारा घर में लौटने के रास्ते बंद हो गए। दोनों बेटे छोटे थे। बंसी को बहाना मिल गया और मौक़ा पाते ही गाँव की एक विधवा अहीरिन कल्लो देवी को ठकुराइन बनाकर ले आया। उसी ने बच्चे पाले। बंसी ने उससे यही शर्त रखी थी कि इन बच्चों को ही अपना बच्चा मानकर रहना होगा। रखैल बनकर भी उसने यह अपना वचन निभाया। बच्चे भी अपनी सगी माँ को भूलकर उसे बड़की अम्मा कहने लगे थे।

तब से बैलन दाई इस फटके में थी। अम्मा ने बताया कि एक साल बाद ही सास मर गई। सचमुच सड़-सड़कर मरी। आख़िरी वक़्त में बेटों ने पास जाने से मना कर दिया। उसकी भक्तिन बहुओं ने ही सेवा की, वह

भी इस लालच में कि डुकरिया के पास मोहरें और आधा किलो सोना है। लेकिन वह मरी तो कुछ नहीं मिला। दोनों जेठानियों ने गरियाते हुए कहा, "पता नहीं किरही कुतिया कौन से भुईंधरे में धरकर चली गई, हमें तो बाबाजी का घंटा थमाकर चली गई।"

दोनों के आदमी ख़ूब हँसे। अपनी माँ के लिए उनके शब्द थे, "अरे मारीच की मौसी थी हमरी अम्मा। छोटी की बद्दुआ खा गई।"

बैलनिया दाई को सास के मरने का पता चला तो वह 'हर हर महादेव' और 'जय जगदंबे माई' कहकर दहाड़ी और कहा, "बंसी सिंह के ख़ानदान की क्षय हो। वह भी कुत्ता ऐसे ही मरेगा।"

उसे तो सास की मौत के एक साल बाद पता लगा कि उसका स्वामी बंसी सिंह नई औरत ले आया है। एक दिन तो वह हँसिया लेकर पहुँच गई जान से मारने। बंसी बीच में न पड़ता तो वह गर्दन चाक कर देती। बंसी ने अपनी रखैल की जान बचाकर उसे अधमरा कर दिया और धमकी दे डाली कि– 'दोबारा मलकिन पर नज़र डाली तो वहीं फटके के अंदर मारकर गाड़ दी जाओगी।' बंसी के बाद कुछ सालों में बच्चे भी इतने बड़े हो गए कि सोंटा लेकर माँ पर बरस जाते। वह 'दइया-दइया' करके पूरे गाँव में हल्ला कर देती। सबको पता चल जाता, आज बैलनिया दाई की धमकाई हो रही है।

बैलनिया दाई के पास शाप और कलपने के अलावा कोई ताक़त तो नहीं थी, पर अपने बेटों के लिए कभी उसने कुछ नहीं कहा। बेटे सोंटे चलाने को आते तो वह इतना ज़रूर कहती, "बेटा माँ की जी हाई, पूत का जी कसाई। अपने बाप पर मत जाओ बउवा... डिप्टी कलट्टर बनो मेरे हीरा।" बच्चे जब जल्लाद बन जाते तो वह एक कहानी ज़रूर सुनाती कि कैसे एक वेश्या के कहने पर बेटे ने माँ का कलेजा निकाल लिया और उसे भेंट करने को निकला। रास्ते में उसे ठोकर लगी तो कलेजा बर्तन से निकलकर बाहर गिरा और उसने पूछा, बेटा कहीं चोट तो नहीं लगी?

इन बच्चों पर इस कहानी का असर शायद ही कभी पड़ा हो। वो ज़ालिम बाप के रास्ते पर थे। पर उनके जो संस्कार थे, उससे लगने लगा था कि आगे चलकर यही अपने बाप की गत बनाने वाले थे।

इस क़िस्से के चक्कर में हम यह बताना भूल गए कि उस सरकारी साँड़ का क्या हुआ। साँड़ फटके से निकलने का नाम नहीं ले रहा था और गऊ मालिक प्रधान से फ़रियाद कर रहे थे कि उसे बाहर निकलवाओ। वह छुट्टा साँड़ है, एक जगह काहे रखा है। एक बात यह भी थी कि बैलनिया दाई के डर के मारे कोई उसे वहाँ से लाने की हिम्मत भी नहीं कर पा रहा था। लोगों ने ब्लॉक प्रमुख जयराम निरंजन और जिला पंचायत अधिकारी पीके मिश्रा तक शिकायत पहुँचाई। पर यह इस स्तर की शिकायत नहीं थी कि ये कार्रवाई करते। अंततः पंचायत बैठी। पंचायत में सदस्यों ने आरोप लगाया कि प्रधान पैसा लेकर गर्भाधान करवाते हैं। इसलिए गाँव में पशु चिकित्सालय खुलवाकर साँड़ को उनके हवाले किया जाए। पर पशु चिकित्सालय खुलवाना इतना आसान काम नहीं था, क्योंकि पशु चिकित्सालय और पशु गर्भाधान केंद्र बग़ल वाले गाँव में खुल चुका था।

ख़ैर, बहुमत से यह फ़ैसला हुआ कि साँड़ को फटके से निकालने की ज़िम्मेदारी प्रधानजी की है। प्रधान ने एक हफ़्ते की मोहलत माँगी। एक हफ़्ता नाम से ही उनके प्राण सूखने लगे। कोई कहता कि बैलनिया दाई की जान ले लो, तो शायद उन्हें दो दिन भी नहीं लगते। घर की औरत थी, वह भी पागल, पर साँड़ को निकालना तो जैसे यमराज से जूझना था। बेटे जवान हो रहे थे, अच्छी-ख़ासी दहशत बनाने लगे थे। लेकिन साँड़ को फटके से निकालने में उनकी जवानी किस काम आती।

अंततः प्रधानजी चौकी इंचार्ज आरके यादव के पास गए। उसने टके-सा जवाब दे दिया, "यह काम पुलिस का थोड़ी है प्रधानजी। एक्को सिपाही मर-मुरा गया तो सरकार मुआवज़ा भी नहीं देगी। अरे साँड़ की

पूजा करो, मनाओ अपने आप आ जाएगा।"

प्रधानजी की बात बनी नहीं। हारकर, वो छिपकर चमरौड़े में गए। पहली बार कोई नंबरदार इस टोले में आया था। नंदलाल रैदास उनका पुराना जन था। उसका लड़का इलाहाबाद में पढ़कर इंप्लॉयमेंट अफ़सर बनकर रह रहा था। उसका रुतबा इसलिए भी था कि साथ में काम करने वाली एक कलार बनिया लड़की से उसने शादी कर ली थी और अलोपीबाग में फ़्लैट ख़रीदकर रह रहा था।

नंदलाल बंसी सिंह को देखकर अकबका गया। जैसे घर में प्रभु पधारे हों। "मालिक कैसे पधारे ?" एक ही सवाल था उसका।

प्रधानजी ने याचक भाव से कहा, "नंदलाल बड़ा संकट है, ससुरा साँड़ फटके में जमा बैठा है। उसे बाहर करवा दो... इज़्ज़त का सवाल है।"

नंदलाल समझ गया। उसने कहा, "मालिक कल अपने लोगों से बात करके बताएँगे। मैं तो अपनी गारंटी ले सकता हूँ। लोग नाराज़ हैं कि चारों सरकारी हैंडपंप आपने अपनी तरफ़ लगा लिए। एक यहाँ लगा दिया जाता तो..." असल में आज नंदलाल का दिन था और समय बदल चुका था। प्रधानजी हारे हुए पहलवान की तरह मुँह लटकाकर लौट आए। इतना ही कहा, "आदमी मिल जाएँ बताना।"

नंबरदार का पनहीखाया जैसा मुँह देखकर पहली बार नंदलाल को लगा कि देश में जनता का शासन आया है।

अब उन्होंने पराई आस छोड़कर ख़ुद साँड़ को निकालने का फ़ैसला किया। सुबह नहा-धोकर शंकरजी की पूजा की और मनौती मानी, "साँड़ के फटके से बाहर आते सौ रुपये का प्रसाद महेश्वरी मइया पर चढ़ाएँगे और पाँच सेर का घंटा बँधवाएँगे।" कसीले बेटों को रण के लिए तैयार किया। लड़कों ने मिसराने के दो गँजेड़ी दोस्त पकड़ लिए। सबके पास फ़र्रूख़ाबादी कट्टे थे। प्रधानजी के हाथ में छल्ला लगी साढ़े पाँच फ़ुटी

लाठी और एक गुप्ती।

वो बाक़ायदा घोषणा करके निकले कि साँड़ को फटके से बाहर करने के लिए जा रहे हैं। तमाशाई तो फोकट में मिल ही जाते हैं। ग्राम बाँकुरे आगे, पिरजा पीछे। लुलुहाती भीड़ नारे लगाने लगी थी– 'प्रधानजी अमर रहें। ज़िंदाबाद-ज़िंदाबाद! हुई जाओ ख़बरदार! आए बंसी नंबरदार!'

उनके लड़कों ने आँख दिखाकर और हल्की मुस्कान के साथ कहा, "अबे चूतियो, बाक़ी तो ठीक, पर ई अमर रहें और ज़िंदाबाद का क्या मतलब! कोई सीमा पर लड़ने थोड़ो जा रहे हैं।" इस नारे से प्रधानजी ज़रा कुपित हुए। बोले, "खटमंडल मत करो लौंडो... हल्ला सुनकर साँड़ और भी बौरा जाएगा।"

दिन शंकरजी का यानी सोमवार था। नंदी के माथे पर हाथ फेरकर बैलनिया दाई बसेउरा खाने में लगी थी और गुनगुनाती जा रही थी– 'चले गए दिल के दामनगीरा चले गए।' अचानक बीच के शब्द भूलकर तान बेहद ऊँची हो गई– 'आख़िर जात अहीरा चले गए।'

अचानक एक दहाड़ ने सुर रोक दिया, "अरे चुप्प ससुरी, अहीरा चले गए... अभी तेरी चुतरी लाल करते हैं।"

बैलनिया दाई का सुर आकाश से ज़मीन में आ गया। वह काँपने लगी, "स्वामी मारना नहीं, बदन बहुत पिरात है!"

बंसी सिंह पर कोई असर नहीं, "कुतिया तुम ले आकर आई थी यह साँड़। चल बैठ इसके ऊपर और ले चल चौघट्टा में!"

"नहीं स्वामी, साँड़ कहीं नहीं जाएगा। हमारे प्रभु औघड़दानी शंकर ने भेजा है।"

प्रधानजी चीख़े, "शंकर तेरा बहनोई लगता है!" कहकर उन्होंने एक लट्ठ उसकी पीठ के पीछे जमा दी और बाल पकड़ लिए, "चल साँड़ को नाथ और ले चल वहीं जहाँ से लेकर आई थी!"

बैलनिया दाई विलाप करती जा रही थी और बंसी उसके बाल

पकड़कर साँड़ की तरफ़ ले जा रहा था।

लाल आँखों वाला साँड़ अभी तक मूकदर्शक था। उसे लगा यह इंसानों का आपसी मामला है। पर अपनी मालकिन को ज़मीन पर लिथड़ता देख और बंसी सिंह की पशुवत हरकत ने उसे बाग़ी बना दिया। वह उठ खड़ा हुआ, जैसे यह चुनौती देने के लिए कि असहाय औरत को छोड़ दो। पर ज़ुल्मी तो अपने नशे में था।

यह क्या हुआ! साँड़ तो वैसे ही दहाड़ा जैसे बंसी सिंह कुछ देर पहले दहाड़े थे। वह इंसान की तो यह महाबली जानवर की दहाड़ थी। दुर्दम्य योद्धा की तरह उसने अपने मज़बूत खुरों से धरती को उधेड़ना शुरू किया। डंडूर जैसा धूल का गोला ऊपर उठा। सिर और सींग की दिशा दुश्मन की तरफ़ हुई और हाहाकार मच गई। फोकटिया तमाशाई पहले भागे। डरे हुए लड़कों ने दो फ़ायर किए, पर हवा में ही गोली चला पाए। सामने तो जैसे साक्षात् यमराज था। बंसी सिंह ने अपना लट्ठ भीमसेन की तरह ताना ही था कि अचानक जैसे एक पथरीला बवंडर उसके बदन पर टूटा। वह बीस फ़ुट ऊपर उछला। सिर का केसरिया साफ़ा दूर गिरा। बस एक ही आवाज़ आई– 'अरे बपई रे, बचाओ कोई! माइडारेस... अरे भगवान बचाओ!' आज यहाँ कोई नारायण नहीं था गज को ग्राह के जबड़े से बचाने वाला। साँड़ ने उसके बदन की एक-एक हड्डी चूर कर दी। सिर का मलीदा बन चुका था। साँड़ को क्या पता, उसका दुश्मन ढेर हो चुका है। वह तो इस लाश को फ़ुटबाल समझकर खेल रहा था। उसके नथुनों की फुफकार से गर्दा उड़ रहा था।

सामने सहमी हुई बैलनिया दाई वैसे ही एक पाँव पर खड़े बुदबुदा रही थी, "ठाकुर वंश की क्षय हो, जय हो भोले भंडारी! काली मइया की जय! हुलकी मइया की जय!" सचमुच उस पर वैसे ही देवी सवार हो गई, जैसे आज से बारह साल पहले।

चौबीस घंटे बंसी की लाश वहीं पड़ी रही। कल्लो देवी और प्रधान

के बेटे व दूसरे ख़ानदानी दूर से विलाप करते रहे। अंत में चौकी इंचार्ज आरके यादव ने कांजी हाउस वालों को बुलवाकर फटके तक भेजा। सरकारी कर्मचरियों को जैसे सरकारी साँड़ भी पहचानता था। उसने चंबल के बाग़ी की तरह समर्पण कर दिया। साँड़ के प्रस्थान के बाद बंसी सिंह की लाश उठी।

इस घटना के बाद फटके में कोई नहीं आया। बैलनिया दाई की सत्ता स्थापित हो गई। साथ ही अजीब-ओ-ग़रीब परिवर्तन हुए। पता नहीं कहाँ से वह जोगिया झबला माँगकर ले आई। और पहने-पहने गाती रहती। कुछ भी गाती– 'लाला तुम्हरे बिना मोरी सूनी सेजिया, विपदा बरन ना जाई।' या फिर जैसे– 'तारी नारी गौतम की, वैसे तार दीन्हों बनवारी... मैं हारी.. ओऽऽऽ मैं हारी।' कभी सोहर चलता, कभी गारी... लेकिन अब वह यह नहीं कहती– 'ठाकुर वंश की क्षय हो!'

बैलनिया दाई का भय ख़त्म हो चुका था। नंबरदार परिवार को भी कोई घास नहीं डालता था। चमरौड़े की नई पीढ़ी बाक़ायदा छींटदार लुंगी पहनकर घूमती। सुंदर रैदास ने तो कहना शुरू कर दिया था कि बाबू जगजीवन राम को प्रधानमंत्री बनाना चाहिए। सोलह सोमवार से चार दिन पहले कछियाने और अरख टोले के कुछ लोगों ने फटके में पुराना शिवलिंग लाकर स्थापित कर दिया। कार्यवाहक प्रधान नृपेंद्र त्रिवेदी ने हैंडपंप लगवा दिया। लोगों ने कहना शुरू कर दिया कि दिन में तीन बार बैलनिया दाई जंगल वाली पूरबी मइया से बात करती है, जो ठाकुर वंश की कुलदेवी थीं। अब वह फटके के बाहर नहीं निकलती थी। लड़के भी इधर नहीं आते थे। वो डर गए थे, या सुधर गए थे।

लेकिन ठाकुर वंश की क्षय का शाप तो उन्हें भी पछियाए था। बंसी सिंह के लड़कों में एक शिवदत्त मदकचियों की संगत में आकर पहले मैहर गया। वहाँ साईंबाबा की स्टाइल में बाल बड़े करके बहुत दिनों तक लोगों को मूर्ख बनाता रहा। वह ब्रह्मानंद के भजन सुनाकर सिड़बिल्ली

लड़कियाँ फँसाता और देहसुख लेता। इस चक्कर में कई जगह पनहियाँ चलीं। पुलिस की नज़र में चढ़ा तो एक दिन राजस्थान की तरफ़ निकल गया और एक गुरुघंटाल क़िस्म के संत अडिगानंद का सेवादार बन गया। वहीं तस्करों की आपसी लड़ाई में श्रीगंगानगर बॉर्डर में मारा गया। फ़ौज के सरदार कर्नल ने दिखा दिया कि पाकिस्तानी गोलीबारी में उसकी जान गई। उसे अनाथ दिखाकर उसके नाम का मुआवज़ा भी आश्रम वालों ने ले लिया।

दूसरे रामदत्त को ग्रामीण बैंक में चपरासी की नौकरी मिल गई। उसका परिवार भी बस गया। तीन बच्चे भी हुए। पर बैलनिया दाई की हाय ने कभी उसे चैन से नहीं जीने दिया और एक दिन उसकी लाश घर आई। पुलिस ने बताया कि इलाहाबाद से आने वाली ट्रेन में दूधियों के साथ जुआ खेलने के दौरान ही किसी ने इसे लड्डू में ज़हर देकर मार दिया है। घर में अकेली कल्लो देवी रह गई जिसके इर्द-गिर्द छिनरे-रँडुए मँडराने लगे थे। उसके हिस्से में सिर्फ़ बदनामी और बीमारियाँ ज़्यादा आईं। एक दिन मरी तो पड़ोसी देवनारायण शुक्ला को भी दो दिन बाद पता चला।

पूरे घर की क्षय के बाद जैसे बैलनिया दाई की क़सम पूरी हो गई। एक दिन कंठी-माला लेकर बिठूर की राह पकड़ ली। और उधर घाट के ऊपर बने आश्रम में आख़िरी साँस गिन रहे संत भेदनाथ गिरि ने अमावस की बीच रात में भक्तों से कह दिया कि– "वो देखो, सरग से हमारा बिमान आ गया है। हमारी गद्‌दी का उत्तराधिकारी आ रहा है।"

यह तो काफ़ी बाद में हमें गाँव के नए प्रधान सुरजन लाल से पता चला कि बैलनिया दाई बिठूर के किसी आश्रम में चली गई थी। उनके फटके में बाक़ायदा देवी मंदिर बन गया है। मंदिर कमेटी बन गई है, जिसमें गाँव से निकले पूर्व आयकर आयुक्त विनोद शुक्ल के साथ हमारा नाम भी है।

वक़्त गुज़रने के साथ हम तो बैलनिया दाई को भूल ही चुके थे। एक दिन ना जाने कहाँ से घूमता-घामता बैरंग पोस्टकार्ड हमारे पास आया।

किसी ने सुंदरता से लिखा था– 'जैसा कि विदित हो, पूजनीय माता सांता देवी छह माह पूर्व अनंत शांति-यात्रा पर चली गई थीं। भक्तों की इच्छानुसार उनकी स्मृति में मूर्ति स्थापना आश्रम परिसर में की जा रही है। गौरवशाली ठाकुर कुल के निकटतम परिजन के रूप में आपकी उपस्थिति प्रार्थनीय है।'

मैं समझ ही नहीं पाया, यह पत्र है या विचित्र सत्य। मेरे विस्मय में भागीदार होते हुए पत्नी ने कहा, "यह सांतादेवी कौन हैं?"

मैंने कहा, "वही बैलनिया दाई जो जीते जी दारुण गाथा से लेकर किंवदंती बन गई। यही जगत का खेला है।"

मीरगंज आ गया

उसके साथ अक्सर यही होता था। ट्रेन में किनारे की यानी खिड़की वाली सीट बुक करवाता था और सफ़र शुरू होने के थोड़ी देर बाद ही या तो किसी बच्चे के लिए या किसी महिला के लिए बीच की सीट में आना पड़ता।

आज शायद वह बच गया, क्योंकि बग़ल में बैठने वाली एक लड़की थी। उसने अगल-बग़ल देखे बिना बड़ी-सी अटैची, जो दोनों तरफ़ से मेंढक की तरह फूली हुई थी, थोड़ी ताक़त लगाकर सीट के नीचे घुसेड़ दी। साथ में आए गबदू से खुतरे आदमी ने पैर लगाकर थोड़ी मदद की और कहकर नीचे उतर गया, "हाँ, गुड़िया ट्रेन चलने वाली है। खिड़की से बतियाते हैं।"

वह मुँह में मसाला भरे लड़की से बात करने लगा। बात में हिदायत ज़्यादा थी, "प्लेटफ़ॉर्म में कुली कर लेना। ऑटो मत करना, हरामी होते हैं। सिविल लाइंस साइड मत जाना। कउनौ बुढ़वा रिक्शेवाला पकड़ना, चाहे पइसा दो रुपइया ज़्यादा ले ले। खौखट करने की ज़रूरत नहीं है।" यह कहते-कहते अचानक उसने इस ख़ामोश और जवान यात्री की ओर देखा, "आप कहाँ जाएँगे भाईजी?"

उसने कहा, "इलाहाबादे जाएँगे।"

उसकी बेरुख़ी से हताश हुए बिना इस आदमी ने कहा, "मेरा मल्लब कि रस्ते में इनका ख़याल रख लीजिएगा। पहली बार कानपुर से इलाहाबाद

ट्रेन में अकेले जा रही हैं। थोड़ा लेट हो जाएगी। आप सामान उतरवाने में हेल्प कर देना।"

लड़की की मदद मानवता की पहली सीढ़ी होती है। उसने सिर हिलाकर हाँ किया। मदद माँगने वाले ने आभार में मसाले की पुड़िया बढ़ाई। उसने मना किया। इसे उसने भलमनसाहत या सच्चरित्रता मानकर कहा, "बढ़िया, बहुत बढ़िया, ई साला प्वाइज़नै है।"

नौजवान ने हँसकर कहा, "तो काहे लेते हो, डॉक्टर बताइस है का?"

वह भरोसे की मुस्कान के साथ बोला, "संगत का असर है। छुटाए नहीं छूटता। फिर ज़िंदगी में एकाध नशा तो होना ही चाहिए।"

वह अपना नशेबाज़ पक्ष मज़बूत करने ही वाला था कि अचानक प्लेटफ़ॉर्म में हलचल हुई। रेलगाड़ी हिली। कुली झंझटी यात्रियों की महतारी-बहिनी करते उतरने लगे। वह खिड़की के साथ चलता हुआ, हाँफता हुआ लड़की से बोलता रहा, "आप टेंशन मत लेना। ठिकाने पहुँचकर घंटी ज़रूर मार देना गोपाल जी के फ़ोन पर। वह सुबह हमको बता देगा। नहीं तो हम एसटीडी वाले के यहाँ से दोपहर में फ़ोन कर लेंगे इरम बेगम के पास!"

बस, इसके बाद ही ट्रेन की रफ़्तार इतनी तेज़ हो गई कि आदमी की चाल उसका मुक़ाबला नहीं कर सकती थी। उस लड़की ने एक बार खिड़की से झाँककर देखने की कोशिश की। फिर गहरी साँस फेंककर कहा, "ओफ़! अप्रैल में इत्ती गर्मी हो रही है!" ख़ामोश नौजवान ने हल्की मुस्कान से उसका समर्थन करते हुए कहा, "इस बार कुछ ज़्यादा ही है।"

वह 'जी' कहकर बैठ गई।

वह ज़्यादा ख़ूबसूरत तो नहीं थी, पर उसे अकेला देखकर लड़के का मन हुआ कि खिड़की वाली सीट उसे दे ही दूँ। वजह यह भी थी कि उसके बग़ल में मजूर क़िस्म को दो जन चिपककर बैठ गए थे। चेहरे भावशून्य, पर सड़े प्याज़ जैसे पसीने की महक के कारण नागवार लग रहे थे। उसने

लड़की से कहा, "आप चाहें तो इधर आ सकती हैं!"

लड़की ने मुस्कुराकर कहा, "अभी आप थोड़ा लुत्फ़ ले लो।"

यानी वह इधर आने को तैयार थी। पर एक सभ्य मुसाफ़िर की तरह मान रही थी कि क़ानूनन खिड़की वाली सीट पर हक़ किसी और का है। लड़का अख़बार खोलकर, खिड़की की तरफ़ मुँह करके पढ़ने लगा। रंगीन पन्ना ऊपर ही रखा था। पूरा अनुमान था कि आम भारतीय यात्री की तरह यह पन्ना उठा लेगी, अगर साक्षर हुई तो।

अब तक उसने शरीफ़ाना अंदाज़ में लड़की को निहार लिया था। बिना मेकअप का वह चेहरा, जिसे देखकर फ़िल्म सावन भादों वाली सलोनी रेखा की याद आ जाए। दो भूरे तिल जिन्होंने इलाक़ा बाँट लिया था। एक दाएँ गाल पर, दूसरा बाएँ गाल पर। नाक पर चमकीली लौंग जो गरदन के हर घुमाव के साथ चमक मारती थी–कुछ वैसे ही जैसे बेगम अख़्तर जब गाती थीं, उनकी हीरे की लौंग कौंधकर दर्शकों और श्रोताओं को लुभाती थी। छोटे माथे पर बिंदी तो नहीं, लेकिन पेंसिल से बनाया गोल निशान ज़रूर था। क़द दरमियाना। पर ख़ास थी वो आँखें, जिन्हें देखकर लग रहा था, रात में काजल लगा था, मगर आज साफ़ करने का मौक़ा नहीं मिला। कजरारे घेरे ने आँखों को और सुंदर बना दिया था।

कुल मिलाकर बीस के आस-पास की थी वह। एक और ख़ास थी, उसकी मुस्कान, जो शायद मान रही थी कि दुनिया में सब कुछ इतना ग़लत भी नहीं कि भुक्का जैसा मुँह बनाकर बैठा जाए। आम तौर पर जैसा रेलगाड़ी में एमएसटी पर चलने वाली कामकाजी औरतों को देखकर लगता है।

लड़के का अनुमान सही था। 'मैं ले लूँ' कहकर उसने अख़बार का ग्लेसी, रंगीन पन्ना उठा लिया। उसने कहा, "जी बिल्कुल!"

संवाद का रास्ता खुल गया। लड़के ने कहा, "ये भी ले लीजिए।" उसने कहा, "ना बाबा! वही ख़बर होगी, अलीगढ़ में इत्ते मरे। पाकिस्तान

को धमकी। ये ठीक है–रेखा की शादी तय। परवीन बॉबी छह महीने से लापता।" कहकर वह हँसी। हँसने के साथ जो उसके मुँह से जो महक आई उसमें कच्चे दूध जैसी ख़ुशबू थी, जो किसी दुधमुँहे बच्चे के मुँह से आती है। वह समझ गया, लड़की उससे खुलकर बोल सकती है। सामने वाली सीट पर बैठा एक परिवार पूड़ी-सब्ज़ी निकालकर बैठ चुका था। एक रंगरूट जैसा लगने वाला फ़ौजी लड़का मौक़ा पाकर उसे शराफत से देख लेता था। उसका देखना घूरने की श्रेणी में नहीं आ रहा था। इसलिए लड़की को आपत्ति नहीं थी। कुल मिलाकर पूरी सुरक्षित जगह। सबके मुँह चल रहे थे। लड़के के पास खाने को पूड़ी थी। पर रात के लिए रोक-रोक रखी थी। पहले से ही सोच लिया था कि हॉस्टल में पहुँचकर अपने पार्टनर राजेश पुरवार के साथ खाएगा, क्योंकि उसकी एक ही फ़रमाइश रहती थी, "घर से आना तो पूड़ी और भरवाँ मिरिच ज़रूर लाना।"

वह यानी इंदुनाथ तब बीए फ़ाइनल में था और छात्र यूनियन का चुनाव लड़ने के कारण पढ़ाई से ज़्यादा दूसरी वजह से मशहूरी मिल रही थी। नाक बचाने वाली बात यह थी कि एक बार काव्य पाठ के लिए हिंदुस्तानी अकादमी में आए अज्ञेयजी के साथ उसकी एक तस्वीर अमृत प्रभात में छपी थी। हिंदी विभाग के अध्यक्ष ने बुलाकर पहले थोड़ी तारीफ़ की फिर नेतागिरी की बात पर कहा, "ई सब लहकटई छोड़कर आईएएस-पीसीएस की तैयारी करो। या एकदम फिर कविता-कहानी लिखो।"

ख़ैर, इस मशहूरी के कारण उसे छात्रसंघ की पत्रिका के संपादन का काम मिला और इस बहाने उसने दूधनाथ सिंह की कहानी से लेकर अपनी चहेती सुनेत्रा द्विवेदी की कविता छाप ली जिसके बाप उसके हॉस्टल के वॉर्डन थे।

उपरोक्त वर्णन से यह स्पष्ट हो गया होगा कि तब मोबाइल क्रांति का उद्‌भव नहीं हुआ था। दूरदर्शन ही हमारे जीवन का संचालक था। जिसके घर में एसटीडी होता था, उसे ख़ास माना जाता था। चौरासी के दंगे से

उबरने के बाद देश संचार क्रांति के बारे में विचार करने लगा था। और ऐसी चर्चा होने लगी थी कि एक दिन बिना तार के लोग एक छोटे से यंत्र के सहारे बात करेंगे। इतना ही नहीं, एक-दूसरे का चेहरा देख सकेंगे।

बहरहाल कानपुर से इलाहाबाद जा रही इस रेलगाड़ी में संचार क्रांति के अभाव में कुछ देसी माध्यम अपनाए जा रहे थे। फ़तेहपुर उतरने वाली भीड़ के नौकरीपेशा लोग ताश निकालकर दहला-पकड़ खेलते जा रहे थे। साथ में उनका विश्लेषण चल रहा था– 'दंगा हुआ, बहुत बुरा हुआ। पर सरदरवों को प्रसाद मिलना ज़रूरी था। देखे नहीं मादर... ने पंजाब में हिंदुओं का कैसे क़त्लेआम किया सालों ने! बसों से उतार-उतार मारा ...वालों ने।'

दूसरे भले आदमी ने कहा, "यादव पब्लिक प्लेस में डेकोरम मेंटेन रखो, गाली नहीं।"

पचौरीजी नामक एक बड़े विशेषज्ञ ने कहा, "गुरु कुछ भी हो, सरदारों के बहाने मुल्लों को भी मैसेज दे दिए कि बेटा इस बार मेरठ-अलीगढ़ एक साथै कर देंगे। ये सन् सैंतालीस वाला हिंदू नहीं है, ना रघुपति राघव राजाराम वाला।"

समापन से पहले फ़ैसलाकुन टीका यह आई, "यह ससुरा गंधीवा सारी गंदगी छोड़ गया... नेहरुआ तो और भी।"

चर्चा गरम हो गई। इंदुनाथ ने ग़ौर किया, पहली बार लड़की की मुस्कान ग़ायब थी। उसने चुन्नी से मुँह ढँक लिया था, जैसे कहीं से विचारों की बदबू आकर उसकी नाक को तंग कर रही थी।

उसने बेचैन हुई लड़की की दशा भाँपकर कहा, "आप इधर आ जाइए!" उसने ज़रा-सी भी देरी नहीं की। खिड़की से पूरी तरह सटकर बैठ गई। उसका मुँह भी खिड़की की सरिया से सटा हुआ था। इंदुनाथ की हिम्मत नहीं हो रही थी कि एक बार उससे यह पूछ ले कि आपको पानी-वानी तो नहीं चाहिए। फ़तेहपुर आते ही महान सियासी संवादक या बकचोद यात्री उतर गए। घुसने वाली नई भीड़ सकुचाई-सी थी, क्योंकि

उन्हें पहले ही डरा दिया गया था कि यह डिब्बा रिज़र्वेशन वाला है। जुर्माना लग जाता है। सब बेचारे सीट पर डरते-डरते बैठे। अब लड़की सामान्य होने लगी थी। उसने पूरे बाल खोलकर झटके और एक माहिर की तरह समेटकर जूड़े में तब्दील कर दिए। होंठों पर दबी क्लिप बालों में खोंसी। चेहरा और छोटा हो गया। मुखाकृति इतनी स्पष्ट कि कोई कलाकार आसानी से रेखाचित्र बना दे। उसने बटुए से ग्लूकोज़ के बिस्किट निकाल लिए और आधे से ज़्यादा खाने के बाद अचानक यात्री-धर्म का ख़याल आया, "ओह आपसे पूछना भूल गई!"

इंदुनाथ ने कहा, "आप खाइए। इच्छा नहीं है हमारी।" फिर प्यारी-सी लड़की से एक महफ़ूज़ मज़ाक़ कर डाला, "अजनबियों से लेकर खाना मना है।"

वह हँसी, "वाक़ई, ज़हरखुरानी वाली औरतें निकलती हैं ट्रेन में।"

"औरतें नहीं, आदमी भी। देखो, हर जगह रेलवे वालों ने लिख रखा है, "ट्रेन में अजनबियों से प्रसाद, लड्डू वग़ैरह न लें। खाने में ज़हर हो सकता है।"

"अरे भई, इत्ता भी मत डराओ... एक ठो लीजिए न!"

"वाक़ई इच्छा नहीं है।" उसने नाटक किया।

"इच्छा क्या होती है, कोई पेट भरने के लिए थोड़ी दे रहें हैं। एक लीजिए।"

इस गुदाज़ इसरार पर कौन न वारा जाए! उसने खुले पैकेट में अँगुलियों से स्थान बनाते हुए दो बिस्किट लिए। एक वापस रखना चाहा तो लड़की ने कहा, "खाइए-खाइए!"

अब इंदुनाथ की हिम्मत बढ़ गई थी।

"ट्रेन में अकेली लड़कियों का सफ़र इतना आसान नहीं है।"

उसने कोई जवाब नहीं दिया। रिश्ता बिस्किट तक ही था।

उनके बीच बातचीत के लिए कुछ नहीं था। थोड़ी देर बाद लड़की

ने गर्दन घुमाकर अपनी ओर से पूछा, "आप यूनिवर्स्टी में पढ़ रहे हो?"

"जी, हॉस्टल में रहते हैं।"

"कौन-से?"

"आप जानती हैं?"

"नहीं ऐसे ही पूछ लिया।"

"हिंदू हॉस्टल। हाथी पार्क का नाम सुना है? बस वहीं।"

"अच्छा!" कहकर वह ख़ामोश हो गई।

क्लास और विषय में उसकी ज़्यादा रुचि नहीं थी। इसलिए क्या बात होती। इंदुनाथ की तो हिम्मत ही नहीं थी कुछ पूछने की। पर उससे बात करते-करते एक गुदगुदाहट ने जन्म ले लिया। उस आदमी की बात याद आ गई जो कह गया था– 'इनका ख़याल रखिएगा।'

उसने संकोच के साथ पूछा, "वो कौन थे, जो आपको ट्रेन में बिठाकर गए?"

लड़की ने गहरी साँस ली, "फ़ैमिली के ही हैं। बादशाही नाका सुने हैं न, वहीं रहते हैं। हम फ़ंक्शन में आए थे। रोज़ कल-कल करते खिजा दिए। आज हम ज़िद किए तो कहने लगे– अकेले जाओ रिस्क लेकर!"

उसने साफ़ नहीं किया कि वह कौन था। ज़्यादा जानने की ज़रूरत नहीं थी। इंदुनाथ ने ज़रूर बता दिया, "मैं स्वरूपनगर में रहता हूँ। पूरा परिवार भाई-बहन सब यहीं। बस मैं ही इलाहाबाद में पढ़ रहा हूँ कंपटीशन के लिए।"

लड़की ने सब बड़े ग़ौर से सुना। उसकी निगाहें बताने लगी थीं कि तुमसे कोई ख़तरा नहीं भाई साहब। उन्होंने एक-दूसरे के नाम भी नहीं पूछे। एक ही नाता था। एक लड़का और एक लड़की का। वह तो बस उसके चेहरे से अंदाज़ लगा रहा था कि यह लड़की एलिशा भी हो सकती है। अनीसा या अनीता भी हो सकती है।

उनके घुल-मिल जाने से सामने बैठे यात्री शायद अब यह समझ चुके

थे कि ये दोनों साथ हैं। अपने बच्चे को पाल्थी पर लिटाकर सुलाती एक माँ ने पूछ ही लिया, "आप दोनों इलाहाबाद उतरेंगे?"

इंदुनाथ की समझ में नहीं आया, कौन जवाब दे। एक-दूसरे की तरफ़ देखा कि कौन बताए। लड़की के होंठ खुले, "जी हाँ, इलाहाबाद।"

वह औरत आगे बढ़ी, "इलाहाबाद में कहाँ?"

अब इंदुनाथ की बारी थी। झूठ बोला, "कर्नल गंज!"

कहने के साथ ही उसने लड़की की ओर इशारा करके कहा, "चाटू क़िस्म की है। ज़्यादा नहीं बोलना।"

लड़की ने खिड़की से उठकर टॉयलेट की तरफ़ जाते हुए कहा, "अब आप खिड़की की तरफ़ आ जाइए। आधा घंटा में इलाहाबाद आने वाला है।" उसने पर्स वहीं छोड़ दिया तो इंदुनाथ ने इशारा किया कि इसे अपने पास रखें। उसने बिना बोले, हाथ से इशारा करके कहा, "वहीं रहने दो!" यानी रखवाली का ज़िम्मा अनजाने मुसाफ़िर पर डाल दिया गया।

अब ट्रेन इलाहाबाद ही रुकने वाली थी। लेकिन उसकी चाल पैसेंजर वाली हो गई थी। लड़की ने अपनी कलाई पर बँधी सुनहरे रंग की पतली-सी घड़ी की ओर देखकर कहा, "पूरे साढ़े दस बजा दिए। कइसे जाएँगे घर तक?" कहते-कहते कई बार उसने अपने बादामी रंग के पतले होंठों की आकृति को बिगाड़ा, गोल किया। फिर गहरी साँस ली। एक तनहा लड़की की मजबूरी उसके सलोने चेहरे पर छा गई थी।

उसे लड़की को छोड़ने आए गबदू आदमी की बात याद आने लगी–'रस्ते में इनका ख़याल रख लीजिएगा। पहली बार कानपुर से इलाहाबाद ट्रेन में अकेले जा रही हैं।'

उसने पूछा, "आपको कोई लेने नहीं आ रहा क्या?"

वह अकबकाई-सी बोली, "कौन आएगा इत्ती रात?"

"तो आप जाएँगी कैसे?"

"ऊपर वाले का नाम लेकर चले जाएँगे।"

“मेरा मतलब... तय कर लो, क्योंकि मैं सिविल लाइंस साइड उतरकर रिक्शा करूँगा। उधर रस्ते में आपका घर हो तो छोड़ता हुआ चला जाऊँगा... इत्ता भरोसा हो तो।”

अब तक उसके चेहरे पर इतना पसीना आ चुका था कि एक गीली लकीर उसके होंठों और नाक के बीच खिंची दिखने लगी। कान की लट तक गीली। घबराहट से घिर गई थी वह।

उसने तय कर लिया, चाहे जो हो जाए, इस लड़की को घर तक पहुँचाकर हॉस्टल जाऊँगा। बस एक बार उसकी इच्छा जाननी थी।

पूरे दस बजकर चालीस मिनट पर ट्रेन प्लेटफ़ॉर्म नंबर एक पर रुकी। इंदुनाथ ने उसका सामान उतरवाया। इतनी भारी अटैची। उसने मज़ाक़ में ही पूछ लिया, “पूरी गिरस्थी है क्या इसमें?”

वह कुछ नहीं बोली। घबराहट में उसकी अँगुलियाँ चटकने लगी थीं।

इंदुनाथ के पास सिर्फ़ एक एयरबैग। कंधे पर लटकाया। अब उसका सब्र चटक गया। लगभग हाथ जोड़कर बोली, “हम कभी अनजान से मदद नहीं मांगे। आप पर एतबार हो रहा है। हमें घर के मोड़ तक छोड़कर आ जाना। पर हम पुराने शहर की तरफ़ जाएँगे। सिविल साइंस उल्टा पड़ जाएगा।”

“चलिए!” कहकर इंदुनाथ ने उसकी अटैची उठाई। दूसरा एक काला बैग था, जिसे उसने ख़ुद उठाया।

बाहर निकलते-निकलते इंदुनाथ ने पूछा, “कीटगंज की तरफ़ तो नहीं जाना?”

“चलो बताते हैं।” कहकर वह तेज़ी से आगे हो गई।

बाहर आटो वाले, टैंपो वाले थे। पर उसे तो रिक्शा करने की हिदायत पहले से ही मिली हुई थी। कई रिक्शेवालों को ताड़ने के बाद वह एक अधवयसे रिक्शे वाले के पास रुकी और हाँफते हुए बैग धम्म से नीचे रखकर बोली, “चचा, मीरगंज चलबो?’

रिक्शेवाले ने ज्ञानी भाव से कहा, "मीरगंज... कौन-सा बिटिया?"

अब लड़की की आवाज़ थोड़ी वज़नीली थी, "अरे भाई मीरगंज वो जहाँ से झाँकी निकलती है। मीरगंज दुई-चार हैं क्या... हद किए हो!"

रिक्शावाला उस्ताद था, "बिटिया अब ई न बताओ कौन-सा मीरगंज... ई दूसरा चक्कर है वहाँ का। हमारा काम है सवारी को छोड़ना।"

और इधर मीरगंज नाम सुनते ही इंदुनाथ की हालत पतली हो गई, "आप वहाँ कहाँ जाएँगी?"

"काहे... अरे हमारा घर है वहाँ... पूरा कुनबा है। काहे कॉन्ग्रेस गौरमेंट ने बैन कर दिया है क्या... चलो दूरै से दिखा देंगे।"

इंदुनाथ की सारी जीदारी धरी रह गई। असल में एक साल पहले मौज-मौज में वह अपनी मौसी के लड़के समर राज के साथ मीरगंज हो आया था। बड़ी छीछालेदर हुई। इन्हें पता ही नहीं था वहाँ कैसे डील करना होता है। निरोध ख़रीदकर गए तो बड़े आत्मविश्वास के साथ। पूरे सत्तर रुपए छिनवाकर लौटे, अधूरे 'काम' के साथ। कपड़े तक छिछिया गए। क़सम खा ली थी, अब कभी मीरगंज नहीं आना। फिर मीरगंज के बारे में हर महीने ख़बर आती कि रेड में कितनी लड़कियाँ छुड़ाई गईं। एक बार बड़ी ख़बर यह आई थी कि केपी कॉलेज में युवा कॉन्ग्रेस के सम्मेलन के बाद बीसियों लौंडे मीरगंज में घुस गए और उत्पात मचाया। कई रंडियाँ भागकर थाने पहुँचीं तो पुलिस ने डंडे चलाए और शांति क़ायम की।

मीरगंज के नाम से ही इंदुनाथ को जूड़ी चढ़ रही थी। लेकिन लड़की ख़ुश थी। उचककर वह रिक्शे में पहले बैठ गई। इंदुनाथ की हिचक भाँपकर उसने कहा, "चलिए, जहाँ तक मन हो चलिएगा। भगवान क़सम, आप मेरी मदद कर रहे हैं, मैं याद रखूँगी।"

रिक्शावाला भी अधीर होकर बोला, "पहलवान चलबो के अइसनै खड़े रहबो!"

अब तो सब जैसे स्वचालित था। वह अपना बैग गोद में रखकर बैठा। लड़की का सामान पीछे सटा दिया गया था, पूरी सुरक्षा के साथ।

अचानक उसे ध्यान आया कि पैसे की बात तो हुई ही नहीं। वह पूछने ही वाला था कि लड़की ने उसके हाथ पर अपना हाथ रखकर धीरे से कहा, "सब्र रखिए, बात हो गई है। पैसवा आप को नहीं देना है न!"

"लेकिन बाद में ये झगड़ा करते हैं। ख़ामख़ा तमाशा बनेगा।"

रिक्शेवाला बहुत कुछ समझने लगा था, "अरे भई जब बिटिया से कह दिए कि अपने आप समझकर दे देना तो काहे की किचाइन।"

वह चुप हो गया। जैसे इसी में भलाई थी। रास्ते में इतनी वीरानी नहीं थी, शायद गर्मी के दिनों के कारण। अब लड़की का भरोसा बढ़ चला था। पहली बार उसकी आवाज़ में मधुरता आई, "हवा चली है, लगता है कहीं पानी बरसा है।"

रिक्शेवाले ने पुष्टि की, "नैनी की तरफ़ पानी बरसा है। आज अख़बार में आया है कि मॉनसून जल्दी आएगा।"

वाक़ई मौसम की वजह से ही कई बार मधुर संवाद के रास्ते खुलते हैं। वह खुलकर बताने लगी, "उसे बरसात अच्छी लगती है।"

इंदुनाथ ने कहा, "उसे सर्दी में मज़ा आता है, हचककर खाओ-पियो... सब देह में लगता है।"

साथ ही किसानी भावना से कहा, "शहर वालों को क्या पता कि बारिश से किसको फ़ायदा किसको नुक़सान।"

रिक्शेवाले ने संवाद में शामिल होकर कहा, "हर साल प्रतापगढ़ में सैकड़ों टन गेहूँ बारिश में सड़ जाता है। ई नहीं कि सरकार ग़रीबों में बँटवा दे।"

लड़की का जोश बढ़ा, "कद्दू बाँटेगी... सरकार का वश चले तो ग़रीबन का ख़ून चूस ले!"

बहरहाल इस वार्तालाप ने भय की दीवारें गिरा दीं। लड़की को जगह-

दुकानें देखकर अंदाज़ हो रहा था कि मीरगंज आने वाला है। उसने पुष्टि करने के लिए पूछा, "दादा जायसवाल पेट्रोल पंप आया कि नहीं?"

उसने कहा, "बस ई ल्यो, दस क़दम दूर।"

"हमको वहाँ से पूरा रास्ता मालूम है। एक-एक कुलिया के नाम बता देंगे।"

इंदुनाथ तो यहाँ मात्र सहायक था। 'जी-जी' करने के अलावा कोई भूमिका नहीं थी। वह तो बताना भी नहीं चाहता था कि 'मैं इस धरती में मीरगंज नाम की जगह से वाक़िफ़ हूँ।' हालाँकि मीरगंज का वह दुखद तजुर्बा उसे पछियाए रहता था।

अब तो हालत यह थी कि कोई उससे कह देता कि यहीं से लौट जाओ तो वह पैदल ही निकल पड़ता। मीरगंज के नाम से ही उसका पेटा गुर्र-गुर्र कर रहा था।

अब लड़की ने फिर फैले हुए बाल अपनी मुट्ठी में भरकर समेटे, बैंड मुँह में दबाए एक बार फिर इंदुनाथ से कहने लगी, "आपको बहुत परेशान कर दिया। लेकिन एक बात बताएँ, आपने दिल में जगह बना ली है हमारे!"

अँधेरे के बीच उसके चेहरे की प्यारी चमक इंदुनाथ साफ़ देख रहा था।

उसने बिना आँखें मिलाए कहा, "इतना कम है आप इसे मान रही हैं। असल में यह तो मैंने अपने सुकून के लिए भी किया। आपको मना करता तो ख़ुद से शर्म आती। अब तसल्ली तो है!"

उसने आँखों-आँखों में सब कह दिया, "अब हम कह भी नहीं सकते कि इत्ती रात आप कहाँ जाएँगे?"

"जी मैं समझ गया। पर एक बात बताऊँ... आपने जैसे ही बताया मीरगंज जाना है, तो मेरे अंदर बेईमानी आ गई थी। मैं बहाना करने वाला था। पर अकेले छोड़ने की हिम्मत ही नहीं हो रही थी। प्लेटफ़ॉर्म में छोड़ने आए उन भाई साहब की बात दिल में बैठ गई थी कि इनका ख़याल

रखिएगा।"

उसने शुक्रिया कहा और पूरा मुँह खोलकर एक उबासी लेकर रिक्शेवाले से कहा, "दादा लाटरी वाले खोखे के लगे रोक लेना।" इतना कहकर वह बटुए में हाथ डालकर पैसे निकालने लगी।

इंदुनाथ ने नाटक किया, "रहने दीजिए मैं इसी से लौट जाऊँगा।"

"काहे, आप बड़े जुग्गीलाल हो?"

उसने दस-दस के नोट निकालने शुरू किए, "एक, दुई, तीन, चार... अरे मुँह से तो बोलो कित्ते?"

रिक्शेवाला ग़रीबों वाली बेहयाई से हँसा, "अब अपनी इच्छा से दे रही हो तो काहे मना करें।"

उनके वार्तालाप से अलग होकर इंदुनाथ रिक्शे से उतरकर खड़ा था। लड़की ने दो रुपए और थमाकर कहा, "इनको हाथी पारिक तक पहुँचाना है।"

'चिंता जिन करा...' कहकर उसने नोट जेब में रखकर इंदुनाथ की तरफ़ मुस्कुराकर देखा।

सामान थोड़ा भारी था ही। इंदुनाथ ने मदद की पेशकश की तो उसने मना किया, "छोड़िए आप अंदर कहाँ जाइएगा, मन घिना जाएगा!"

रिक्शेवाला समझ गया, "ई सही कह रही हैं, कौनो कैप्चरिया लेगा आपको।"

"अच्छा ठीक है, तुम छोड़कर आओ जल्दी।" कहकर इंदुनाथ रिक्शे की सीट पर बैठ गया।

जाते-जाते लड़की ने यही कहा, "हीरो बाबू, इत्ती बात हो गई... न तुम नाम पूछे, न काम पूछे हमारा।"

उसने लजाए ढंग से कहा, "अच्छा नाम पूछें तो क्या आप सही बताओगी? शादा, शारदा, सलोनी कुछ भी कह दो क्या फ़र्क़ पड़ने वाला! काम मैं नहीं पूछने वाला! इस पहली और आख़िरी मुलाक़ात में

इत्ता जानने की ज़रूरत भी क्या! पर एक बात आपको पता है, जहाँ आप खड़ी हो, उसके सामने वाले छज्जे को देखो... अब पता नहीं यहाँ कोठा है कि नहीं, पर?"

"पर मतलब?"

"मतलब यह कि इसी घर में नेहरू जी पैदा हुए थे।"

"ओय दइया!" उसके मुँह से निकला।

"पर आपको कौन बताइस? आप आए रहे क्या पहले हियाँ?"

"अब ये मत पूछो। इसे राज़ ही रहने दो।" इंदुनाथ ने कन्नी काटी।

रिक्शेवाला अधीर हो चला था, "अब यहीं रतजगा करबो का?"

"अमाँ नहीं।"

वह बाँकी चितवन से इंदुनाथ को देखते हुए एक बेकरी से सटी गली की ओर चली गई। इंदुनाथ के लिए एकदम श्याम बेनेगल की फ़िल्म वाला सीन था– अँधेरे में बढ़ती मेमसाहब, पीछे सूटकेस लादे चलता सेवक और आगे-पीछे कुकुआते कुत्ते... और इस दृश्य के बीच मीरगंज की गरियही रंडियों की तीखी आवाज़ें।

एकबारगी वह डरकर रिक्शे से उतर गया। सामने एक ढीला पुलिसवाला गश्त पर था। लेकिन उसे दुनिया-जहाँ से ज़्यादा मतलब नहीं था।

पूरे दस मिनट बाद रिक्शेवाला लौटकर आया तो बोर हो चुके इंदुनाथ ने भी मज़ाक़ कर डाला, "कस गुरु बड़ा देर कर दिए, मौक़ा पाकर निपट लिए क्या?"

"धै... अरे भइया की बातें... बड़ी अंदर तक ले गई ससुरी। मुश्किल से दरवज्जा खुला।" कहकर उसने गहरी साँस ली और कहा, "दुई मिनट सुहता लेई... फिर चलब।" फिर श्याम बीड़ी का बंडल निकालकर उसमें से एक बीड़ी सुलगाई।

इंदुनाथ को भी तलब उठी, "दादा एक और..."

'हौ' कहकर उसने बंडल और माचिस बढ़ा दिया। इस पुरशोर हवा में

एक बार में तीली सुलगाकर बीड़ी जलाना आसान काम नहीं था।

तीन-चार तीली उससे बुझ गई तो रिक्शेवाले ने कहा, "अमाँ अनाड़ी हो का?"

कहकर उसने बीड़ी और माचिस वापस ली। इंदुनाथ को बताया कि हवा हो तो बीड़ी को बाएँ हाथ की दो अँगुलियों में फँसाकर तीली को कैसे बंद हथेली में सुलगाया जाता है।

इस कला को इंदुनाथ ने आज सीखा। एक बार अभ्यास भी किया और साहब बहादुर की तरह रिक्शा चलाने का हुक्म दिया।

इसके बाद पहला गहरा कश कलेजे तक उतारकर इंदुनाथ ने जिस्म में झुरझुरी भरते हुए कहा, "उस्ताद धचका बचा के, एकदम आराम-आराम चलो, कउनो जल्दी नहीं हमको न तुमको। बहुत क़ीमती है लाइफ़।"

बदरी भरी रात में वापसी का यह सफ़र उसे बड़ा अच्छा लग रहा था। किसी शौक़ीन के रेडियो से लहराकर निकलता गीत भी उसे साफ़ सुनाई पड़ रहा था– यूँ ही कोई मिल गया था, सरे-राह चलते चलते...

राहत भरा दिन

'जै-जै सियाराम! बंसी बारे की जै!'

इस जयकारे पर भला किसको आपत्ति हो सकती थी। लेकिन कैलाश बाबू नेपथ्य से आज फिर आई इस जी-जलाऊ और अति-उकसाऊ आवाज़ से कुढ़ गए। ऐसा नहीं कि वो धर्म-विरोधी थे या उनकी समाजवादी आस्था को यह नागवार गुज़रता था। पर यह जयकारा कुछ और आशय लिए हुए होता था। इसमें सर्वहारा की दादागिरी झलकती थी। इसमें सरकारी तंत्र में पक्की नौकरी यानी वेतन आयोग से संचालित पाएदार नौकरी का चरित्र झलकता था। इसमें सरकार की लोक-कल्याण भावना पर पलीता लगता दिखता था।

असल में जयकारा लगाने वाला यह बेलिहाज़ प्राणी था स्वामीनाथ शर्मा। शर्मा उस दफ़्तर में ऐसी खाल थी कि कोई भी रंगा सियार ओढ़ सकता था। वो तो पर्सनल विभाग वाले ही कान में बता जाते थे कि काग़ज़ों में, हाईस्कूल की सनद में भाई साहब कौन बिरादरी के हैंगे। ऐसे ही सिंह लोग थे। अचानक सिंहों की बाढ़ आ गई। राम बरन सिंह, जय नाथ सिंह, तोता सिंह आदि-आदि। इस चक्कर में असली सिंहों ने भदौरिया, चंदेल, सिसोदिया लगाना शुरू कर दिया। वो बेचारे कहते भी थे कि ठाकुरों के पास और कुछ तो रह नहीं गया। कम-से-कम असली गोत्र वाली जाति तो लिख सकते हैं।

यही हाल ब्राह्मणों का था। जो असली शर्मा थे, वो वत्स, भारद्वाज,

कौशिक लगाने लगे। इस दौड़ में भूमिहार-त्यागी भी शामिल हो गए। वो कहने लगे, "सारे संसार के ब्राह्मण एक हैं। चाहे वो कानपुर के हों, चाहे दरभंगा या बेगूसराय के।"

बनियों में और भी कमाल हुआ। जिंदल, गुप्ता, गर्ग सबने कह दिया, हम तो सब अग्रवाल हैं। वॉट्सऐप में अग्रवालों की वंशावली छा गई। कायस्थ क्यों पीछे रहते। एक विद्वान ने पद्म पुराण के हवाले से बता दिया कि कायस्थ भी ब्राह्मण है। दूसरे ने कहा, "नहीं कायस्थ वर्ण के हिसाब से क्षत्रियों में आते हैं।" तो यादव समाज के प्रवक्ता हरिनाथ यादव ने कहा, "बकवास ना करो, डॉ राजेंद्र प्रसाद के समय कायस्थों ने तो ख़ुद को हरिजनों के कोटे में शामिल करने की माँग उठाई थी।"

यादव दफ़्तर में कम थे। पर उनका दावा था कि देश में सिर्फ़ यादव ही हैं जो फ़र्ज़ी जातिनाम नहीं ओढ़ते। सारे यादव चाहे वो गोप हों, ग्वाला हों, यही कहते थे कि आने वाले समय में हम मूल निवासियों का राज होगा।

बाक़ी जाति चर्चा करेंगे तो अनावश्यक विस्तार होगा। चर्चा शुरू हुई थी स्वामीनाथ शर्मा के जयकारे से, जिसके बारे में कार्मिक विभाग की नटुल्ली सुमन खेड़ा बता चुकी थी, "दाल में काला है!"

बहरहाल कैलाश बाबू महसूस कर रहे थे कि ज्वॉइन करने के बाद से शायद ही कोई दिन ऐसा रहा होगा, जब स्वामीनाथ ने उन्हें इस तरह छेड़ा ना हो। पता नहीं क्यों वह उन्हें इस तरह तिनगाने का प्रयास करता।

स्वामीनाथ दफ़्तर का पुराना चपरासी था और उसकी सबसे बड़ी योग्यता में एक बात यह जुड़ी थी कि वह मायावती के गाँव के बग़ल वाले गाँव का था। ख़ैर, इससे भी बड़ी बात यह थी कि वह हमेशा बड़े साहबों के सुपुर्द रहा। पहले वाटरमैन रहा। लेकिन आरओ की मशीन लगाकर जब व्यवस्था बदली तो वाटरमैन का काम बदल गया। वह काग़ज़ इधर से उधर ले जाता। फ़ाइल सँभालता और थोड़ी-बहुत डस्टिंग करता। मैडम थोड़ा चिरौरी करती तो बाहर से जाकर समोसे ला देता। साहबों में सिर्फ़

सुरेश महाजन ही ऐसे थे जो बाहर से पान मँगवा लेते, पर बचा हुआ पैसा शायद ही कभी मिल पाता। यही तो स्वमीनाथ-टैक्स कहलाता था।

अब ऐसे स्वामीनाथ को समझे बिना कैलाश बाबू यानी कैलाश सिंह यादव ने आते ही पंगा ले लिया। महान यादवी चेतना के दौर में एक छोटा चपरासी ऐसा व्यवहार करेगा उन्हें उम्मीद नहीं थी। वो हालाँकि जाति-व्यवस्था के घोर विरोधी थे। पर यह अक्सर कहते कि जींस भी तो कुछ होता है। इसका मतलब दरअसल यह होता कि बाभन, ठाकुर, यादव, जाटों में ख़ास बात तो होती है। कमाल की बात यह थी कि वो इस बात को मानते थे कि यादवों को क्षत्रिय होने के कारण आरक्षण का लाभ नहीं लेना चाहिए या जो संपन्न हो गए हैं, उन्हें इसका परित्याग करना चाहिए। उनके इस विचार के कारण उनकी मंडली में शुरू से बाभन-ठाकुर दोस्त ज़्यादा रहे।

ख़ैर, बदायूँ से उखड़कर आए कैलाश बाबू क्या जाने इस सरकारी दफ़्तर की तहज़ीब। पहले दिन, आते ही वो कुर्सी में बैठे थे कि उनके साथी सदानंद राव लबलबे तले वाला गंधैला जग लेकर आए और पूछ बैठे, "जल लेगा सर?"

कैलाश बाबू ने जग देखा, फिर पानी... वो पीछे हट गए।

राव ने ज़ोर दिया, "आरओ का है सर, प्योर!"

"मिस्टर राव, इतने गंदे जग का पानी पीते हो। साफ़ गिलास नहीं हैं क्या दफ़्तर में, आप तो शायद साउथ के ब्रैहमिन हो?"

"नो सर, आरओ फ़िल्टर लगा है। इसी में पानी लेना पड़ता है। आप अपना गिलास ला सकते हो।" राव ने कैफ़ियत बयाँ की।

कैलाश बाबू ने 'हत्तेरे की' करते हुए कहा, "प्राइम मिनिस्टर कितनी सफ़ाई और हायजिन की बात करते हैं, और यहाँ यह हाल है।"

सचमुच कैलाश बाबू का यह पहला दिन न होता तो वो जग यहीं पटक देते। पर आज न जाने क्यों शरीफ़ अजनबी की तरह ग़म खाकर रह गए।

हाँ, अपनी जातीय गर्मी का बखान करते हुए कहा, "ये चपरासी हरामज़ादे क्या करते हैं! पानी तक नहीं साफ़ पिला सकते हैं। इन्हें तो कॉन्ट्रैक्ट में ही रखना चाहिए। जब हरामख़ोरी करें, पोंद पर लात मारकर भगा दो।"

भले ही उनका यह पहला दिन था, पर उनका आवेश बता रहा था कि बग़ावत उनके संस्कार में है।

चंदनधारी तेलंगानावासी राव तो उनकी वाणी सुनकर सनाका खा गया। पहले दिन आकर कोई दफ़्तर के दस्तूर पर हमला बोल दे, इसकी तो वह कल्पना नहीं कर सकता था।

इस बेअंदाज़ अफ़सर के भविष्य को लेकर उसका आशंकित होना लाज़मी था। वह तटस्थ ख़ैरख्वाह की तरह अपना मुँह उनकी तरफ़ ले गया और सार्थक गुरुमंत्र दिया, "सर डोंट टेक इट अदरवाइज़, इनके ख़िलाफ़ बोलना आपके लिए ठीक नहीं। आप नए-नए आए हो... ख़ामख़ा पंगा लेना काहे को।"

कैलाश बाबू ने शौर्यपूर्ण झटके से 'हुँह' किया। मानो, संदेश दिया, "साले मालूम नहीं कि अहीर की मार गहिर... अभी तक बनिया-बक्कालों से पाला पड़ा होगा... अपने इलाक़े में होता तो वहीं छह इंच छोटा करवा देता।"

ख़ैर, इस दफ़्तर की तहज़ीब ने चंद दिनों में कैलाश बाबू को यह संकेत दे दिया कि हरामख़ोरी का स्वर्णकाल यहीं से शुरू होता है। नाकाम नागरिकों की ओर से जनतंत्र को गरियाने-कोसने और अंग्रेज़ों को याद करने की आदत यहीं से शुरू होती है। उनके पिताजी नयन सिंह यादव दारोगा बनकर रिटायर हुए थे और आख़िरी वक़्त तक यही कहते रहे, "लोकतंत्र वह घी है, जो भारतीयों को हज़म नहीं हो सकता। ये पनही-तंत्र के आदी हैं तभी तो औरंगज़ेब से लेकर अंग्रेज़ तक हम पर आराम से राज कर गए।"

पिताजी सरदार पटेल और चंद्रशेखर आज़ाद के भक्त थे। गाँधी नेहरू पर उनकी ख़ास श्रद्धा नहीं थी।

कैलाश बाबू भी दफ़्तर के काहिल बाबुओं-चपरासियों को देखकर यह टीका करते, "ये लातों के भूत हैं। इन्हें चाहिए इमरजेंसी वाला डंडा, जो नीच से घुसेड़कर ऊपर तक ख़बर ले।"

असल में कसूर कैलाश बाबू का नहीं था। जवानी में वो विवेकानंद के भक्त हो गए थे। अक़्ल आई तो लोहियाजी के शिष्य मन्नन गुरु के चेले बन गए। इसी झोंके में एक बार लखनऊ की एक सभा में हलफ़ उठा बैठे कि– 'सरकारी नौकरी नहीं करूँगा। हमेशा वक़्त का पाबंद रहूँगा। हराम की न खाऊँगा, न खाने दूँगा और ग़रीबों से नाइंसाफ़ी नहीं होने दूँगा। हमेशा हिंदी का प्रयोग करूँगा।' वो स्टेशन से लोहियाजी का पोस्टर ले आए थे और कमरे में लगा लिया था। कमरे में उन्होंने लिख रखा था– अंग्रेज़ी की चेरी बनकर नहीं रहेगी हिंदी रानी।

लोहियाजी की तरह वो भी मानते थे कि जातियों की दासता ख़त्म करनी होगी।

यह तो कैलाश बाबू ने ज़मीनी अनुभवों से बाद जाना कि क़समें तो तोड़ने के लिए ही ली जाती हैं। एसएफ़आई से जुड़े एक मित्र शिव भूषण आर्य ने बताया कि पीसीएस-आईएएस बनकर भी समाजवादी संकल्प पूरे किए जा सकते हैं। लेकिन यह भी इतना आसान नहीं था। कंपटीशन में बैठ-बैठकर थक गए। पिताजी ने कहा, "कोई बात नहीं। गाँव में काफ़ी ज़मीन पड़ी है। बढ़िया ट्रैक्टर ख़रीदवा देते हैं। ट्यूबवेल है ही। सड़क किनारे अपनी खेती है। स्वरोज़गार करो।"

वो समझ गए कि पिताजी कुछ मदद नहीं करने वाले। उन्होंने अम्मा की शरण ली। उनकी सिफ़ारिश पर बाबूजी पितृऋण चुकाने को तैयार हुए। पिता-पुत्र एक दिन बूँदी के डिब्बे के साथ कॉन्ग्रेसी सांसद मोतीलाल सचान के घर गए। अपनी दरोगई के दौर में बाबूजी ने नेताजी के कई काम

साधे थे। आज अपने बेरोज़गार बेटे के उद्धार के लिए आए थे। नेताजी ने ताक़त लगाई और कैलाश बाबू पिछले दरवाज़े से सरकारी नौकरी के नित्य संसार में पहुँच गए। सचानजी का ज़मीनी ज्ञान उन्हें याद रहा, "बउवा आज के ज़माने में सरकारी नौकरी दामादी से कम नहीं।"

और जिस तरह तीसरी क़सम के भोले हिरामन की क़समें छूटीं, उसी तरह कैलाश बाबू एक दशक में सारी क़समों से मुक्त हो गए। बस, हिंदी से उनका प्रेम बना रहा, क्योंकि इस तटस्थ प्रेम से उनका कोई नुक़सान नहीं था।

कैलाश बाबू उन व्यक्तियो में थे जो संकटों से विचलित नहीं होते थे। बीस साल की नौकरी में कई लफड़ों को पारकर, वक़्त पर तरक़्क़ियाँ लेकर वरिष्ठ लेखा अधिकारी बने थे। यह भी बड़ी अजीब बात थी कि बेईमानों के दफ़्तर में पैसे का सबसे नाज़ुक काम उन्हें ही मिलता रहा। शायद यही चोरों की दुनिया का उसूल है कि वो ईमानदार चोर पर ज़्यादा ऐतबार करते हैं। कैलाश बाबू दाल में नून वाले ईमानदार और समीचीन भ्रष्टाचार के लिए इतना मशहूर हुए कि ओवरटाइम, एलटीए और बाउचर पेमेंट का मोर्चा सर्वदा उनके हवाले रहा। इस मोर्चे में वो इतना शक्तिशाली बने कि संकट उन्हें दूर से ही सलामी करते। इस विशेषता के कारण वो बरसों बदलियों से मुक्त रहे। नौकरी में उनका यह पहला तबादला था। वो और टिके रहते, लेकिन दाल में कुछ नमक ज़्यादा हो गया और नईम ठेकेदार माइनॉरिटी कार्ड खेलकर ऊपर तक चला गया। इसी चक्कर में वो तब्दील कर दिए गए। तबादले के साथ यह ज़रूर हुआ कि वो एक प्रमोशन लेकर आए थे।

नए शहर में उन्हें उम्मीद थी कि कुछ नए तरीक़े से काम होगा। बड़े अफ़सर बन गए थे। पर इस अफ़सरी की औक़ात उन्होंने आते ही देख ली। फ़ाइलें उठाने वाला चपरासी अहसान करने वाला दुर्लभ जीव

था। अति आत्मविश्वास में वो एक से पानी माँग बैठे तो उन्हें सुनाई पड़ा, "वाटरमैन की व्यवस्था विगत कई सालों से समाप्त है। स्वयंसेवा कीजिए।"

ऐसी बातों पर अक्सर उनकी इच्छा होती कि बटनदार रामपुरी पेट में घुसेड़ दें। जब यह तमन्ना अव्यावहारिक दिखती तो मनाते कि यह हरामी बस के नीचे आ जाए, या इसे हैजा हो जाए। इस घृणा में उन्हें जो राहत मिलती, उसे लेकर कई बार वो अपने से लजा जाते। ऐसे में कोई सुभाषित ही उन्हें राह दिखाता। पान की दुकानों में लगे कई स्टिकर उन्हें याद आते।

हालाँकि समाजवादी होने के कारण कैलाश बाबू साइत-सगुन में कम विश्वास करते थे। पर यहाँ आकर वो सोचने लगे कि– ज़रूर कोई गड़बड़ वक़्त होता है। कहाँ बीस साल बिना हाय-हाय किच-किच के निकल गए, वहीं यहाँ चंद दिनों में ही आजिज़ आ गए। किसी अफ़सर से कोई दिक़्क़त नहीं। साथ के लोग भी ढंग के हैं। पर ये चपरासी तो रोज़ तोला भर ख़ून जला देते हैं...

असल में चपरासी हरामख़ोर सिस्टम के सारे क़ानून जान गए थे। उन्हें हरिजन एक्ट की ताक़त मालूम थी। एक-दो मुसलमान चपरासी जानते थे कि किसी अफ़सर को टाइट करना हो तो फ़ौरन उस पर धार्मिक भेदभाव का आरोप लगा दो। और इनके साथ यूनियन और उनका महाबली फ़ेडरेशन तो था ही।

कैलाश बाबू ने तय कर लिया कि वो अब थोड़ा कृष्णवंशी दंभ से मुक्त होकर शांति से काम करेंगे। शांति के लिए वो बीच-बीच में एक्यूप्रेशर कर लेते थे। इससे भी बड़ी राहत मिलती उन्हें। उन्हें लगता कि वास्तव में संसार में सभी भाई-बहन ही तो हैं।

पर आज तो हद हो गई। उन्होंने दफ़्तर आकर मेज़ पर अपना सामान जमाया और कंप्यूटर टाइपिस्ट मीना पाहवा को आवाज़ दी। मगर आवाज़

तो किसी और की आ रही थी। गाना चल रहा था– 'हो रे पानी में जले मेरा गोरा बदन पानी में।' और बीच-बीच में 'हो रे हो' की मल्लाही तान भी आती। ज़ाहिर है यह स्वामीनाथ था, जो मुंबई ऑफ़िस से आया एक सर्कुलर नोटिस बोर्ड में लगा रहा था। उसे पता था कि नए साहब यानी कैलाश बाबू सीट पर आ गए हैं, इसलिए वह कुछ ज़्यादा ही बलबला रहा था। कैलाश बाबू को लगा, इतना गाकर वह शांत हो जाएगा। पर दूसरी तान शुरू हो गई– 'हैंडल पे बैठा ले डराइवर।' इस गीत को सुनते ही उन्होंने मीना पाहवा के चेहरे की ओर देखा। वह तो भीनी ख़ुशबू और हल्की मुस्कान के साथ ही इतना ही कह पाई, "सर, यह आउट ऑफ़ कंट्रोल है। हमने तो इसका नाम ही यही रख दिया। एक यह, दूसरा मुसलटा ताहिर बिजनौरी। इन्होंने गंध मचा रखी है।"

इतना सुनते ही उन्हें हिम्मत आई और पूरी ताक़त से चीख़ पड़े, "अबे चोप्प... हरामज़ादे!"

आगे वो कुछ कह पाते कि दफ़्तरी लोक गायक ने उन्हें चुनौती दे डाली, "आगे कुछ बोलकर दिखाओ... अरे गा ही रहे हैं, किसी को गाली दे रहे हैं क्या?"

मीना ने साहब को शांत किया। बेहद क़रीब आकर उसने साहब को पानी का गिलास दिया ताकि ग़ुस्सा ठंडा हो जाए। कैलाश बाबू उसकी भीनी ख़ुशबू से थोड़ा शांत हुए। मीना ने इतना ही कहा, "सर, इनका दिमाग़ बहोत ख़राब है। पर कोई एक्शन लेता ही नहीं।"

इस हो-हल्ले के बीच वीरभान कसाना भी आ गया। कसाना लोकल था और अकेला वही ऐसा बाबू था, जिससे अफ़सर और चपरासी तक डरते थे। वह यूनियन में तो नहीं था। पर सारे यूनियन वाले उसके चेले थे। आजकल ग्रेटर नोएडा के पास अपने गाँव में मंदिर बनवा रहा था। वह आते ही बोला, "सर, क्या नया पंगा हो गया?"

कैलाश बाबू ने खीझते हुए कहा, "अरे कोई डेकोरम ही नहीं है यहाँ।

लेडीज़ को देखकर कमेंट करते हैं।"

कसाना ने उन्हें धीरज बँधाते हुए कहा, "सर, आप परेशान नहीं हों। उसे टाइट कर देंगे!"

कैलाश बाबू इतना असहाय कभी नहीं हुए थे। वो बोले, "मैं इस साले को यहाँ नहीं रहने दूँगा।"

कसाना ने मुस्कुराकर कहा, "सर, राइटिंग में शिकायत करिए। इनके मुँह लगने, या फिर चर्चा करने से कोई फ़ायदा नहीं। इनसे बहस करने की भी ज़रूरत नहीं है। आप कुछ कहोगे, ये आगे बढ़ाकर कुछ और कह देंगे। एक्शन के नाम पर इतना होगा कि इसे नोएडा ऑफ़िस से दिल्ली ऑफ़िस या ग़ाज़ियाबाद भेज देंगे।"

राइटिंग वाली बात आते ही कैलाश बाबू कुछ संजीदा हुए। उन्होंने मीना से कहा, "एक लेटर टाइप करो, चेयरमैन साहब के नाम।"

मीना ने टाइप करने से पहले बेहद अपनेपन से कहा, "सर, अदरवाइज़ मत लीजिएगा। कसानाजी की बात पर ध्यान देने की ज़रूरत नहीं है। यह ऐसे ही अफ़सरों को मुसीबत में डालता है। एक तरफ़ आपसे कंप्लेन करवाएगा, उधर यूनियन को भी भड़काएगा।"

कैलाश बाबू सोच में पड़ गए... बाप रे कौन-सी पॉलिटिक्स में पड़ गए। उन्होंने सवालिया नज़र मीना के चेहरे पर टिका दी। उन्हें लगा, यह लड़की दिल की अच्छी है। इसकी बात सुनी जा सकती है।

"बताओ, क्या बात है?" वो मंदतर आवाज़ में बोले।

आस-पास से पूरी तरह बेफ़िक्र होने के बाद उसने बताया, "सर, एक बार ममता वालिया मैम के पृष्ठ भाग को देखकर यह 'काशी हिले पटना...' गा रहा था। कंप्लेन हुई तो इसे यूनियन ने मुद्दा बना लिया और ममता मैम के बारे में प्रचार कर दिया कि मंडी हाउस के एक गेस्ट हाउस में बॉस के साथ मज़ा करती है। इसी के बदले में उन्हें डबल इंक्रीमेंट और प्रमोशन दिया गया। ममता मैम की हालत ख़राब हो गई। उन्होंने शिकायत

वापस ही नहीं ली, स्वामीनाथ को बुलाकर कहा, "मैं तो तुम्हारी बड़ी बहन जैसी हूँ।"

मीना ने एक और प्रसंग बताया कि आपसे पहले एक साहब आए थे– सद्गुरु शरण भंडारे। बेचारे झाँसी से आए थे। आडवाणीजी के भक्त। स्वामीनाथ के मल्लाही गीत-प्रेम पर उन्होंने एक दिन उसे कमरे में तलब कर लिया। उन्हें अंदाज़ ही नहीं था कि सब पर सीसीटीवी की नज़र है। ये कैमरे आवाज़ पकड़ने वाले थे।

स्वामीनाथ को बुलाकर उन्होंने सिर्फ़ इतना ही कहा, "अबे ये झोपड़पट्टी समझ रखा है दफ़्तर को। क्या-क्या बकते हो ?" स्वामीनाथ ने पलटकर कहा, "हमारे एप्वॉइंटमेंट लेटर में तो लिखा नहीं था कि म्यूज़िक एलाउड नहीं है!"

बस इसी बात पर भंडारे साहब ने बुंदेली गालियों का भंडार खोल दिया और धमकी दी कि ऐसी जगह ट्रांसफ़र करेंगे जहाँ रेलवे लाइन नहीं दिखेगी। स्वामीनाथ ने बाहर आकर कहानी पलट दी। उसने यूनियन के नेताओं को बुलाकर कहानी सुनाई कि 'भंडारे साहब ने माँ-बहनवाली के साथ जातीय गालियों से नवाजने के बाद यह भी कहा कि यूनियन वालों को जो उखाड़ना हो उखाड़ लें!' यहाँ गवाह की ज़रूरत ही नहीं समझी गई। मामला हेड ऑफ़िस तक पहुँच गया। चेयरमैन वामन मीणा ने मामले को गंभीर माना और भंडारे को वॉर्निंग लेटर इश्यू कर दिया। इस अपमान के बोझ तले उन्होंने किसी तरह एक साल गुज़ारा। फिर माँ की बीमारी का बहाना कर आगरा चले गए।

मीना पाहवा ने तो ऐसे कहानी सुनाई, जैसे वह कथावाचक हो और सामने गंभीर श्रोता। उन्होंने कंप्लेन भेजने का इरादा टाल दिया।

"तो हमें क्या करना चाहिए ?" कैलाश बाबू एक जूनियर से पूछ रहे थे। हालाँकि उन्हें अजीब लगा। पर कई बार दूसरों की अक़्ल से काम करना पड़ता है।

मीना ने कहा, "सर चाणक्य नीति!"

कैलाश बाबू सोच में पड़ गए, यह नीति कहाँ से लाएँ। लेकिन उन्हें लगा इस लड़ाई में यह लड़की उनकी सहायक हो सकती है। उन्होंने कहा, "मीना आपको मालूम है कि जैसे कि कई बार हरिजन एक्ट, दहेज एक्ट का दाँव फेंककर विरोधी को सबक सिखाया जाता है, वैसे ही आप लोग लेडीज़ के लिए नए क़ानून का प्रयोग क्यों नहीं करतीं।"

"कर सकते हैं, पर इज़्ज़त का मलीदा बन जाता है।"

बहरहाल इस घटना के बाद मान लिया गया कि इस दफ़्तर में चपरासी हमारे लोकतंत्र का वह प्रतीक है जिसे हिलाना बाबुओं और अफ़सरों की बात नहीं। पहली बार कैलाश बाबू जैसा समाजवादी योद्धा इस परिपाटी को चुनौती देने आया था।

इस घटना ने उनके ठसकीले अतीत को याद करने पर मजबूर कर दिया। उन्हें याद आने लगा कि पिताजी को देखते ही थाने के सिपाहियों की जान सूख जाती थी।

उन्होंने कभी सोचा ही नहीं था कि एक चपरासी के कारण उन्हें इतना तनाव झेलना पड़ेगा। विचित्र-विचित्र ख़याल उन्हें आने लगे। लोहियाजी के कुछ नारे भी उन्हें याद आए। कैलाश बाबू को याद आया कि एक बार प्रातः संदेश नामक अख़बार में उन्होंने एक निबंध लिखकर माँग की थी कि देश को समतामूलक समाज बनाने के लिए सरकार क़दम उठाए। अमीर-ग़रीब का भेद ख़त्म किया जाए। आय की सीमा तय कर दी जाए। जाति सभाओं पर वैसे ही रोक लगाई जाए जैसे उग्रवादी संगठनों पर लगी है। वह लेख याद कर वो थोड़ा खिसिया गए। सोच रहे थे– 'कल्पनाएँ कर लेना कितना आसान है! सर्वहारा जितना निरीह दिखता है उतना है नहीं... बल्कि सर्वहारा को सत्ता मिल जाए तो वह और अमानवीय हो सकता है।'

उनका चिंतन स्वामीनाथ के इर्द-गिर्द चल रहा था। यह उनकी दुर्बलता थी कि एक बार जो बात दिमाग़ में घुस जाती, वह कुलबुलाती रहती। खाते-

पीते, सोते वही गुनते। समाधान के बारे में सोचने से ज़्यादा छटपटाहट में जीते। ऐसे में वो अजीब-ओ-ग़रीब कल्पनाएँ करते। अपमानित करने वाले व्यक्ति की हत्या तक के बारे में सोचने लगते। आज वो अपनी असहायता से क्षुब्ध हुए तो कल्पना कर रहे थे कि ब्रुस ली का तरह उनकी साइड किक धड़ाधड़ चल रही है। दुश्मन धराशायी हो रहा है। जनता उनकी जयकार कर रही है।

बचपन में पिताजी ने कुछ दिनों उन्हें लड्डन महाराज के अखाड़े में कुश्ती कराई थी। उसी अखाड़े में एक मलखंभ था जिस पर वो रेड़ी का तेल लगाकर कलाबाज़ी करते थे तो पहलवान दर्शक बन जाते। अपनी बाज़ू टटोलकर उन्होंने महसूस किया कि कस तो अभी बरकरार है। स्वामीनाथ की गटई हाथ में आ जाए तो साला पोंक मारेगा... यह कल्पना करके उन्हें थोड़ा क़रार आया।

एक घटना उन्हें बरेली की याद आई, जब उन्होंने प्रभा टाकीज़ के बाहर एक लौंडियाबाज़ को पीटा था। हालाँकि वह पहले ही काफ़ी पिट चुका था। लेकिन पत्नी के सामने शौर्य दिखाने का शानदार अवसर वो छोड़ना नहीं चाहते थे। वो पीटते-पीटते हाँफ रहे थे और चिल्ला रहे थे, "साले, तुम लोगों ने देश का बेड़ा गर्क कर दिया है।"

पत्नी उनसे समझदार थी। उसने हाथ पकड़कर अलग किया और कहा, "क्या करते हो, मर जाएगा तो लेने के देने पड़ जाएँगे, शकल देख रहे हो... मियाँ है।"

सचमुच वो होश में आ गए। बाद में पत्नी ने उन्हें बहादुरी का इनाम देने की बजाय यह कह डाला, "अरे छोड़ो अकेले आदमी को दस-दस लोग मार रहे थे। यह कौन-सी बहादुरी है।"

कैलाश बाबू मानते थे कि सरकारी नौकरी ने उनकी वीरता पर काफ़ी असर डाला है। वो सपा या भाजपा में होते तो उनकी ताक़त देखते लोग।

पर हर इच्छा जीवन में पूरी नहीं होती। इसी रौ में उनका ध्यान स्वामीनाथ की ओर चला गया। उन्होंने हिंसक कल्पना कर डाली कि स्वामीनाथ ड्यूटी से लौट रहा है। दिल्ली-नोएडा बॉर्डर पर गुंडों ने उसके हाथ-पैर तोड़कर चेतावनी दे दी, "स्साले कैलाश बाबू से टकराए तो अस्सी टुकड़े कर जमुना में बहा देंगे मादर..."

ऐसी मानसिक हिंसा से कैलाश बाबू को बड़ी राहत मिलती।

शाम को घर लौटते हुए वो अक्सर दही-सब्ज़ी या समोसे लेकर आते थे। पर आज कुछ लेने का मन नहीं किया। मन में उदासी थी, जो घर तक चली आई। पत्नी ने चेहरा देखा तो यों ही पूछ लिया, "बॉस क्या बात है ?"

ऐसे सवाल पर ना जाने क्यो कैलाश बाबू खौखिया जाते थे। उन्होंने जवाब देने की बजाय ज़ोर से यह कहा, "अरे गैस में कुछ चढ़ा है क्या ?"

पत्नी ने कहा, "उसकी चिंता छोड़ो!"

बस, इसी बात पर महाभारत हो गई। दोनों बच्चे निकलकर एक नए तमाशे के लिए तैयार हो गए। कुछ गालियों का दौर चला। फिर सामानों की शामत आई और अंत में पत्नी ने सारे संसार के मर्दों को गाली देकर कहा, "सदियों से औरतें यही हरामीपना सहती आई हैं!"

इस संग्राम का असर पूरे घर पर पड़ा। कैलाश बाबू ने फ्रिज में रखा बासा सामान निकाला। बच्चों ने मैगी बना ली और बच्चों की माँ एक गाँधीवादी आंदोलन के तहत बिना कपड़े बदले भूखी सो गई। रात्रिकालीन सम्मिलन की आस छोड़कर कैलाश बाबू ने अपना बिस्तरा भी बाहर लगाया। वो सोचने लगे... संसार में यह वाणी कुछ भी करा देती है!

गहरी नींद में आने से पहले एक बार फिर उनके सिर पर स्वामीनाथ सवार हुआ। वो अपना माथा पीटना चाहते थे।

कैलाश बाबू समझ गए, अब चार दिन यह गृह-संग्राम का यह माहौल बने रहने वाला है। ऐसे में शांत रहने में ही भलाई थी। उन्होंने ध्यान करने का जतन किया। पर ध्यान में भी स्वामीनाथ का काइयाँ चेहरा याद आ

जाता। कई बार उन्होंने सिर झटका, पर सामान्य होने में काफ़ी वक़्त लगा।

उनकी हालत ऐसी थी कि पत्नी को सचमुच दया आ ही गई। ना चाहते हुए भी उसने चलताऊ ढंग से पूछ लिया, "ऐसे मुंदना बाबू बने क्यों बैठे हैं। प्रॉब्लम शेयर करेंगे, तभी तो हल निकलेंगे।" इस बात का असर दिखा। कैलाश बाबू ने फिर भी संत भाव दिखाते हुए कहा, "यह सब तो होता रहता है।"

"अरे भाई हुआ क्या? आप सपने में भी हल्ला मार रहे थे, साले शूट कर दूँगा! अरे झगड़ा-वगड़ा मत कर लेना कहीं। अपना इलाक़ा देखकर पंगा लिया जाता है।"

इस ज्ञान पर कैलाश बाबू थोड़ा लजा से गए, मगर बोले, "अरे यार डॉली, ऐसा है ससुरा एक चपरासी बड़ी बदतमीज़ी करता है... साले यूनियन वाले भी उसका साथ देते हैं। बस, उसी का इलाज करने की सोचता हूँ। बदायूँ होता तो पापा के चेले भूरे पंडित को इसकी सुपारी दे देता।"

पत्नी ने टोका, "फिर वही जड़बुद्धि यदुवंशियों वाली बात। सरकारी दफ़्तर है। रास्ता नियम से ही निकलेगा।"

कैलाश बाबू थोड़ा आशावान हो रहे थे। समस्या के मूल में जाकर उन्होंने विचार किया कि कुछ दिन शांत-निर्विकार होकर देखते हैं।

पत्नी से संवाद स्थापित होने के बाद आज रात को उन्होंने हल्दी डालकर दूध पिया और नीम करौली बाबा का नाम लेकर सो गए। उनका मानना था कि बाबा का स्मरण करके सो जाओ, नींद अच्छी आती है। सचमुच रात में बड़ा सुखदायी सपना आया। देखा–स्वामीनाथ सिर पर पट्टिया बाँधे, हाथ पर प्लास्टर चढ़ाए सबसे विनीत भाव से मिल रहा है। कह रहा है, "आप सबकी किरपा से दूसरा जन्म मिला है। क़सम गंगा मइया की बड़ी अलप कटी है!"

स्वप्नफल में उनका भरोसा तो नहीं था, पर आनंद आया। न जाने

क्यों लगा–जीत उन्हीं की होगी। यह स्साला कुत्ते की मौत मरेगा। इसकी औलादें पंचर जोड़ेंगी!

आज सुबह से उन्होंने तय कर लिया था कि इस तनाव से मुक्त होना है। तनाव से निजात के लिए ही वो जल्द दफ़्तर जाना चाहते थे। इस तैयारी के सिलसिले में कैलाश बाबू दो बार पेट साफ़ करने गए। यह उनकी आदत पड़ गई थी कि जब ट्रेन से कहीं जाते थे, या बेहद ज़रूरी काम से निकलते थे पेट को एकदम ख़ाली कर लेते थे। इससे उन्हें बड़ी राहत मिलती।

इतनी जल्दी दफ़्तर में वो शायद पहली बार आए थे। उन्हें उम्मीद थी कि टाइमकीपर रामदुलारे उन्हें देखकर चौंकेगा। पर यह क्या! वह तो सिर झुकाए उनकी ओर ख़ुद ही बढ़ा चला आया। चेहरा बता रहा था कि कुछ अनहोनी हुई है। पूरे माहौल में एक मातमी हवा तैर रही थी। गर्मी के कारण सामने गुलमोहर का सुर्ख चेहरा भी इस मातम को हल्का नहीं कर पा रहा था।

कैलाश बाबू की आजकल दफ़्तर में ऐसी दशा थी कि अपनी ओर से टीका-टिप्पणी करने से बचना चाहते थे। पर रामदुलारे का मुँह खुलवाने के लिए ख़ुद बोले, "और भई नंद के दुलारे क्या बात है तुम्हारी बँसुरिया नहीं बज रही?" दुलारे इस परिहास को सुनने के मूड में नहीं था। इसलिए चुप रहा। बेहद ख़ामोश, जैसे निजी आपदा से ग्रस्त हो।

अब कैलाश बाबू गंभीर हुए, "क्या चावला साहब की मम्मी चली गईं?"

"नहीं...बात यह कि..." रामदुलारे और ग़मगीन हो गया।

अब कैलाश बाबू थोड़ा थिराए, "अरे भाई साहब मुँह से नहीं बोलेंगे तो कैसे समझेंगे... कोई अंतर्यामी थोड़ी हैं हम।"

"अरे सर, बुरी ख़बर है, अपणा स्वामीनाथ कल रात गुज़र गया।"

"कैसे?" कैलाश बाबू को लगा जैसे उनका श्राप काम कर गया।

अंदर का उछाह कसकर दबाते हुए बोले, "वैरी सैड!"

"पर वह तो कर्रा जीव था रामदुलारे!"

"अरे नहीं सर, कर्रा-फर्रा कुछ नहीं। दारू पी-पीकर खोखला हो गया था। यहीं खोड़ा कॉलोनी में एक नेपालिन को रखैल बनाकर रखे था। कल ज़्यादा पी गया और वही अटैक पड़ गया। मैक्स ले जाते समय रास्ते में ही मर गया। पुलिस नेपालिन से पूछताछ कर रही है कि ज़हरखुरानी का मामला तो नहीं। उसके बीवी-बच्चे कोसी-कलाँ से आ रहे हैं।"

कैलाश बाबू का अब थोड़ा दुखी होने का मन कर रहा था। ख़ासतौर पर बीवी-बच्चों के बारे में सोचकर। एक बार फिर नाटकीय ढंग से बोले, "कल तक तो टन्न दिख रहा था। उम्मीद ही नहीं थी ऐसा हो सकता है, हे प्रभु!"

रामदुलारे की आज की ड्यूटी यही थी कि हर आने वाले को स्वामीनाथ की मौत का क़िस्सा बताए। हर कर्मचारी कार्ड पंच करने के साथ यह वाक्या सुनकर हाय-हाय करता बढ़ता जा रहा था। हालाँकि ज़्यादातर को वह घर फ़ोन करके बता चुका था। मोबाइल अभी सब के पास नहीं आया था। पेजर भी कुछ लोगों को मिला था।

एक घंटे में सारा दफ़्तर मातमी चर्चा में डूब गया। पर्सनल मैनेजर राजीव बधावन को पुलिस के साथ लगा दिया गया था। पोस्टमार्टम रिपोर्ट के बाद शव को गाँव भेजने की व्यवस्था दफ़्तरवालों को ही करनी थी। जिस औरत को तफ़्तीश के लिए पकड़ा गया था, उसने चार लप्पड़ में सच-सच बता दिया, "रात में उसके पास स्वामीनाथ और उसके दोस्त शम्सुद्दीन दारू-मछली लेकर आए थे। बाद में शम्सुद्दीन चला गया। ये रात में हमारे पास रुक गए। रात में उठकर कै करने लगे और वहीं गिर पड़े।" पुलिस समझ गई कि यह टैक्सी टाइप की औरत है। बीट कॉन्स्टेबल रिचा दलाल ने उसके कान में कुछ गुरुमंत्र फूँका और छोड़ते हुए कहा, "कॉलोनी छोड़कर मत जाना, दारोगाजी इन्क्वॉयरी करने

आएँगे।!" वह खेली-खाई पहाड़िन थी। उसे पता था कि इन्क्वॉयरी कैसे होती है। और कितने लोग, कितनी बार करते हैं।

दफ़्तर में आज काम ठप रखने का एक और बहाना मिल गया था। गुलाबी और जामुनी लिपस्टिक में आने वाली मैडमों के होंठ कुदरती रंग में थे। मैडम नरूला के होंठ शोकगीत रच रहे थे। अपने भरे सीने और उभरे नितंबों के कारण स्वामीनाथ के गीतमय निशाने पर रहने वाली मैडम वालिया के अलावा, आशा उप्पल और आरती देव सफ़ेद सलवार सूट में दफ़्तर आई थीं। शायद उन्होंने मान लिया था कि आदमी कैसा भी हो, अपनी मौत के साथ अपने सारे गुनाह बटोरकर ले जाता है। उनकी आँखों से बही आँसू की धारा ने उनके इंसान होने का सबूत दे दिया था।

इन्हें देखकर तो कैलाश बाबू भी थोड़ा दुखी हो चले। अपनी सीट में आकर उन्होंने सबसे पहले घर फ़ोन लगाया। पत्नी के फ़ोन उठाते ही उन्होंने कहा, "अरे डॉली सुनो... वह तो मर गया!"

पत्नी घबरा गई, "अरे यार आधी बात खा जाते हो, कौन मर गया... घर से कोई फ़ोन आया?"

"नहीं-नहीं... जिसकी कहानी तुम्हें सुना रहा था न, हाँ वही चपरासी स्वामीनाथ!" कैलाश बाबू ने स्पष्ट कर दिया।

"अरे भाई, यह क्या हो रहा तुम्हारे दफ़्तर में? घाट जाना तो बता देना। लौटकर नहाना पड़ेगा रात में।" पत्नी ने नीतिगत बात की।

"ठीक है, ठीक है।" कहकर उन्होंने फ़ोन रख दिया।

कई दिनों बाद उन्होंने कुर्सी पर कमर सीधी की और मुँह से निकला, हे प्रभु तेरी लीला अपरंपार... यह बड़ी बेफ़िक्र आवाज़ थी, थोड़ी तेज़ कि मीना पाहवा उनके सामने आ खड़ी हुई, बल्कि कहना होगा, नमूदार हुई, "यस सर, आपने आवाज़ दी।"

उसकी आँखों पर आज भी भीमसेनी काजल लगा हुआ था। वह जींस और क्रीम कलर के कुर्ते में थी। कैलाश बाबू थोड़ा अचकचाकर बोले,

“नहीं तो, कुछ कन्फ़्यूज़न हुआ होगा।”

‘जी’ कहकर वह कैलाश बाबू के राजबब्बरनुमा चेहरे को ग़ौर से पढ़ने लगी।

“आओ बैठो, चाय पीते हैं!” कैलाश बाबू ने बड़े अपनेपन से आग्रह किया।

वह मुस्कुराई।

इस शोक में कोई मुस्कुरा भी सकता है। कैलाश बाबू भी सोच में पड़ गए। एक वैरागी भाव जागने लगा।

कौन नहीं चाहता कि उसे चुभने वाला काँटा किसी तरह निकल जाए। पर कोई काँटा निकलकर और टीस देगा, इसकी उन्हें उम्मीद नहीं थी।

आज उनके लिए राहत भरा दिन ज़रूर था। पर शोक की चादर तो ओढ़कर रखनी ही थी।

लगभग यही दशा मीना पाहवा की भी थी।

लाल साहब और दिल-ए-नादाँ

अच्छा-ख़ासा हर्बल चाय का प्याला लेकर, मसनद लगाकर अख़बार चाटने और निहारने का मूड बनाकर बैठे थे लाल साहब। पेज खोला तो पीले रंग का पर्चा यों निकला जैसे बिल से कोई चुहिया। आम तौर पर वो ऐसे पर्चों को बिना देखे गुड़मुड़ियाते और किसी एक कोने की तरफ़ सरका देते कि सुबह नियमित सफ़ाई के दौरान ठिकाने लग जाएगा।

पर आज उनकी मति भटक गई। इतवार के हसीन फ़ोटो वाले अख़बार को धर दिया। उस पर्चे पर केंद्रित हो गए। यह उनकी आदत थी कि वो जो भी पढ़ते थे, पूरा ध्यान लगाकर। मोबाइल के इस मायावी और तृष्णामय दौर में भी वो रस भरी किताबों से लेकर योगी कथामृत तक जी लगाकर पढ़ते थे।

पर्चे को पढ़ा–निःशुल्क चिकित्सा शिविर, मधुमेह, रक्तचाप, थायरायड, ईसीजी, सर्वाइकल... फ्री चेकअप। वो पढ़ते गए। आयोजक का नाम पढ़कर सीना चौड़ा हुआ, आत्मीयता जागी... कायस्थ महासभा, शारदा नगर। उन्होंने ग़ौर किया कि पर्चे के एक कोने में नेताजी सुभाषचंद्र बोस का रेखांकन बना हुआ था। पर्चे में नीचे लिखा था– चित्रांश धर्मशाला, बी ब्लॉक, शारदा नगर। समय नौ बजे से बारह बजे तक।

अभी सुबह के सात ही बजे थे। निःशुल्क शब्द ने उन्हें ललचा दिया। कई दिनों से वो दिल का चेकअप कराने की सोच रहे थे, क्योंकि चलने में हाँफी आ जाती थी। लेकिन महँगे टेस्ट-जाँच के कारण ढीले पड़ जाते।

आज शानदार अवसर था। एक लोभ अपने समाज के लोगों से मिलने का भी था। जल्दी-जल्दी उन्होंने अपना नोकिया वाला पारंपरिक मोबाइल चार्ज किया। सुबह की सैर में रसीले चुटकुले सुनाकर मनोरंजन करने वाले बीआर खरे और निर्मल बाबू को फ़ोन कर दिया, "गुरु अपनी रिपोर्ट लेकर आ जाओ, धर्मशाला में मिलते हैं।" वो आज पूरी तरह सामाजिक काम करने के मूड में थे।

असल में वो दफ़्तर के जमाने से ही सामाजिक कामों, ख़ासतौर पर अपने समाज के कामों में बड़ी रुचि लेते थे। तब उन्होंने दफ़्तर के कमाऊ लेखा बाबू गिरिजानंदन वाजपेयी की प्रेरणा से युग निर्माण योजना की सदस्यता ले रखी थी। इसलिए संस्कारों पर बहुत ज़ोर था। हरिद्वार में सामूहिक जनेऊ कार्यक्रम के बाद से लाल बाबू बाक़ायदा दोहरा जनेऊ पहनते थे और मानना था कि मनुष्य जन्म से ब्राह्मण-क्षत्रिय या अन्य कुछ नहीं होता। बल्कि कर्म से होता है। इस लिहाज़ से वो अपने को ब्राह्मण पद का अधिकारी मानते थे। विश्वामित्र का उदाहरण भी देते थे कि कैसे क्षत्रिय होकर भी वो ब्रह्मर्षि बने। इसके बावजूद उन्हें कायस्थ होने पर अपार गर्व था। कायस्थ महापुरुषों-हस्तियों की वृहद सूची भी उन्होंने बना रखी थी। इसमें चित्रगुप्त से लेकर, अमिताभ बच्चन और बाल ठाकरे तक के नाम थे। इसी चक्कर में वो धर्मवीर भारती की सारी कहानियाँ, उपन्यास पढ़ चुके थे। 'गुनाहों का देवता' तो हमेशा उनकी मेज़ पर रहता था। आपसी पत्राचार में वो धर्मवीर भारती की तरह लिखते भी थे– 'काकुशि'... यानी कायस्थ कुल शिरोमणि।

बिजली विभाग में जेई की नौकरी उनकी इतनी शानदार थी कि धन बरसता था। पर संस्कारवश माँगने के ख़िलाफ़ थे। ज़रूरत ही नहीं पड़ती। मेज़ पर ही लिफ़ाफ़ा पहुँचकर उनकी फ़ाइल में आ जाता। वो निर्विकार भाव से उसे प्रसाद मानकर ग्रहण कर लेते। दफ़्तर में यह छवि बनाए रखी

कि 'वीके लाल जैसा जेई मिलना मुश्किल है।' रिटायर हुए तो वो इतना धन लेकर कि बेटों की पूरी गिरस्ती अकेले चला सकते थे। पैंतालीस हज़ार पेंशन, फंड से मिला चालीस लाख। ग्रेच्युटी, छुट्टी का पैसा मिलाकर दस लाख... इतना पैसा देखकर पहले तो दोनों बहुओं में सेवा की होड़ लग गई। बाद में वो छोटी के हिस्से में आए। बड़े बेटे को ऊपर का खंड और दस लाख देकर अलग कर दिया। बड़ी बहू ऋतंभरा शाहजहाँपुर के भटनागरों के घर की थी और हमेशा अपने वकील और भाजपाई बाप की धौंस दिखाती थी। इस बहू से पटने का सवाल ही नहीं उठता। लड़के अच्छी प्राइवेट नौकरी में थे। दोनों बेटियाँ उन्होंने इतनी दूर ब्याही थीं कि गर्मियों की छुट्टियों में ही आ पातीं। कुल मिलाकर ऐसा जीवन जो भारतवर्ष में बड़े तप के बाद मिलता है।

इसके बावजूद निःशुल्क शिविर ने उन्हें खींच लिया। मंजन-कुल्ला करने के बाद उन्होंने नहाया। कुर्ता-पाजामा पहना और कमरे में ऐसे घूमने लगे जैसे कभी दफ़्तर जाने के पहले बेताबी से घूमते थे। बोलते जा रहे थे, "नौ बजे अर्जेंट काम से जाना है।" यह ऐलान इसलिए कि रसोई के इंतज़ामकार सुन लें। छोटी बहू रुचि समझ गई और हमेशा की तरह हँसते हुए बोली, "सुन लिया, आप मेज़ पर आ जाइए पापाजी।"

फटाफट उनके लिए दलिया आ गया। वो जल्दी भागने के चक्कर में थे, फिर भी रुचि ने उनके लिए अदरक वाली चाय बना दी। वह जानती थी कि एक बार ये घर से निकल गए तो डेढ़ बजे तक की छुट्टी। लाल साहब की पत्नी सीता देवी दो साल पहले ही गुज़र गई थीं। इसके बाद से वो छोटी बहू पर ही आश्रित थे। उनकी पेंशन का पैसा बैंक में जमा हो रहा था। पर दूध से लेकर आटा-चावल लाने का दायित्व उन्होंने सँभाल रखा था। अतिरिक्त ख़र्च के नाम कभी-कभी अपने पोते-पोतियों के लिए चॉकलेट-चिप्स वग़ैरह ले आते थे। बड़ी बहू का आरोप था कि पेंशन का पैसा वो छोटी बहू पर उड़ा देते हैं। वह यह भी कहती थी, "छोटी बड़ी

चंट है, उसने वशीकरण करवा रखा है।" हालाँकि मोहल्ले में उसकी यह बात कोई मानने को तैयार नहीं होता। किटी दल के बीच भी ऋतंभरा की छवि खुरपेची औरत जैसी थी।

ख़ैर, प्रेशर कुकर की सीटियों और वॉशिंग मशीन की घर्र-घर्र के बीच लाल साहब फटाफट निकल लिए। कुकर की सीटी से जो महक आई, उसने एकबारगी उन्हें दरवाज़े पर रोक लिया और हमेशा की तरह कहा, "आज क्या फिर तर माल?" तर माल से मतलब नॉनवेज से था, जो वो काफ़ी पहले छोड़ चुके थे, ब्राह्मणत्व हासिल करने के लिए। हालाँकि उनके संपर्क में कई ऐसे बिहारी और पुरबिया ब्राह्मण थे, जो मुर्ग़े-मछली का नाम सुनते ही चैतन्य हो जाते थे। लाल साहब इन्हें पतित पंडित कहते थे... ख़ैर, लाल साहब के सवाल पर बहू ने सलोना चेहरा नीचे झुकाकर 'हाँ' कहा, तो वो निराश भाव से बोले, "भई इस ग़रीब पंडित के लिए खिचड़ी-पुलाव बना देना।"

सचमुच वो खाऊवीर कायस्थ से पंडित बन चुके थे, सिर्फ़ अपने खान-पान के कारण। अब तो बाक़ायदा जॉर्ज बर्नाड शॉ के हवाले से कहते थे, "मेरा पेट कोई क़ब्रिस्तान थोड़ी है, जो मुर्दा चीज़ें हज़म करूँ।" बस इसी बात पर बहू मुँह बनाकर कहती, "टू मच, पापाजी... आप पंडितजी बन गए... हमें तो खा-पी लेने दो!"

हालाँकि आज की शानदार महक के पीछे सिर्फ़ रुचि का योगदान नहीं था। उनके अगल-बग़ल एक मलयाली, एक बंगाली और एक कश्मीरी पंडित परिवार था। हर इतवार को सबके घर की रसोई से ऐसी ही ख़ुशबू निकलकर हवा में घुल जाती थी। लाल साहब महक को पहचान करके ही कह देते थे, "आज तो भई संडे मन रहा है..."

बहू हालाँकि कभी भी चलते समय पूछती नहीं थी। पर आज लाल साहब का हल्का मूड देखकर पूछ बैठी, "बाबूजी ख़ास काम से?"

आज लाल साहब को यह पूछना अच्छा लगा, क्योंकि दो साल पहले ही कोई साधिकार ऐसे पूछता था।

वो सफ़ेद मूँछों पर हँसी को आसीन करते हुए बोले, "सोच रहा हूँ चेकअप करवा लूँ। अपने समाज का फ्री मेडिकल कैंप लगा है। काफ़ी दिनों से कोई टेस्ट करवाया भी नहीं। डॉक्टर कहते हैं, चेक करवाते रहना चाहिए... शरीर के अंदर कई चोर बीमारियाँ होती हैं। देखो न अग्निहोत्री चौबीस घंटे में ही चला गया। कभी टेस्ट करवाया नहीं। दिल पर एक झटका लगा और टाइम दिए बिना सब हो गया।"

असल में लाल साहब ने चेकअप के नाम पर एक बार दिल की जाँच करवाई थी। कई साल पहले उन्होंने जब सेहत बीमे की एक पॉलिसी ली थी तो एलआईसी एजेंट अर्पित केजरीवाल उन्हें ईसीजी के लिए ले गया था। बिस्तर पर लेटने के पहले ही उन्होंने नर्स से दिल्लगी करते हुए कहा, "ये भाई साहब हमारे दिल का हाल जाँचने को लिवा लाए हैं। अरे भाई, जब हमारे दिल ही नहीं है तो दिल का क्या बिगड़ेगा।"

उनकी बात पर हँसते हुए छोटे क़द की पहाड़ी नर्स ने कहा, "दादाजी इतना भी ओवर कॉन्फ़िडेंस ठीक नहीं।"

केजरीवाल ने कहा, "सर इस पॉलिसी के लिए पैंतालीस-पचास साल से ऊपर वालों का यह टेस्ट करवाना पड़ता है।"

जाँच के बाद नर्स ने दिल का ग्राफ़ निकाला और डॉक्टर मीना वर्मा छाबड़ा के हवाले कर दिया। लाल साहब ने नर्स की तरफ़ तबीयत से देखकर मुस्कुराते हुए कहा, "मैंने कहा था न, कुछ नहीं निकलेगा।" नर्स ने कहा, यह तो मैम बताएँगी। डॉक्टर ने ग्राफ़ को देखा, एक जगह टिक किया और लाल साहब से इतना ही कहा, "अभी तो ठीक ही है!"

केजरीवाल ने लाल साहब को तसल्ली दी, "आप नब्बे साल जीने वाले हो, बस कभी-कभी दारू पीते रहना और हमें भी पिलाते रहना।"

लाल साहब बोले, "वाई नॉट... हम तो सूफ़ी बन गए हैं, तुम्हें पिला देंगे।"

केजरीवाल ने उनका बीमा कर दिया तो वो जीवन के प्रति और आश्वस्त हो गए। वक़्त भी क्या करवट लेता है! एक ज़माना था, जब जवानी के दिनों में पत्नी को कहना पड़ता था, "अरे रजनी के पापा, मंगलवार, शनिवार तो ख़याल कर लिया करो!" वो हँसते हुए कहते, "भगवान ने सात दिन बनाए हैं तो खाने-पीने के लिए ही बनाए हैं।"

वो कहतीं, "हे भगवान! तभी तो सब हमें आधा मुसलमान कहते हैं।" इस पर लाल साहब का जवाब होता, "तो क्या हुआ... हम नवाबों के दरबार में रहे, सत्ता में रहे तो असर तो होगा ही भाषा और खान-पान पर।" फिर वो रहस्य खोलते कि अमीर ख़ुसरों की माँ भी कायस्थ थीं।

पता नहीं एक कुंतल की बीमार पत्नी को यह ज्ञान देकर वो क्या बताना चाहते थे।

और यही लाल साहब क्या से क्या हो गए। उनका खान-पान देखकर लोग उन्हें पंडितजी कहने लगे थे। उनके पड़ोसी डॉक्टर आरएन द्विवेदी ने उन्हें यह बताकर और उत्साहित किया कि नेहरूजी के क़रीबी पंडित सुंदर लाल भी दरअसल कायस्थ थे। लेकिन अपने कर्म और ज्ञान के कारण वो पंडितजी कहे जाने लगे।

अपनी टोली में भी कोई उन्हें पंडितजी कहता तो वो बड़े गर्व से यह संबोधन स्वीकार करते। हाल में ही उन्होंने अष्टावक्र गीता पढ़ी तो वो कुछ ज़्यादा ही ब्रह्मज्ञानी हो गए। इसी ज्ञान के प्रभाव में बहू रानी यानी रुचि (जो पहले अस्थाना थीं, अब लाल हो गई थीं) के सामने बोल गए, "जीवन में ब्रह्मज्ञान हो जाए तो सब असार दिखता है। सोचता हूँ, सब दान करके ऋषिकेश में रहूँ।"

बहू के कान खड़े हो गए। ससुर साहब के पास तगड़ा माल था। उसने फ़ौरन ही अपना पक्ष रखा, "लेकिन हमारे शास्त्रों में यह भी कहा गया

है कि ज्ञान के लिए कहीं मथुरा-काशी की ज़रूरत नहीं है। अंतःकरण से ही सब है।" बहू को उन्होंने दाद दी, "भई तुम्हारी बात में दम है। तो ऋषिकेश जाना कैंसिल, लेकिन महेश योगी के जबलपुर आश्रम तो एक बार जाना ही है।"

लाल साहब जब चित्रांश धर्मशाला पहुँचे तो देखा भीड़ ऐसी कि जैसे रोज़गार दफ़्तर में खड़े हों। वो उम्मीद कर रहे थे, कोई जान-पहचान वाला मिल जाएगा। ऐसा ही हुआ, भीड़ के बीच में ही उन्हें टीएन श्रीवास्तव मिल गए, जो राशनिंग विभाग से रिटायर हुए थे। उन्हें राहत हुई कि एक से दो हुए। लाल साहब बताने में शरमा रहे थे कि किसलिए आए हैं। श्रीवास्तव जी ने बताया, "ख़ाली पेट वाला शुगर का टेस्ट कराया है। कह रहे हैं नाश्ता करके आधा-एक घंटे बाद फिर आओ, तो निकल रहा हूँ भइया। तब तक आप निपटो।"

लेकिन लाल साहब ने नहीं बताया कि वो किसलिए आए हैं। पर्ची में उन्होंने लिख दिया–ईसीजी।

पता नहीं क्यों, बीमा करते वक़्त एजेंट केजरीवाल ने जो ईसीजी कराई, उस पर उन्हें भरोसा नहीं हो रहा था। डॉक्टरनी भी सुस्ती में बोली थी, "अभी तो ठीक ही है।"

ईसीजी से पहले उनके बदन में चिपचिपा पदार्थ लगाकर जैसे ही लिटाया गया, उनकी धड़कन बढ़ने लगी। जूनियर डॉक्टर जैसी दिख रही लड़की ने कहा, "बाबा टेंशन मत लो, बस लेटे रहो।" उन्होंने आँखें बंद कर लीं और अष्टावक्र गीता के ज्ञान के तरफ़ चले गए।

ग्राफ़ निकल रहा था। तिरछी नज़र से वो मशीन की तरफ़ देखते जा हे थे। ऐसी घबराहट तो हाईस्कूल बोर्ड में गणित का पर्चा देते वक़्त भी नहीं हुई होगी। खर्र से जब डॉक्टरनी ने ग्राफ़ निकाला तो वो उसकी आँख की तरफ़ देखने लगे। उसने ग्राफ़ पढ़ते-पढ़ते पूछ लिया, "आप पैंसठ क्रॉस

कर गए हो?"

"जी, सरकारी हिसाब से, वैसे कुंडली के हिसाब से एक साल और ज़्यादा।"

"कोई नहीं, आप कार्डियोलॉजिस्ट माथुर साहब से मिल लीजिए। डिटेल वही बता बताएँगे। मेरे हिसाब से थोड़ी प्रॉब्लम है।" लाल साहब घबरा गए। वो गला खँखारकर थूक गटकते हुए बोले, "कुछ ज़्यादा तो नहीं... जरा समझा दो बिटिया!"

डॉक्टरनी मुस्कुराई, "मैं एक्सपर्ट नहीं हूँ। पर यह स्पॉट देख रहे हैं, ये लाइन देखिए। ब्लॉकेज़ नज़र आ रहा है। आप मेरी मानिए डॉक्टर माथुर से मिल लीजिए।"

लाल साहब थोड़ा बेताब हो गए, "अरे बिटिया साफ़-साफ़ बता दो कि कित्ती गड़बड़ है। अब तो हम कुछ खाते-पीते भी नहीं। एकदम सूफ़ी हो गए हैं!" डॉक्टरनी ने दिलासा देते हुए कहा, "आर्टरी में कितनी ब्लॉकेज़ है, कैसे इलाज होगा, ये डॉक्टर माथुर ही बता पाएँगे। वो बड़े डॉक्टर हैं, उनका बड़ा नाम है।"

लेकिन लाल साहब को जूनियर डॉक्टर से बातचीत में काफ़ी तसल्ली मिल रही थी। उसकी आवाज़ में एक नकसुरापन था, जिसे सुनकर उन्हें सलमा आग़ा की आवाज़ याद आ रही थी। वो हिलने को तैयार ही नहीं थे। अपनेपन को स्थापित करने के लिए उसका नाम पूछ लिया। हँसकर बोली वह, "क्या हुआ दादाजी? मेरा नाम सुनीता यादव।" लाल साहब अब सुनीता बिटिया पर आ गए, "बेटा देखो सिम्प्टम्स जानकर तो तुम भी बता सकती हो कि क्या दिक़्क़त है?"

"थोड़ा-बहुत, पूरा नहीं... अच्छा बताइए, बायीं तरफ़ दर्द होता है?"

वो बोले, "नहीं... कभी ग़ौर भी नहीं किया।"

"सीढ़ियाँ चढ़ने में थकावट होती है?"

"मैं तो ग्राउंड में रहता हूँ। ऊपर जाने की नौबत एक-दो महीने में आती

है, कभी लगा ही नहीं कि दिक़्क़त है।"

"आप ड्रिंक करते हो?"

"नहीं, करता था कभी जवानी में।"

"ज़्यादा ऑयली तो नहीं खाते?"

"अब कम कर दिया है, कई सालों से नॉनवेज भी बंद है।"

अब वार्तालाप खिंच रहा था और ईसीजी के लिए दूसरा उम्मीदवार भी सामने था, इसलिए डॉक्टरनी ने लगभग पिंड छुड़ाते हुए कहा, "प्लीज़ दादाजी आप माथुर सर से मिल लीजिए। सारे जवाब मिल जाएँगे।"

अब तो माथुर साहब के पास जाना ही था। लाल साहब ने ईसीजी रपट ली और डॉक्टर माथुर के पास जाकर खड़े हुए। डॉक्टर माथुर सचमुच दिलदार टाइप के डॉक्टर थे। मरीज़ को बातचीत से घुमाने वाले। चतुर चेहरा, इलाहाबादी अंदाज़। हर बात में इलाहाबाद और अमिताभ बच्चन आ ही जाता था। वो इलाहाबाद को कायस्थों की काशी कहते थे। एक कथित गौरव उनके जीवन में यह भी जुड़ा था कि अभिषेक बच्चन और ऐश्वर्या रॉय की शादी-पार्टी में जो लोग इलाहाबाद से गए थे, उनमें डॉक्टर माथुर भी थे।

तो ऐसे 'प्रतिभावान' डॉक्टर माथुर के सामने लाल साहब कंपायमान खड़े हुए। माथुर ने उन्हें बैठाया और पर्चा देखकर पूछा, "कैसे हैं लाल साहब!" इस अपनेपन के संबोधन से वो काफ़ी हल्के हो गए।

"डॉक्टर साहब, ये देखकर आप ख़ुद ही बता सकते हैं कि कैसा हूँ। थोड़ा घबरा रहा हूँ!"

"अरे गोली मारिए घबराहट को... लाइए हाथ।" डॉक्टर माथुर ने पहले नब्ज़ देखी। फिर आला लेकर सीने पर लगाया। कान लगाकर सुना। एक मिनट के मौन के बाद बोले, "लाल साहब अभी आप एस्कॉर्ट या मैक्स पहुँच जाते तो सफ़ेद कोट वाले हमारे भाईजान काम लगा देते। वैसे थोड़ी प्रॉब्लम है। ब्लॉकेज़ तो है, पर अभी आप लाइफ़स्टाइल, खान-पान

पर ध्यान दीजिए। ज़ीरो फ़ैट पर आ जाइए। अर्जुन की छाल की चाय पीजिए। अगर ध्यान सीखा हो तो ध्यान कीजिए। छह महीने में आराम नहीं मिला तो फिर ईसीजी लेकर इलाज करेंगे। एंजियोप्लास्टी की ज़रूरत हुई तो कर देंगे। एक दिन का काम है। अपने सरकारी हार्ट इंस्टीट्यूट में हो जाएगा। सिर्फ़ स्टेंट का ख़र्च आएगा। अब तो गौरमेंट ने वो भी सस्ते कर दिए हैं।"

मथुर ने सचमुच इतना फटाफट कहा कि लाल साहब का जी हल्का हो गया। उन्होंने डरते-डरते कहा, "ईसीसी रिपोर्ट में कुछ ज़्यादा गड़बड़ी है ?"

डॉक्टर माथुर मुस्कुराए, फिर बंबइया हिंदी पर आ गए, "अपुन इदर बैठा है न... आपकी पल्स, धड़कन चेक कर ली है। कुछ नहीं होने वाला, आप बस खान-पान के मामले में संन्यासी बन जाओ... वॉइट चीनी, बाज़ार का नमक बंद कर दो... सेंधा नमक और खांड की आदत डालिए!"

लाल साहब मुँह लटाकाए बोले, "संन्यासी तो पहले से ही हैं... कुछ और कंट्रोल करते हैं!"

उन्होंने रिपोर्ट ली। डॉक्टर साहब ने कुछ दवाइयाँ लिख दीं, इस हिदायत के साथ कि इन्हें नियम से लेना है और जीवन में इन्हें साथी बनाना है।

लाल साहब 'जी-जी' करते रहे। जीवन में इतनी थकावट उन्हें कभी नहीं हुई थी। लग रहा था, सचमुच दिल गड़बड़ा रहा है। बाहर निकलकर उन्हें इतना पसीना आया कि सामने बैठे एक लड़के ने कहा, "दादाजी आप बैठ जाइए... आप परेशान लग रहे हैं।" उसने अपनी पानी की छोटी बोतल भी उन्हें दे दी। लाल साहब आँख बंद कर चिंतन करने लगे। चिंतन से ज़्यादा इस समय चिंता सवार थी। अपने दिल-ए-नादाँ पर उन्हें बड़ा ग़ुस्सा आया। कुर्सी पर बैठे-बैठे उन्हें झपकी आ गई।

उन्हें हिलाकर जगाया टीएन श्रीवास्तव ने, जो नाश्ता करने के बाद दोबारा टेस्ट के लिए आए थे।

वो भड़भड़ा कर उठे। थोड़ा वक़्त लगा सब कुछ समझने में। श्रीवास्तव जी ने पूछा, "बंधुवर सब कुशल तो है?" लाल साहब ने बात छिपाते हुए कहा, "हाँ बस ऐसे ही झपकी आ गई... रात में देर तक आचार्य रजनीश को पढ़ता रहा। नींद पूरी नहीं हो पाई थी, सुबह यहाँ आना था।"

श्रीवास्तवजी ने अपना हाल बताया, "शुगर बढ़ गई है। डॉक्टर साहब ने कह दिया है कि कंट्रोल करो नहीं तो कान-दाँत-आँख सब जवाब दे जाएँगे।"

दोनों दुखी प्राणी साथ-साथ बाहर आ गए। तथागत की तरह जीवन की निस्सारता पर बतियाने लगे। फिर महँगाई भत्ते पर आकर बात टिक गई। दोनों ही पेंशनधारी नागरिक थे, इसलिए घर में उनका महत्त्व कुछ ज़्यादा ही था। पर दुख यही था कि दोनों ही पत्नीविहीन। उनकी पेंशन का उपभोग संतानें ही कर रही थीं। श्रीवास्तव जी ने उन्हें घर के पास बने मेडिकल स्टोर तक छोड़ा और यही कहा, "होइहै वही जो राम रचि राखा।"

लाल साहब दवाई का लिफ़ाफ़ा और रिपोर्ट के साथ घर पहुँचे तो बेटे और बहू ने चेहरा देखते ही कहा, "पापाजी क्या हो गया। आप परेशान दिख रहे हो। चेहरा कितना डार्क हो रहा है?"

"क्या कह रहे हो?" यह बोलते हुए लाल साहब शीशे के सामने जा खड़े हुए। दिल और बाकियों को तसल्ली देते हुए कहा, "कहाँ डार्क है, अरे भाई दाढ़ी ही तो नहीं बनाई है, अभी बनाए लेते हैं।"

"और ये दवाएँ इत्ती सारी?" रुचि ने लिफ़ाफ़ों की तरफ़ इशारा किया।

"भाई, आप लोग ख़ामख़ा परेशान हो रहे हो। इस उम्र में दवाएँ तो चलती ही हैं।"

बहू ने लिफ़ाफ़े अपने हाथ में ले लिए, "देखती हूँ क्या है मामला?"

"अरे बेटा, आप डॉक्टर थोड़ी हो!"

"जी हूँ, इत्ती साइंस-बायोलॉजी पढ़ रखी है।"

बेटे ने पत्नी का पक्ष लिया, "देखने दीजिए न, इसे नॉलेज है।"

लाल साहब असहाय से बैठ गए।

पूरे अध्ययन के बाद बहूरानी ने कहा, "क्या बात करते हैं, ग्राफ़ में लेफ़्ट आर्टरी तो एकदम ब्लॉकेज़ दिखा रही हैं। और ये दवाएँ सारी ब्लॉकेज़ खोलने वाली हैं। पर्चे में साफ़ लिखा है नो ऑयली फ़ूड... और आप कह रहे हो कोई बात नहीं। अब मैं आपका डाइट चार्ट बनाती हूँ।"

लाल साहब को लगा, इतनी डाँट और हिदायत तो उन्हें पत्नी की ओर से भी नहीं मिली कभी। मूँछों में क़ैद मुस्कुराहट को मुक्त करते हुए बोले, "चिकनई तो वैसे भी नहीं लेते।"

"चिकनई... अरे समोसे, पकोड़ी, रतलामी सेव, कनपुरिया मिक्सचर यह सब बंद आपका। आपको दिक़्क़त तो पहले से रही होगी, आप छिपाते रहे।"

लाल साहब सुनते रहे। मन-ही-मन तय कर लिया कि पेंशन का आधा पैसा हर महीने रुचि के हवाले कर देंगे। इतनी बड़ी घटना की ख़बर उन्होंने बड़ी बहू ऋतंभरा और बेटे भुवनेश तक नहीं पहुँचने दी। बड़की को वो माया की लोभिन कहते थे। उनका मानना था कि ऊपर वाला खंड लेने के लिए उसी ने भुवनेश को उकसाया था, वरना बचपन में तो सब उसे ही श्रवण कुमार कहते थे।

घर में आज व्यस्तता बढ़ गई थी। लाल साहब के लिए नए सिरे से हल्का खाना बना। छिलके वाली मूँग की दाल, पालक डालकर बनी थी। साथ में चावल। उनका बिस्तरे में साफ़ चादर बिछाई गई। प्रेमचंद का 'गोदान', धर्मवीर भारती का कथा-संग्रह 'बंद गली का आख़िरी मकान' और अमृतलाल नागर का 'खंजन नैन', कायस्थ महासभा की पत्रिका का सजातीय विवाह विशेषांक सिरहाने धर दिया गया। हिदायत दी गई कि आपको तो सिर्फ़ पढ़ना है और सुबह-शाम सैर के लिए जाना है। बाक़ी

चिंता छोड़ दीजिए।

इन हिदायतों ने वाक़ई लाल साहब को ढीला कर दिया। उन्होंने पहला काम यह किया कि एक डायरी में सारे बैंक एकाउंट के खाता नंबर, एटीएम कार्ड के पिन, पेंशन दफ़्तर का फ़ोन नंबर नोट कर लिए। यह इसलिए कि अचानक कहीं कुछ हो जाए तो यह डायरी छोटी बहू के काम आएगी। गाँव में उनकी दस बीघा खेती थी। उसे दोनों बेटे के नाम करने के लिए गाँव में अपने भतीजे को फ़ोन कर दिया।

भविष्य की ऐसी तैयारी तो उन्होंने आज तक नहीं की थी। दो दिन में ही उन्हें ऐसा लगने लगा जैसे तीन किलो वज़न कम हो गया हो। कोई पूछता, "गुरु चिमिरखी हो रहे हो।"

तो वो नक़ली हँसी के साथ कहते, "अरे भाई स्लिम-ट्रिम हो रहे हैं।" अंदर की बात तो उन्हें मालूम थी। हाँ, एक बात यह ज़रूर हुई कि खान-पान में बदलाव के कारण उन्हें हल्कापन काफ़ी महसूस होने लगा। जो पेट फूला लगता था, अपच से आजिज़ था, वह सही लगने लगा था।

सात्विक खान-पान का एक असर यह भी हुआ कि लाल साहब की अध्यात्मिक वृत्ति और प्रबल हो गई। उनके मोहल्ले में हर शनिवार को जीआइसी से चार साल पहले रिटायर हुए प्रधानाचार्य पाठकजी मानस पर प्रवचन देने आते थे। बढ़िया गला था, एकदम अनूप जलोटा के पिता पुरुषोत्तम दास जलोटा जैसा। वो सुबह लाल साहब के सैर संगी थे। उन्हें बातों-बातों में पता चला कि लाल साहब अध्यात्म की ओर काफ़ी झुके हैं और महेश योगी के अनुभवातीत या भावातीत ध्यान पर अच्छा बोल सकते हैं। फिर क्या था, पाठकजी ने दावत दे डाली, "गुरुदेव, हर दूसरे और चौथे शनिवार को तुम्हारा ध्यान प्रवचन होगा।"

बड़े संकोच के साथ उन्होंने यह प्रस्ताव स्वीकार कर लिया। हालाँकि उन्हें यह भी लग गया कि उन्होंने उड़ता तीर आमंत्रित कर दिया है। पर

क्या कर सकते थे, पता नहीं तक़दीर कैसे खेल खेलवा रही थी।

कई साल पहले उन्होंने एक अख़बार का अध्यात्म पन्ना पढ़कर भावातीत ध्यान के बारे में जाना था। पर दिलचस्पी तब और बढ़ी थी जब उन्हें पता चला कि इस ध्यान के प्रवर्तक महेश योगी उन्हीं की बिरादरी के जबलपुरिया हैं। यह भी संयोग था कि इलाहाबाद की जिस कायस्थ पाठशाला और यूनिवर्सिटी में वो पढ़े, वहाँ कभी महेश योगी पढ़ते थे। अख़बार से उन्हें पता चला कि जग विख्यात बीटल्स भी उनके शिष्य थे और सारी दुनिया में इस समय भावातीत ध्यान की डुगडुगी बज रही है। महेश योगी जीवित होते तो वो ज़रूर उनसे मिलने जाते। उन्हें इस बात का हमेशा मलाल रहा।

वक़्त निकालकर आज उन्होंने महेश योगी की सारी किताबें निकाल लीं। भावातीत ध्यान में डूब गए। गुलाटी फ़ैंसी ड्रेस स्टोर्स से एक चोंगा भी ले आए जैसा कि तिब्बती लामा पहनते हैं। कमरे में आकर उन्होंने बाक़ायदा चोंगा पहनकर अपना रूप निहारा। एकदम फ़ॉरेन रिटर्न योगी लग रहे थे। बहू की नज़र उन पर पड़ ही गई। वह समझदारों की तरह मुस्कुराई। विस्मित पोतों ने कहा, "दादाजी, बाबा क्यों बन रहे हैं। कोई कंपटीशन है क्या?" वो मुस्कुरा के रह गए।

एक दिन मौक़ा पाकर उन्होंने पचास साल पुरानी मिर्ज़ापुरी बकसिया से अपनी कुंडली निकाली। वो देखना चाहते थे कि कुंडली में उनकी इस अवस्था के बारे में क्या लिखा है। कुंडली पारिवारिक पंडित कृष्ण बिहारी श्रीमाली ने बनाई थी। वो पढ़ने लगे– जातक वृद्धावस्था में प्रमेह और हृदय रोग से ग्रस्त होगा। संन्यास की प्रवृत्ति बढ़ेगी। सत्तरवें वर्ष में जीवन के लिए संकट हो सकता है! यहीं वो रुक गए। अभी सत्तर होने में चार-पाँच साल बाक़ी थे। मन-ही-मन बोले– 'पंडितवा सही तो लिखे है कि हृदय रोग से ग्रस्त होगा!'

पाठकजी की प्रेरणा से आज उनका पहला प्रवचन था। भावातीत ध्यान पर जो पढ़कर आए थे, आज प्रगट करने लगे, "मित्रो! केवल पत्तों को पानी देने से पेड़ हरा नहीं होता। बंधुवर जब आप जड़ों को पानी दोगे, तभी उसमें नया जीवन आएगा। इसी प्रकार मन को रस की ज़रूरत है। आप ध्यान की शरण में आइए, मन और जीवन बदल जाएगा। रोज़ दिन में दो बार सिर्फ़ दस मिनट हमें भाव से परे जाकर ध्यान करना होगा!"

यह प्रवचन थोड़ा कठिन था। नीरस भी था क्योंकि पाठकजी जैसी सुमधुर गायन शैली और हिंदी उनके पास नहीं थी। लेकिन पहला दिन ठीक ही गुज़रा। उन्होंने आवाज़ को रजनीशनुमा बनाते हुए भक्तों से कहा, "ध्यान की पद्धति के बारे में अगले शनिवार को बताएँगे।"

लाल साहब ने सोच लिया था कि इस बीच बहू की मदद से कुछ वीडियो देखकर वो भावातीत ध्यान की और प्रैक्टिस कर लेंगे। लेकिन एक बात उनके समझ में आ गई कि यहाँ आने वाली जनता को ध्यान से ज़्यादा भजन-गायन में ज़्यादा आनंद आता है।

वजह यह भी थी कि लाल साहब जिस मोहल्ले में रहते थे, वहाँ कायस्थ कम जैन-बनिया व्यापारी ज़्यादा थे। वहाँ आरडब्ल्यूए नाम के नवोदित शक्ति केंद्र में बाभन-ठाकुर क़ब्ज़ा किए थे। पुराने इलाक़ों से आए इन व्यापारियों का मन भंडारे, जगराते और माता की चौकी में ज़्यादा लगता था। बीच-बीच में जैनियों के दिगंबर मुनि महाराज भी आते रहते थे। एक बार धोखे से उन्होंने पड़ोस के हींग व्यापारी नीलाभ जैन से कह दिया, "यार बड़ा ऑकवर्ड लगता है, इस तरह लेडीज़ के सामने निकलना!"

बस फिर क्या था! जैन साहब ने उनकी खाट खड़ी कर दी और हिंदू धर्म की ऐसी-की-तैसी कर दी। साथ में यह भी कहा कि जैनी आपसे अलग थोड़ी हैं!

लाल साहब ने क़सम खा ली कि वो धर्म और जाति के मामले में कभी नाक नहीं घुसेड़ेंगे।

कहने का मतलब यह कि इन व्यापारियों की औरतें और घर के बुज़ुर्ग ही पाठकजी के सत्संग में आते थे। उन्हें भावातीत ध्यान में ज़्यादा रस नहीं आया, इसलिए आख़िरी शनिवार को जब लाल साहब का सत्र था, ज़्यादातर भक्त गोल हो गए। लाल साहब को बड़ी हताशा हुई। वो सोचने लगे कि अगर यह कायस्थाना टोला होता तो वो दिखाते कि ध्यान कितनी उपयोगी चीज़ है। पर मुश्किल यह थी कि ये बनिया तो हर बात पर प्रसाद-लड्डू की बात करने लगते थे। इनमें कुछ शाखा वाले भी होते जो कहते, "हिंदू नववर्ष पर हमें बड़ा आयोजन करना चाहिए।"

भावातीत ध्यान में डूब चुके लाल साहब को ऐसे लोग रास नहीं आ सकते थे। उन्होंने पाठकजी से कहा, "गुरुदेव ये मेढक आपके वश के ही हैं। हम इनका कुछ नहीं कर सकते। वैसे भी ध्यान एकांत में ज़्यादा फलीभूत होता है।"

लाल साहब ने अपना सत्र छोड़ दिया। उन्होंने तय कर लिया कि बाक़ायदा महेश योगी के दिल्ली वाले आश्रम जाकर ध्यान में सिद्धि हासिल करेंगे और अपने घर में ध्यान की क्लास शुरू करेंगे। उन्होंने बहू को यह फ़ैसला सुनाया तो हँसते हुए वह बोली, "मुझे पहले से ही मालूम था। आप पापाजी, कहाँ इस चक्कर में पड़ गए। डॉक्टर माथुर ने आपसे कहा था कि स्ट्रेस नहीं लेना, और आप लगातार दूसरों के चक्कर में पड़ते जा रहे हो। हमने दूसरों को संस्कारित करने का ठेका थोड़ी ले रखा है।"

लाल साहब का यह स्वभाव था कि कोई भी अपनी बात से उन्हें घुमा सकता था। इस चक्कर में कई बार वो कॉन्ग्रेसी बने। कुछ दिन विहिप के लिए लगे रहे। बाक़ायदा गले में भाजपा का पटका डालकर घूमने लगे। एक दिन सपा से जुड़े मित्र डिप्टी सिंह यादव उन्हें मुलायम सिंह के पास ले गए तो उन्हीं के गुण गाने लगे। अक्सर कहते थे, "नेताजी अपने लोगों के लिए कुछ भी कर सकते हैं, भले ही वह कितना भी बड़ा लहकट हो।" आजकल विचारधाराओं से मुक्त होकर कहते थे, "नेतवा साले सब हरामी

होते हैं... कोई दूध का धुला नहीं।" हाँ, यह ज़रूर था कि अटल बिहारी वाजपेयी के आज भी फ़ैन थे।

दरअसल लाल साहब यह समझ ही नहीं पाए कि वो जीवन में बनना क्या चाहते हैं। जवानी में उनकी तमन्ना थी कि कम-से-कम प्रदेश के मुख्यमंत्री बनें। अक्सर रात में आँख बंद करके कल्पना में खो जाते कि... मुख्यमंत्री बनते ही उन्होंने प्रदेश के सारे चकलाघर बंद करवा दिए हैं। पान मसाले पर बैन... सारे बड़े बदमाशों का एनकाउंटर। और सबसे बड़ा उनका सपना था, दो से ज़्यादा बच्चे पैदा करने वालों के मताधिकार की समाप्ति। हालाँकि उन्हें मालूम था कि कुछ बातें राज्य के विषय में नहीं आतीं। पर सोचने में क्या हर्जा था। लेकिन हाय री बदबख़्ती! उनके हाकिम पिताजी लक्ष्मीशंकर लाल ने कायस्थ महासभा की ताक़त का पूरा उपयोग करते हुए एक कायस्थ राज्यपाल से पउवा लगवाकर उनकी नौकरी बिजली विभाग में लगवा दी और वो नौकरी के सुखदायी क़ैदख़ाने से पूरे पैंतीस साल बाद निकले। लाल साहब लगभग भूल ही गए कि वो तो मुख्यमंत्री बनने के लिए पैदा हुए थे। अब तो बड़ा लक्ष्य पाने की हसरत और क़ूवत भी जाती रही। उन्हें शांति उसी दिन मिल पाई जब एक दिन उन्होंने मित्र गोविंद नारायण माथुर के घर दीवार पर लिखा देखा– 'समय से पहले और भाग्य से ज़्यादा किसी को नहीं मिलता।'

बहू रुचि की इस बात में दम था– 'दुनिया को संस्कारित करने का ठेका थोड़ी ले रखा है हमने।' लाल साहब घर पर ही ध्यान करने लगे। उन्हें दीवार पर लिखी वह सूक्ति हमेशा याद आती रही कि भाग्य से ज़्यादा किसी को नहीं मिलता। लेकिन कुंडली में लिखी यह बात उनके मन में बस गई– 'जातक संन्यास की ओर प्रवृत्त होगा।'

उन्हें ध्यान आया कि बचपन के उनके मौसा जेबीएल सक्सेना ने यही बात कही थी। असल में वो सामुद्रिक-हस्तरेखा के ज्ञाता थे। लाल साहब

का हाथ देखते ही उन्होंने कहा, "भइयन, तुम बहुत ऊपर जाओगे।"

"ऊपर मतलब डीएम, मुख्यमंत्री?"

मौसाजी बोले, "अमाँ डीएम, मुख्यमंत्री की ऐसी-की-तैसी। तुम्हारे हाथ में तो कुंडलिनी जागरण का जोग है।"

लाल साहब यानी तब के भइयन ने पहली बार सुना कि कुंडलिनी कोई चीज़ होती है। इसके बाद जब वो महेश योगी के संपर्क में आए तो शरीर के चक्रों और ध्यान पद्धतियों के बारे में जाने। आज्ञाचक्र पर ध्यान उन्हें काफ़ी सूट करता था। नासिकाग्र, हृदय, मूलाधार सब केंद्रों पर ध्यान करने के बाद वो आज्ञाचक्र पर आ जाते थे। ऐसा क्यों था, वो ख़ुद नहीं समझ पाए।

इस आध्यात्मिक कशाकश के बीच लाल साहब को याद था कि डॉक्टर माथुर ने उनसे छह महीने बाद फिर ईसीजी कराने को कहा था। उन्होंने बहू रानी को याद दिलाया, "छह महीने तो पूरे हो गए हैं, क्या करें मेडिकल कैंप का इंतज़ार करें कि?" रुचि ने अचरज से कहा, "क्या बात करते हैं पापाजी आप भी... कैंप दो साल नहीं लगेगा तो आप जाँच नहीं कराओगे? इत्ता पैसा बचा के क्या करोगे। आप तो वैसे भी योगी-ध्यानी हो गए हो... चलिए इस बार मैं करवाती हूँ जाँच आपकी।"

दरअसल उसकी स्कूली सहेली छाया पटियाल के पिताजी दलबीर चंद्र शहर के सबसे बड़े हृदय रोग विशेषज्ञ थे। जनश्रुति थी कि डॉक्टर मनमोहन सिंह भी कभी उनके पास आते थे। उनसे एप्वॉइंटमेंट लिया गया। तुरंत डेट मिल गई। मामला उनकी बेटी सहेली का था। लाल साहब के लिए सबसे बड़ी बात यह थी कि इस बार नतीजा साफ़ आने वाला था। वो तो मन बना चुके थे कि सस्ते में स्टेंट पड़ने की बात कहेंगे तो लगे हाथ करवाकर ध्यान साधना में लग जाएँगे।

आज एक बार फिर उनका दिल धड़का। बड़ी फ़ैसलाकुन घड़ी थी।

वो फ़ाइल, पर्चे लिए बैठे थे। अंदर से बुलावे का इंतज़ार लंबा हो रहा था, क्योंकि मरीज़ों की लंबी लाइन थी। दिल की धड़कन सामान्य करने के लिए वो रिसेप्शन पर बैठे लड़के से बतियाने लगे तो रुचि ने उन्हें आँख के इशारे से वापस बैठा दिया। लेकिन घबराहट तो थी ही। इतने में अंदर से बाहर आई लड़की ने आवाज़ दी– मिस्टर वीके लाल! लाल साहब हाज़िरी देने के अंदाज़ में बोल पड़े, "यस मैम!"

रुचि ने फिर उन्हें लाइन पर किया, "आराम से पापाजी, बी कॉन्फ़िडेंट!"

दलबीर चंद्र डॉक्टर-कम-सिटी एसपी ज़्यादा लग रहे थे। लेकिन रुचि को देखकर काली मूँछों से रिसी मुस्कुराहट ने उनका व्यक्तित्व नरम कर दिया। फिर मुड़े लाल साहब की ओर जिनकी हालत गणित के मास्टर के सामने खड़े कमज़ोर छात्र जैसी थी। वो स्वभावानुसार गंभीर आवाज़ में तफ़्तीश करने लगे, "फ़रमाएँ... क्या दिक़्क़त आन पड़ी?"

लाल साहब ने ईसीजी रिपोर्ट सहित सारे काग़ज़ दवाई का पर्चा वग़ैरह उनके हवाले कर दिए।

डॉक्टर साहब तो वाक़ई दिल के महामर्मज्ञ थे। आला लगाया, कान लगाकर बड़े ध्यान से सुना, फिर रिपोर्ट देखी। उनसे साँस रोकने को कहा, फिर आला लगाया। बीपी चेक किया और 'हुँह' कहकर कुर्सी पर आराममय हो गए। लाल साहब घबराते हुए बोले, "डाक्साब नया ईसीजी करवाएँगे?"

'नहीं' कहते हुए उन्होंने बड़ी बेदर्दी से छह माह पुराना दिल का दस्तावेज़ डस्टबिन में डाल दिया।

लाल साहब के कुछ बोलने से पहले ही उन्होंने दवा का पर्चा भी कचरेदान के हवाले कर दिया।

किसी के समझ में नहीं आ रहा था, यह क्या हुआ! रुचि भी हैरान, लेकिन अंदर से बड़ी ख़ुश थी।

आख़िरी में आया वह पर्चा, जिसने लाल साहब को यहाँ लाकर खड़ा कर दिया था– कायस्थ महासभा का फ़्री चिकित्सा शिविर।

डॉक्टर साहब पढ़ने लगे और मुँह बिचकाकर उसके चार टुकड़े कर बाक़ी के साथ मिला दिए, और बुदबुदाए, "ये एक नया धंधा शुरू हो गया... सुभाषचंद्र बोस का भी मिसयूज़ कर दिया।"

असल में पहले सेना से जुड़े रहने के कारण वो नेताजी के भक्त थे। पर्चे में नेताजी की तस्वीर देखकर वो चिढ़ गए।

डॉक्टर साहब के ये तेवर देख, हकबकाए से लाल साहब ने इतना ही पूछा, "सर वो ब्लॉकेज़ था?"

डॉक्टर साहब अब ग़ुस्साए, लेकिन अपनेपन के साथ, "डॉक्टर आप हैं या मैं?"

"जी आप!"

'तो फिर... कुछ नहीं आपको। मशीन कभी-कभी घुमा देती है और ये फ़्री के चक्कर में मत पड़ा कीजिए। माथुर का पर्चा लेकर आए थे आप। नंबर वन गपोड़िया डॉक्टर है, बातें ज़्यादा करता है। रिपोर्ट जो दिखा रही है, उस हिसाब से तो छह महीने आप टिक ही नहीं पाते... दवाएँ और पेट भर खिलवा दीं। सब बंद कीजिए। सिर्फ़ अच्छे से घूमना है। मस्त रहना है। बस एक दवा खानी है रोज़ सुबह ख़ाली पेट... एसिडिटी है आपको... वो लिख दी है।"

फिर वो रुचि की ओर मुख़ातिब हुए, "अरे भाई आप लोग अपने मन से जाँच कराते हो, अपने से इलाज कर लेते हो... वैरी डेंजरस!"

रुचि ने सिर झुकाकर इतना ही कहा, "सर, इसीलिए तो आपके पास आए।"

हल्की डाँट खाकर भी लाल साहब के सुर्ख़ होते चेहरे पर पुरसुकून मुस्कुराहट लौटने लगी। डरते-डरते इतना ही पूछा, "अब आपके पास कब आना है?"

डॉक्टर साहब मुस्कुराए, "डॉक्टर और वकील से यह सवाल मत करिएगा कभी!"

अब क्या पूछते लाल साहब। दिल ख़ुशी से फुदक रहा था। भावातीत ध्यान से भी बड़ा अलौकिक आनंद उनके निकट आ रहा था।

विधायक निवास में

हमेशा की तरह आज छोकरी लाने की ज़िम्मेदारी नागर की थी। खुतरे चेहरे वाला भीमसेन नागर अपने इस फ़न में उस्ताद था। विधायक निवास के इस फ़्लैट से फ़रमाइश आते ही शाम आठ बजे तक वह मेमने-सी सहमी कोई लड़की या औरत अपनी वैगनार में लाद लाता था।

तो ठिकाना यानी फ़्लैट राज्य के एक उपमंत्री बलवंत सिंह उमराव का था। छोकरी नागर की ओर से और दारू, बटर चिकन-नमकीन आदि सहायक सामग्री पीके यानी बड़े साहब पवन कुमार पचौरी के जिम्मे। फोकटिया मेहमान था नगर केसरी का संपादक ओमनाथ केसरवानी जो कभी-कभार बलवंत की विज्ञप्ति छाप देता था।

एक और आदमी घर में था जिसे रसोई सँभालने का ज़िम्मा मिला था। यह था बिहारी। उसका नाम ही बिहारी था। वह मध्य प्रदेश और उत्तर प्रदेश सीमा के चित्रकूट का रहने वाला था। बुंदेलखंड में डकैती के एक मामले में फ़रारी के दिन काटते हुए पहले वह लखनऊ के सोहन ढाबे में रहा। यहीं से एक दिन बलवंत उसे विधायक निवास ले आया। यहाँ के वीआईपी माहौल में उसका मन भी लग गया। मौक़ा पाकर वह भी किसी जमादारिन और झाड़ू-पोछेवाली पर हाथ साफ़ कर लेता था। उसका रुतबा इसलिए भी था कि विधायक निवास में गारद वाले दो-तीन सिपाही उसके गाँव के पास के थे और उनसे हाथ मिलाकर वह सर्वहारा लड़कियों को अपनी ताक़त दिखाता रहता था। वह पाक कला में माहिर था। बलवंत की

कृपा से ज़िंदगी में पहली बार यहाँ उसके दिन चैन से कट रहे थे।

मुख्यमंत्री आवास के क़रीब यह विधायक निवास का फ़्लैट नंबर ग्यारह-ए था। इसके बाहर एक पुराना, काला बोर्ड लगा था जिसमें पीले रंग से लिखा था–नारी उद्धारक समिति (रजि.)। इस फ़्लैट पर हमेशा एक ही उद्धारक रहता था बलवंत सिंह उमराव। बलवंत को यह फ़्लैट समाज सेवा कोटे से मिला था। बाद में कुछ रंगीले मंत्रियों को सुंदर कन्याएँ मुहैया कराने के एवज़ में वह एमएलसी बन गया और मुख्यमंत्री की कृपा से उपमंत्री का दर्जा मिल गया। आजकल वह मंडी समिति का बड़ा ओहदेदार भी था। इसी फ़्लैट में उसका दो कंप्यूटर वाला कामचलाऊ दफ़्तर था जो शाम पाँच बजे तक ख़ाली हो जाता था। इसके बाद की शाम में असली लोकतंत्र उतर आता।

बलवंत का परिवार सिद्धार्थनगर में रहता था। उसकी पत्नी चकबंदी विभाग में सीओ थी और दो बच्चों और सास-ससुर के साथ सरकारी घर में रह रही थी। पत्नी को सरकारी गाड़ी मिली थी। दांपत्य जीवन के निर्वाह यानी छुट्टा पति के दैहिक सुख के लिए वह बीच-बीच में लखनऊ आ जाती। दोनों का धनपक्ष मज़बूत था, इसलिए ज़्यादा एक-दूसरे की चिंता नहीं करते। जमकर सरकारी माल चीर रहे थे और लखनऊ-हरदोई मार्ग पर बसे एक गाँव में ज़मीन ख़रीदते जा रहे थे।

नागर की रोगहली बीवी ने दो साल पहले कथित तौर पर ख़ुदकुशी कर ली थी। उसके गर्भाशय में गाँठें पड़ गई थीं और तीन साल से देसी और होम्योपैथिक इलाज करा रही थी। बीमारी इस हद तक बढ़ गई कि भरी जवानी में सहवास के नाम से ही बिदकने लगती थी। पति से हाथ जोड़कर कहती थी, "दर्द बहुत होता है... मुझे ठीक करा दो!"

नागर अक्सर ग़ुस्से में कहता, "साली, क्यों मेरी ज़िंदगी चौपट कर रही है, जा गोमती-गंगा में समाधि ले ले!"

उस बेचारी ने ज़ालिम पति की इच्छा का पालन किया और एक दिन

चूहामार दवाई खाकर जान दे दी। लेकिन चिट्ठी लिख गई कि– 'इस आदमी से तंग आकर जान दे रही हूँ।'

पत्नी से मुक्ति के बाद नागर रोडवेज यूनियन का बड़ा नेता बनकर अकेली ज़िंदगी काट रहा था। कुछ दिन जेल में रहने के बाद वह बरी हो गया, क्योंकि मृतका के घर से पैरवी करने वाला कोई था ही नहीं। केस रफ़ा-दफ़ा करने के लिए उसने मजबूर ससुरालवालों को मोटी रकम और एक कार दी थी। लेकिन गंभीर आरोप लगने के कारण जल्दी कोई बिरादरी वाला उसे लड़की देने को तैयार ही नहीं था। इधर-उधर मुँह मारकर गुज़ारा कर रहा था। पैसा अथाह था, नोएडा के पास बिसरख में उसे ज़मीन का भारी मुआवज़ा मिला था। वह काफ़ी दिन दारुल सफ़ा में रहने के बाद डॉलीगंज में एक घर क़ब्ज़ा करके उसमें तनहा रह रहा था। बलवंत ने जुगाड़ से उसकी नौकरी बचा रखी थी, इसलिए उसकी फ़रमाइश नागर को पूरी करनी ही होती थी।

इसका अलावा यह फ़्लैट महफ़ूज़ ठिकाना था, जहाँ रेड डालने की जुर्रत पुलिस कर ही नहीं सकती थी। विधायक निवास की निगहबानी में लगी पुलिस को भी हर फ़्लैट की कहानी मालूम थी। ताक़तवर लोगों से बनाकर रखने में ही उन्हें फ़ायदा था। पोस्टिंग-तबादले और एडमिशन का लघु धंधा वो भी कर लेते थे। इसी कारण सारे सिपाहियों के साले, बहनोई काम-धंधे में लग गए थे।

आला अफ़सर पीके पचौरी को भी यह जगह रास आती थी। वह आवास विकास का हाकिम था। मंत्री से संत्री तक को उससे काम पड़ता था। उसकी उमर तीस के क़रीब हो चुकी थी, लेकिन शादी का संयोग बन नहीं पा रहा था। ब्रह्मचारी होने की तोहमत उसे मंज़ूर नहीं थी, इसलिए कुछ धनराशि वह लड़कियों के लिए उड़ाता था। अपनी पोजीशन और अफ़सरी के कारण वह ख़ास बैठकों में ही जाता था। दारू मंडली के लिए कुछ पीसीएस अफ़सर पकड़ रखे थे, लेकिन लड़की की तलब पूरी

करने के लिए वह विधायक निवास के इस फ़्लैट के अलावा कहीं नहीं जाता था।

सबसे महत्त्वपूर्ण शख़्सियत थी केसरवानी साहब। यह 45 साल का मोटा जीव था, जिसकी बीवी सहारनपुर के डीएवी में भौतिकी की टीचर थी और बच्चे देहरादून में पढ़ रहे थे। यह पक्का मुँहमारू जीव था। बीवी से मिलने का मौक़ा महीने में एक-दो बार ही मिल पाता था। इंतज़ार कर रहा था कि सरकार बदले तो बीवी को लखनऊ के आस-पास बुलवा लिया जाए।

रात के नौ बजते ही रस और रास का माहौल बन चुका था। बंगालिनों-सी आँख वाली वह दुबली-पतली लड़की नागर की मोटी जाँघ पर बड़े अपनापे से कुहनी टिकाए बैठी थी और बीच-बीच में अपने मोबाइल में वक़्त और वॉट्सऐप देखती जा रही थी, जैसे दफ़्तर जाना हो। उसने धंधे को सूट करने वाली चमकीली स्कर्ट पहन रखी थी। ऊपर हल्के कपड़े का ढीला और नीला टॉप। अंदर शायद कुछ नहीं था। समीज भी नहीं, क्योंकि नागर हर दो मिनट बाद अपना हाथ घुसेड़कर उसे तंग करता था और वह नकही आवाज़ में बोल पड़ती– 'क्या है बाबा... लगती है ज़ोर से!'

इसके बाद नागर 'हो-हो' करके हँसता, "इतने में ही, अभी तीन और हैं, तैयार रहियो सिकुड़ी रानी।"

वह नागर से शिकायत और उज्र भरे लहजे में कह रही थी, "ओ भाई, दो की बात हुई थी... ग़लत करते हो आप... मेरे भी जिस्म में जान है!"

इस बीच नागर ने उसे भरोसे में लेकर नाम भी पूछ लिया। पहले तो बोली, "नाम-साम का क्या करोगे?" फिर धीरे से कहा, "रीना!"

"रीना देवी?"

"नहीं, बस रीना।"

"आगे... कौन जात?"

"क्यों, शादी के लिए पूछ रहे हो? लौंडा देखा है क्या?"

नागर हँस पड़ा, "नहीं मेरी जान, हमारे पीके साहब हर नस्ल की टेस्टिंग करना चाहते हैं। पूरे राजा पटियाला हैं। इन्होंने सारी जातियों पर किरपा बरसा रखी है। कहते हैं, एक बंगालिन ही बची है... तू कहाँ की है... बिहार कि झारखंड?"

लड़की ने जवाब दिया, "उड़िया... लेकिन पैदा यहीं हुई।" फिर बोर होते हुए बोली, "मुझे डर लग रहा है, आप चार लोग हो गए हो... पीटोगे तो नहीं?"

नागर बेरहमी और लफंगई से हँसते हुए कह रहा था, "काहे को जान निकल रही है। तू जीटी रोड से कम है क्या... क्या असर पड़ता है कि उस पर चार चल रहे हैं कि दस!"

यह नारी-विरोधी तुलना लड़की को समझ नहीं आई।

उसने नखरीले अंदाज़ में, धंधेबाज़ मुस्कान के साथ ग़ुस्सा करते हुए नागर की कसीली बाजू पर अपने नाज़ुक मुक्के बरसाने शुरू कर दिए। वह गैंडे की तरह हँसता जा रहा था, "ले और मार ले... छक ले!" दोनों की पेशेवर दिल्लगी बढ़ रही थी, जैसे पुरानी मुलाक़ात हो।

वह धंधे में छह महीने पहले ही उतरी थी। इतना जान गई थी कि कस्टमर का दिल आ जाए तो सौदे से ज़्यादा रकम दे सकता था। वह तजुर्बे से यह भी जान गई थी कि कस्टमर दारूबाज़ हो तो जल्द निपटाने में कोई दिक़्क़त नहीं होती।

इस छेड़छाड़ से माहौल खुल गया। लड़की सीधे होकर बैठ गई। उसके साँवले गाल की रंगत बदल रही थी। वह बारी-बारी से इन बड़े लोगों को पढ़ते हुए झूठमूठ मुस्कुरा रही थी। उसने नाख़ून चलाते हुए धीरे से होंठ के नीचे सूख चला एक दाना खरोंच डाला। कील निकली तो उसे राहत मिली और ख़ून की एक रेखा ठोड़ी तक आ गई। उसने हथेली से पोछा तो एक लंबा पैग लगा चुके नागर की नज़र पड़ गई, "अरे काहे

को ऑपरेशन कर रही है? दाग-साग पड़ जाएँगे तो रेट कम हो जाएँगे।"

बलवंत हँस पड़ा, "अबे लौंडिया को परेशान मत कर। चल तू इधर आ जा!"

लड़की सहमी। रिंग मास्टर की तरह अँगुली उठाकर नागर ने उसे जाने का आदेश दिया। वह दो लोगों के बीच दबी थी। केसरवानी ने हकलाते हुए इंटरव्यू लेना शुरू कर दिया, "यस, हाँ जी, क्या नाम है आपका?"

'आपका' सुनकर लड़की हक्की-बक्की हो गई। अपने होंठों का थूथुन बनाकर भौहें उचकाईं।

नागर और पीके हँस पड़े। बलवंत ने कहा, "इसे कहते हैं अदब!"

दूसरे पैग के आख़िरी घूँट की ओर अग्रसर केसरवानी ने कहा, "मैंने कुछ ग़लत कहा?"

"जी नहीं, आप तो महाराज चढ़ोगे भी लखनवी अंदाज़ में... ज़रा अपनी टाँग तो उठाइए मोहतरमा!"

केसरवानी को महसूस हुआ कि ओल्ड मौंक का दूसरा पैग लेते ही वह बहकने लगता है। उसने अपने को संयत सिद्ध करते हुए कहा, "अरे भाई, यू नो... एडीकेट अपनी जगह होते हैं।"

"अरे राजा एडीकेट..." बलवंत ज़ोर से हँसा और लड़की की ओर इशारा करके बोला, "आपके पहले एडीकेट हैं हमारे संपादक साहब... पप्पी-वप्पी लेकर प्रसन्न करना है... समझी!"

नागर ने एक बार फिर हाथ घुसेड़कर कान में कहा, "इसे जल्द निपटा ले और आकर एक पैग लगवाना है तुझे... थोड़ा साक़ी वाला काम भी तो कर ले... एक्स्ट्रा पे कर देंगे!"

केसरवानी को अपने अख़बार का प्रादेशिक एडिशन देखने के लिए निकलना था। इसलिए जल्दी थी। नटुल्ला केसरवानी लड़की की पतली कमर में हाथ डाले अंदर वाले कमरे की ओर ऐसे जा रहा था, जैसे हनीमून के लिए निकला हो।

बाक़ी तीन तीसरे पैग की तैयारी कर रहे थे। अंदर से बिहारी मुआयना करने के लिए आ-जा रहा था। बीच में वह मछली के पकौड़े रख गया। चावल वह बना चुका था। रोटी के लिए मालिक के आदेश का इंतज़ार कर रहा था। दारू की महक सूँघकर मन-ही-मन ही सोच रहा था–ससुरा कोई पूछ ही नहीं रहा कि एक पैग तू भी लगा ले बिहारी। हालाँकि शराब की विपुल मात्रा देखकर वह आशावान था कि एक पउवा के क़रीब दारू ये छोड़कर जाएँगे।

और लड़की। इसके दावेदारों में बिहारी की गिनती थी ही नहीं। फिर भी वह लड़की को जी भरकर देख चुका था और अंदर की गर्मी वह महसूस करने लगा था।

तीसरे पैग के आगाज में बलवंत की आदत थी कि वह सिगरेट पीने के साथ मोहम्मद रफ़ी का गीत 'दुनिया के रखवाले' ज़रूर गाता था। नागर और पीके भी समर्पित श्रोता की तरह तैयार होकर चिकन के आख़िरी अंशों पर केंद्रित थे। बिहारी दरवाज़े की आड़ तक आ गया था। अचानक अंदर से चिल्लाने की आवाज़ आने लगी और लड़की अधनंगी बाहर। केसरवानी पीछे-पीछे अर्धवसन।

रंग में भंग हो गया। नागर लड़की का स्पॉन्सर था, इसलिए उसने लपककर दख़ल दिया, "क्या हुआ भई, चल अंदर।" दूसरे फ़्लैट तक आवाज़ जाएगी। विधायक निवास है, थोड़ा ध्यान रखो भाई!"

वह चिल्ला रही थी, "साले ने चटनी बनाकर रख दी। आदमी की तरह कुछ करता ही नहीं... हरामी ने... आक् थू... हब्सी कहीं का!"

केसरवानी का गोल और गोरा चेहरा लाल पड़ गया, "ओके... सॉरी! चलो, अबकी परेशान नहीं करूँगा!"

लेकिन बाग़ी लड़की नहीं मानी, "अब भैंचोद तू अपनी अम्मा को ले आ... देख केत्ता मज़ा आवेगा!"

संपादक केसरवानी शर्म से गड़ गया। एक बाज़ारू लड़की से इतना

अपमान मिलेगा, उसने कभी सोचा भी नहीं था। बलवंत ने उसे पकड़ा और बेक़ाबू लड़की को नागर ने। समझौते की कोशिशें नाकाम हुईं। केसरवानी को सादर विदा किया गया। वह तिरछे-तिरछे जाते हुए बलवंत से कहता जा रहा था, "मंत्री जी, सॉरी फ़ॉर डिस्टरबेंस... लड़की कुछ कन्फ़्यूज़्ड है।"

असली बात बलवंत समझ रहा था। केसरवानी के बारे में दफ़्तर और बाहर मशहूर था कि यह छोटी लाइन का आदमी है।

अब तीन दीवाने रह गए। दुखी लड़की ठंडी पड़ चुकी थी। नागर ने मोबाइल से एक गरम वीडियो निकालकर उसे पटरी पर लाने का जतन किया। और जैसे ही गरम दृश्य पर वह रमने लगी, नागर ने उसे एक छोटा पैग लगवा दिया। उबकाई आने को थी, मगर उसने मुँह को बंद कर सफल मधुपान किया। आँखें तरइयाँ छोड़ने लगीं। अँगुलियों तक नशा आ गया। पेशाब भी लग आई। मौक़ा ताड़कर फिर नागर ने अपनी चौड़ी हथेली उसके टॉप के अंदर घुसेड़ दी।

तीसरा पैग ख़त्म होने के बाद वरीयता क्रम तय होना था। पीके कुँवारा बंदा था, इसलिए उसे इशारा हुआ। लड़की निंदासी होकर नागर की जाँघ पर लेटना चाहती थी। बलवंत ने कहा, "अबे इसे क्यों पिला दिया? घर पहुँच पाएगी? रास्ते में ठुल्ले मिल गए तो रात भर इसे मुताएँगे। भक्खाड़ा कर देंगे बेचारी की।"

नागर ने आश्वस्त किया, "इसे ईसाई बस्ती के पास से उठाया था, वहीं छोड़ देंगे। पर तुम अपनी गाड़ी निकाल लेना।"

मोबाइल के गरम वीडियो में खोई लड़की पूरे होश में थी और उत्तेजना में थूक गटके जा रही थी। बीच में जाँघ के पास खुजा लेती। उसने कहा, "भई अब आप लोग अपना-अपना प्रोग्राम तो ख़त्म करो। मुझे भूख भी लगी है।"

नागर ने ज़िम्मेदार अभिभावक की तरह कहा, "मेरी जान चिकन,

मछली, चावल सब है। अच्छा पहले कि बाद में... अब दर्द तो नहीं हो रहा? आओ, तुम्हारी क़सम अब कोई ज़्यादा परेशान नहीं करेगा। सब जेंटल लोग हैं!" कहकर उसने लड़की को आश्वस्त करने के लिए हज़ार का नोट उसके टॉप में खोंस दिया। लड़की ने कोई देरी नहीं की। उसने नोट अपने मोबाइल के कवर के अंदर डाल लिया।

इस बीच दारू के साथ खाने का वैज्ञानिक महत्त्व समझने वाले बलवंत ने बिहारी को हुक्म दे दिया, "दो-दो रोटी खाएँगे। बनाकर रख ले, दही-खीरा ज़रूर रखियो!"

अब लड़की तीनों के बीच थी। उसने गेंद की तरह इन लोगों के बीच ख़ुद को छोड़ दिया था। उसकी आवारा अदाओं के नशे ने तीनों को चौथा बड़ा पैग बनाने को मजबूर कर दिया, उसके बदन पर रम की बूँदें टपकाते हुए वो बारी-बारी से उस पर लोट रहे थे। अंदर वाले कमरे में जाने की बात ही कोई नहीं कर रहा था। केसरवानी माहौल को ख़राब कर गया था। लड़की अमानवीय अनुभव से मुक्त होने की कोशिश में थी।

अब तो जैसे बोतल की तली तक रम की आख़िरी बूँद पहुँचने का इंतज़ार हो रहा था। बिहारी समझ गया था कि ये ससुरे एक बूँद नहीं छोड़ने वाले। अब नशा उस दुबली और साँवली लड़की पर था। वह सबके गंधैले मुँह को चूमती हुए नशेबाज़ बनकर कह रही थी, "आप लोग मुझे वाइफ़ बनाकर रख लो!"

शरीफ़ ग्राहक उसकी बात सुनकर कह रहे थे, "लौंडिया अब जाकर टनटनाई है।"

तीनों काम-बहादुर उसकी स्कर्ट और टॉप में घुसकर ही ख़ुश थे। नागर थोड़ा होश में था। पर पैंट पर हाथ पहुँचने से पहले ही, लड़की की बड़े नाख़ूनों वाली पतली अँगुलियाँ उसके मुँह तक पहुँच जातीं और वह इन्हें चबाने लगता।

बीच-बीच में बलवंत की आवाज़ आती, "रोट्टी-शोट्टी बनी क्या

बिहारी लाल!" फिर ख़ामोशी...

अब बोतलें-गिलास सब रीते थे। मेज़ पर खाने की बरबादी का मंज़र। अधलेटी मुद्रा में इस शाम का लुत्फ़ उठा रहे मर्द बार-बार आँख खोलकर सामने आधी जाँघ खोलकर पालथी लगाए बैठी बाज़ारू लड़की की ओर देख लेते और फिर आँखें मूँद लेते। आधा बदन उठाते, फिर धम्म हो जाते। काफ़ी थूक-फेना उड़ेल चुका नागर बीच-बीच में यह ज़रूर कहता, "ओय जइयो ना कहीं, छोड़के आवेंगे... टैम ख़राब है... लौंडिया!"

वह मन-ही-मन कह रही थी, "हरामियों अब कुछ करने लायक़ तो बचे नहीं... पैसा दो तो निकलूँ यहाँ से।" हालाँकि सोच लिया था कि ज़्यादा गड़बड़ हुई तो क्या... हज़ार तो मिल ही गए हैं। नागर का फूला हुआ पर्स उसके बग़ल में खुला पड़ा था। लेकिन बिना मशक़्क़त के धन उड़ाना उसने अभी सीखा नहीं था।

इस शाम के तीनों पस्तहाल बाँकुरे ख़ाली बोतल से भी कुछ वसूल लेना चाहते थे। तीनों दावेदार बुदबुदाने लगे, "रीना... रीना... रीना... कहाँ है तेरा सीना... मुश्किल कर दिया जीना!" उनकी नशीली निगाहों के सामने वह पतली-सी लड़की पहले एक धुँधले बुत की तरह दिख रही थी। फिर बुत भी झाग की तरह ग़ायब होने लगा।

लेकिन बलवंत किसी भी मुसीबत में ख़ाली पेट सोने वाला बंदा नहीं था। हल्का-सा चेतते ही उसने फिर लहराती गुहार लगाई, "अरे रोट्टी-शोट्टी लाएगा बिहारी... बिहारी माई पुअर फ़ैलो... रोट्टी-शोट्टी... बहन के...!"

पर फिर कोई जवाब नहीं आया। जैसे पूरा विधायक निवास निद्रा में आ गया था। दूसरी आवाज़ निकली, "ओ लौंडिया कहाँ निकल्ली... अबे मूतने बहराइच निकल गई क्या?"

तीसरे ने भलाई की भावना से ओत-प्रोत होकर दीर्घ सुर में टेर लगाई,

"बेचारी ग़रीब लड़की का पेमेंट हुआ कि नहीं? ग़रीब की बद्दुआ मत लीजियो यारो...!"

मगर ये मदहोश सांसारिक आवाज़ें आपस में ही टकरा रही थीं। इन्हें सुनने के लिए न बिहारी सामने था और न वह रीना नाम की बदनफ़रोश लड़की।

विधायक निवास के इस फ़्लैट की मदभरी शाम तो अब किसी और की हो गई थी। नायक-नायिका बदल गए थे।

संतन दादा उर्फ़ माउजर पांडे

पहले तो मैं यह साफ़ कर दूँ कि इस कहानी के नायक संतन दादा उर्फ़ माउजर पांडे का संबंध हमारे शहर से नहीं है। अगर, घटना-नाम और क्षेत्र की समानता दिखे तो कथाकार कतई ज़िम्मेदार नहीं होगा। किसी जाति-समुदाय की भावना को आहत करने का भी हमारा कोई इरादा नहीं है। दूसरे, संतन दादा गुनाह-जगत से मुक्त होकर शहर के इज़्ज़तदार कारोबारी और समाजसेवी हैं। यही कारण है कि उनके जीते जी नगर निगम ने हाल ही में एक सड़क का नाम संतन मार्ग रखा है जिसके लिए, बताते हैं महापौर राधा जैन और कुछ पार्षदों ने मोटी रकम ली थी। तीसरी बात यह कि संतन दादा से अनुमति लेकर यह कथा लिखी जा रही है।

तो कथा हम अपने उन दिनों से शुरू करते हैं जब हमारे शहर में फ़िरोज़ खान-प्रेमनाथ और हेमामालिनी की चर्चित फ़िल्म 'धर्मात्मा' लगी थी। हिंदी अख़बारों से पता चला कि यह फ़िल्म मारियो पूजो के उपन्यास पर आधारित हॉलीवुड की फ़िल्म 'गॉडफ़ादर' से प्रेरित थी। इस फ़िल्म (धर्मात्मा) को देखने के लिए हमने चुपचाप अख़बार की रद्दी बेची और अपने किरायेदार की सिड़बिल्ली, लेकिन सुंदर कन्या को स्कूल से लेकर पायल सिनेमा गए।

इस फ़िल्म से मुझे माफ़िया की महिमा समझ में आई और मेरे सपनों में मारियो पूजो का गॉडफ़ादर सवार हो गया। इस पर लिखी किताब का हिंदी अनुवाद प्रतापपुर रेलवे स्टेशन की दुकान में मिल गया। पढ़कर मैं

तलाशने लगा कि अपने इस विकसित शहर में रंगबाज़ी का हीरो कौन है। मोहल्ले के ननकऊ चाक़ूबाज़, जावेद बमबाज़ और लटरम पासी जैसे छोटे बदमाशों में हमारी दिलचस्पी नहीं थी, क्योंकि हर बीस-पच्चीस दिन बाद शिवगंज पुलिस इन्हें उठा ले जाती और मारते-मारते हवाई जहाज़ बना देती। वो छूटकर आते तो कुछ दिन लँगड़ाने और हाड़ विशेषज्ञ असगर पहलवान से इलाज के बाद फिर गुंडई का सामान्य जनजीवन जीने लगते। कमाई के नाम पर राहजनी, चरस बेचना और जुए का फड़ चलाना ही ज़रिया था। पर बाक़ी समय इनका ख़र्चा कौन चलाता होगा! यह सवाल था!

इसका राज़ खोला मेरे दोस्त शंकर शरण बनिया ने। शंकर ने बताया कि ये सब संतन दादा उर्फ़ माउजर पांडे के चेले हैं। ख़ाली जेब होते ही ये सारे टकहियल रंगबाज़ उनकी कृपा से काम चला लेते हैं। इनमें ख़ास होता है नेपाली गाँजे और मेघालय वाली चरस की बिक्री। इसके अलावा अड़ियल किरायेदारों से मकान-दुकान ख़ाली कराना। डग्गामार टैंपो से वसूली, हउली (देसी दारू के ठेके) के बाहर लगने वाली सकौड़े-चाट और नमकीन की दुकानों से वसूली का काम भी इनके हवाले था। यहाँ प्रत्यक्ष रूप से संतन दादा उर्फ़ माउजर पांडे का नाम कहीं नहीं था, क्योंकि उनकी अलग साख थी। उनके अहीर-कुर्मी और खटीक बाँकुरे ही इस कारोबार के कारसेवक थे।

मैंने अभी तक संतन दादा के दर्शन नहीं किए थे। उनके नायकत्व के वर्णन युवा मंडली से यों सुन रखे थे, "शाम को माउजर पांडे अपनी सफ़ेद बुलेट से धकधकाते निकलते हैं तो रेनफ़ोर्ड गंज से लेकर जवाहर नगर की सड़क पर बड़ा ओजस्वी मंज़र होता है।"

बुलेट क्या शानदार थी, जैसे राणाप्रताप का वफ़ादार चेतक। और इस चेतक पर सवार नए युग के राणा की छवि कवि भूषण ने देखी होती तो एक वीररस का छंद रच मारते। माउजर पांडे बुलेट पर अक्सर अकेले ही निकलते थे। ख़ास मौक़े या तुड़ाई अभियान पर ही उनके दो अहीर चेले

चिपककर बैठकर निकलते और आस-पास के सारे दुकानदारों को देखते जाते- सिर्फ़ यह बताने के लिए हम संतन दादा के आदमी हैं।

उनका माउजर शहर में उनकी पहचान थी। जब शहर के सारे बदमाश वेब्ले स्कॉट के दर्शन को तरस रहे थे, संतन दादा ने माउजर रूपी दिव्य अस्त्र धारण कर लिया था। जवान होती हिंदी माध्यम वाली लड़कियाँ इस जोधा-छवि पर निसार तो थीं, पर हिम्मत ही नहीं होती थी कि अपनी मोहब्बत में उस बाँके को गिरफ़्तार कर लिया जाए।

मेरे सहपाठी शंकर के जीवन की उपलब्धि यही थी कि जीवन में दो-तीन बार माउजर पांडे ने उसे अपनी बुलेट से स्कूल तक छोड़ा था और कैंटीन वाले टंडन को कहके गया था– 'इस लड़के से समोसे के पैसे मत लेना।'

असल में शंकर की भी हार्दिक इच्छा थी कि वह बड़ा होकर संतन पांडे जैसा उत्तम माफ़िया (हमें माफ़िया के तकनीकी या अर्थ पक्ष से कोई मतलब नहीं था। हमारी नज़र में माफ़िया वह शख़्स था, जिसकी रंगबाज़ी का डंका लखनगंज से लेकर तुरकाने तक बजता हो) बने। ऐसा माफ़िया जिसका एनकाउंटर कराने की हिम्मत सरकार में भी ना हो। पर उसके साथ दिक़्क़त यह थी कि उसके बाप की अच्छी-ख़ासी पंसारी की दुकान थी और घरवालों ने दिमाग़ में बचपन से ठूँस दिया था कि गुंडई का काम बाभन-ठाकुरों के लौंडों को करने दो। बनिया का काम-धंधा करना है। पैसा कमाओ, मौज लो। टेंट में पैसा होगा तो बीसों गुंडे-लहकट भी सेवा करने को मिल जाएँगे। बाप की इस सीख के कारण शंकर बारह बोर का एक कट्टा ख़रीदकर भी शांतिप्रिय शहरी बनता जा रहा था।

इसी शंकर की दुकान में एक दिन मुझे सपनों का यह माफ़िया मिल गया। वह गद्दी में शंकर के पिताजी शंभूनाथ गर्ग के बग़ल में बैठा हुआ था। क्या शान थी! रेबेन का काला चश्मा। गोरे मगर बेहद सख़्त चेहरे पर डंकीली मूँछें और कोहनी से कलाइयों तक की सर्पीली नसें देखकर लगता

था कि– ये तो पतरे नागिन के छउवा जिनके डसे काल हुई जाए। बदन में ब्रुस ली-सी उत्तेजक छवि और कड़े काले बाल जिन्हें सँवारने के लिए कंघी की ज़रूरत नहीं, अँगुलियाँ ही काफ़ी होती हैं।

शंकर ने गदगद भाव से मिलवाया, "संतन दादा, ये हैं हमारे फ़ास्ट फ्रेंड साकेत। नेताजी वीरेश्वर त्रिवेदी के छोटे बेटे।"

संतन नाम सुनते ही मेरा मन हुआ कि इस चुंबकीय हस्ती के पाँव छू लूँ। पर अपने घर की शान, राजनीतिक पिता के दबंग ओहदे और हैसियत देखकर हिम्मत नहीं हुई। मेरे पिताजी हाल में अपनी पार्टी के जिला अध्यक्ष बने थे और सरकार में उनकी अच्छी चलती थी। वो बदमाशों से परहेज रखते थे। कहते थे, "भविष्य में मुख्यमंत्री बनना हो, तो यह मोह छोड़ना चाहिए।"

चश्मा ऊपर कर संतन दादा ने भेदी निगाहों से देखते हुए पहल की, "का हाल हैं पंडितजी के?"

मैंने कहा, "ठीक।"

"कौनी क्लास में हो?"

"बारहवीं।"

"सीबीएसई है?" वो मास्टर की तरह पूछने लग गए थे।

'जी!' इतना कहकर मैं उनके क़रीब बैठ गया। उनके व्यक्तित्व से भी वीरोचित सुवास महसूस की। पहली बार मैं एक किंवदंती पुरुष के बग़ल में बैठा था। वो कम बोल रहे थे। मगर जब आवाज़ निकलती तो एक शौर्यनाद बज जाता। बिना काले चश्मे के उनकी आँख जैसे चिनगारी छोड़ती लग रही थी। देर तक उनकी तरफ़ देखना हर किसी के बस की बात नहीं थी।

शंकर के पिताजी और उनकी बातचीत से लगा कि संतन दादा उन्हें बड़े भाई जैसा मानता था। इस लिहाज़ से शंकर उन्हें दादा या चाचा कहता था।

मैंने भी इच्छानुसार दादा कहने का अधिकार ले लिया।

अचानक उनका उठना हुआ। इस अवस्था में मैंने अंदाज़ लगाया कि उनकी लंबाई पाँच फ़ुट नौ इंच के क़रीब रही होगी। दाँतों के बीच कत्थई लकीर यह गवाही दे रही थी कि कभी इन्हें पान खाने का शौक़ रहा होगा। गोरे हाथ के बीच में हरे रंग से 'जय दुर्गे' गुदा हुआ था।

आज की भेंट का इनाम यह था कि संतन दादा ने मुझे अपनी नगरप्रसिद्ध धवल बुलेट में बैठाकर घर के पास हकीम चौराहे पर छोड़ा। यह कहा भी, "आगे छोड़ूँ क्या?" मैं इतने में ही धन्य था। कई लोगों, ख़ासतौर पर तेलियाने के लड़कों ने मुझे बुलेट से उतरते देख लिया था। मेरा तो दिन वसूल हो गया। उतरते ही मैंने उनके चरण छू लिए। संतन दादा ने कहा, "अरे ख़ुश रहो यार, नमस्ते काफ़ी है... और सुनो, इम्तहान मार्च में हैं न। ई सब बंद करो, घूमना-फिरना।" मेरा वीररस का झाग थोड़ा उतर गया। फिर भी सिर हिलाकर कहा, "जी दादा!"

इसके बाद उनकी फ़ौलादी किक से बुलेट की लोमहर्षक धकधक बजी और संतन दादा ओझल हो गए। इतनी बेख़ुदी से तो मजनू ने भी अपनी लैला को नहीं देखा होगा। बुलेट के आख़िरी सुर तक मैं खड़ा रहा। बग़ल में अचानक पीछे से आए मुकेश कालिया ने धीरे से कहा, "अबे, ये तो संतन दादा हैं। तुम इनके चक्कर में कहाँ?"

प्रभाव ज़माने के लिए मैंने झूठ बोला, "अरे हमारे दूर के रिश्तेदार हैं। बुआ के घर में मिल गए तो बोले, छोड़ देता हूँ। टाइम नहीं था, नहीं तो घर भी आते।"

मैंने देखा–मुकेश कालिया की नज़र में मेरा क़द ऊँचा हो गया। वह पाँच साल बड़ा होने के बाद भी मुझे आज सम्माननीय मान रहा था। पहली बार बोला, "मद्रास रेस्टोरेंट में कॉफ़ी पियोगे?" मैंने मना किया, यह जताते हुए कि मैं वही सामान्य साकेत त्रिवेदी हूँ।

मुकेश ने गुंडई का अपना सामान्य ज्ञान प्रगट करते हुए कहा कि संतन

दादा का निशाना इतना तगड़ा है कि औरत की नथुनी के अंदर से गोली निकाल देते हैं। फिर उसने संतन दादा के हाथों दुर्गति पाए पूर्व बदमाशों के नाम बताए। यानी उसने प्रमाणों के आधार पर सिद्ध किया कि गिरोह के सहारे बदमाशी करने वाले तो बहुतेरे हैं, पर संतन दादा उर्फ़ माउजर पांडे 'एकला चलो रे' के सिद्धांत का पालन करते हुए पूरे शहर में गुंडई जमाए हुए हैं।

इस आख्यान से मुझे और गर्व महसूस हुआ कि आज बुलेट में उस वीर पुरुष की संगत प्राप्त की, जिसकी कहानी सुना-सुनाकर ही लोग अपना जी बहला लेते हैं।

आज सचमुच मुझे लगा, मारियो पूजो का गॉडफ़ादर मिल गया।

संतन पांडे हमारे शहर के नायक यों ही नहीं थे। सत्ताइस की उमर में उनके नायकत्व में कई क़िस्से जुड़ गए थे। उनके अभ्युदय से पहले मिच्छन ठाकुर, लल्लू टालवाले, सतीश पंजाबी ने शहर की सत्ता बाँट रखी थी। गुलबिया टोला के चकलाघरों से वसूली से लेकर गोपाल गंज, माधो गंज के आढ़तियों से उगाही के पीछे ये सब जान दिए रहते थे। हर महीने एक-दो टपका दिया जाता। लेकिन संतन दादा की जीदारी ने सबको ध्वस्त कर दिया। दो बार गुंडा एक्ट लगने के कारण ज़िलाबदर हो चुके थे। बताते हैं ज़िलाबदरी के दौरान वो हरियाणा में एक ठाकुर विधायक के घर में रहते थे और आराम से कुछ धार्मिक साहित्य पढ़कर समय निकाल लेते। मौक़ा पाकर वो प्रेमचंद और शिवानी को भी पढ़ते।

उनका नाम माउजर पांडे पड़ने के पीछे कुछ जनश्रुतियाँ भी थीं। मसलन, उनके पास नग जड़ा माउजर है, जो छतरपुर के एक ज़मींदार धनंजय सिंह ने दिया था। बताते हैं कि यह वही माउजर था जिसकी खेप अंग्रेज़ों के समय जर्मनी से छिपाकर लाई गई थी। इन्हीं में से एक माउजर शहीद सिरमौर चंद्रशेखर आज़ाद के पास थी। इलाहाबाद के कंपनी बाग़ में इसी माउजर से आज़ाद ने अंग्रेज़ पुलिस से लोहा लिया था और आख़िरी

गोली कनपटी में मारकर शहीद हो गए थे। यह माउजर अंग्रेज़ अफ़सर नाट बावर अपने साथ इंग्लैंड ले गया था। बाद में भारत सरकार ने इसे मँगवाकर इलाहाबाद में कंपनी बाग़ के संग्रहालय में रखवाया।

इस माउजर ने तो वाक़ई संतन दादा की महिमा बढ़ा रखी थी।

अब तो मेरे सपनों में भी संतन दादा आने लगे थे। एक बार देखा... विधानसभा चुनाव में संतन दादा मेरे पिताजी के चुनाव प्रचार में लग गए हैं। मैं उनकी बुलेट पर पीछे बैठकर आगे-आगे जा रहा हूँ। संतन दादा के उद्दंड चेले नारे लगा रहे हैं, "वीरेश्वर हारेंगे तो पिछवाड़े पर गोली मारेंगे!" पिताजी मना कर रहे हैं ऐसा करने को, और संतन दादा लौंडों को डाँटकर चुप करा रहे हैं।

एक दिन डरते-डरते मैंने पिताजी से पूछा, "आप संतन दादा से मिले हो कभी?"

वो सुनकर भड़क गए, "अबे पगला गए हो। हम उससे मिलेंगे! लौंडा है हमारे सामने!"

आगे पूछने की हिम्मत ही नहीं हुई। समझ नहीं आया, क्यों ऐसा कह रहे हैं। संतन दादा की हस्ती के बारे में तो पूरा शहर जानता है।

फिर वो ख़ुद बताने लगे, "संतन का बाप छइयादीन पांडे यहीं गोल चौराहे वाले मंदिर का पुजारी था। उसकी छोटी बेटी एक नमकीन वाले सिंधी लड़के टेनी लखानी के साथ भाग गई थी। इसी बात पर संतन ने लौंडे का मर्डर कर दिया।"

बात यह थी कि संतन उस समय डीएवी कॉलेज में हिंदी से एमए करने के साथ छोटी-मोटी नेतागिरी कर रहा था। बहन वाले कांड पर उसके ठाकुर दोस्तों ने बड़ा तिनगाया। संतन का जीना हराम हो गया। अपने दोस्त लल्ला निषाद से उसने पान पराग के डिब्बे में बम बनवाया और सुभाष चौराहे के पास सिगरेट पीने निकले टेनी को बम से उड़ा दिया था। काफ़ी दिन फ़रार रहा। जेल में रहा। बाद में टेनी के घरवाले अपनी तीन जवान

लड़कियों को लेकर राजनांदगाँव चले गए। संतन के ख़िलाफ़ गवाह मिले ही नहीं तो केस ख़त्म हो गया। इसके बाद उसकी लह गई शहर में। लेकिन पुलिसवालों को खिलाने के चक्कर में पाँच बीघा खेत बिक गए।

पिताजी की बात से लगा कि संतन दादा के नायकत्व से उन्हें रत्ती भर लगाव नहीं है। मैंने डरते-डरते कहा, "उनके पास माउजर है, जर्मन माउजर।"

"माउजर नहीं, घंटा... मुहर लगी है क्या उसमें?"

"नहीं, लोग कहते हैं, उनके पास माउजर है, वही चंद्रशेखर आज़ाद वाला।" मैं अपने गहन भरोसे पर क़ायम था।

अब वो तर्कशील हो चले थे, "देखो मुन्ना, ये गपोड़ियों के चक्कर में मत पड़ो। अपने पास प्वॉइंट टूटू की पिस्टल देखी है, चुहिया की लेंड़ी जैसी गोलियाँ लगती हैं इसमें। यह बर्मिंघम की बनी है। देखो इसमें लिखा है बाक़ायदा। यह अंग्रेज़ अफ़सर ने तुम्हारे बाबा नंबरदार महादेव प्रसाद त्रिवेदी को दी थी। पर हम इसको लेकर बाहर नहीं निकल सकते। आर्म्स एक्ट लग जाएगा, साला नया पंगा। इसलिए माउजर पांडे-फांडे बकलोली वाली बात है। आजकल बाज़ार में माउजर से बढ़िया-बढ़िया सामान आ गए हैं। एके-47 के ज़माने में कौन पूछता है माउजर को!"

पिताजी मेरे उत्साह को भंग करने में लगे थे। पर अंदर-ही-अंदर मुझे इस बात से थोड़ी ख़ुशी थी कि वो अपनी हैसियत को माउजर पांडे से बड़ी मानते थे।

लेकिन मुझे माउजर पांडे की ज़रूरत जल्दी पड़ गई। असल में कॉलेज में मेरी उपस्थिति कम होने के कारण गरम-मिज़ाज प्रिंसिपल नंदलाल सक्सेना ने मेरा प्रवेश-पत्र रोक लिया था। क्लास टीचर दयाशंकर यादव से कहलवा दिया, "लड़के से कहो कि अपने पिताजी को कॉलेज लेकर आओ, फिर बात करेंगे।"

मेरे लिए यह बड़ी ऑफ़त थी कि क्योंकि पिताजी को सब कुछ बर्दाश्त

था, पर पीटीएम और प्रिंसिपल के सामने जाने जैसी बात पर उनके जूते निकल पड़ते थे। मैंने शंकर को अपनी मुसीबत बताई तो उसने रास्ता बताया कि संतन दादा दो मिनट में प्रवेश-पत्र दिलवा देंगे। राज भी उसने बता दिया, "सक्सेना का लौंडा भाग्यपुरम की एक ठाकुर लड़की भगाकर ले गया गया था। ठाकुरों ने प्रिंसिपल और उसकी बीवी सहित पूरे घरवालों की पिटाई की। केस संतन दादा की इजलास में आया। सक्सेना ने कहा–'महाराज आप ही कुछ कर सकते हैं। जो ख़र्चा होगा, करेंगे।' फिर क्या, संतन दादा की सफ़ेद बुलेट पर बैठकर वह लड़की के घर गया। पहले तो ठाकुरों ने आदतन बंदूक़ चमकाने की कोशिश की, मगर माउजर पांडे का जाहो-जलाल ऐसा था कि सब नतमस्तक हो गए। लड़की के मायूस राजपूत बाप ने कहा–'बाम्हन देवता तुम काहे कूद गए बीच में! इंसाफ़ करने तो आ गए, पहले यह बताओ कि हमारे कुल में अब लड़की कौन ब्याहेगा ? चिरकुट कायस्थों के छोटे कुल में कभी लड़की नहीं दी हमने। लड़की को तो हम जिंदा नहीं छोड़ेंगे। हमारी शान में बट्टा लगा है।'"

माउजर पांडे को अपना वक़्त याद आ गया जब इसी बात पर सिंधी लड़के टेनी को बम से उड़ा दिया था।

लेकिन आज तो वह मुंसिफ़ की भूमिका में थे। कन्यापक्ष को शांत किया और लोहियावादी शैली में बताया कि अब जाति की संकीर्णता का ज़माना चला गया। फिर कायस्थ नीचे कुल के कैसे हुए। उन्होंने स्वामी विवेकानंद से लेकर जयप्रकाश नारायण और महेश योगी तक के नाम गिना दिए। ग़ज़ब कर दिया संतन दादा ने। ठाकुर का मन बदल गया और सक्सेना ने भी अपनी बेइज़्ज़ती झाड़ दी। आर्यसमाज मंदिर में चंद मेहमानों के बीच नंदलाल सक्सेना के बेटे कपिल सक्सेना और उदयभान सिंह कछवाहा की बेटी उत्तरा कछवाहा का विवाह संपन्न हो गया। न कोई दंगा हुआ, न किसी का कुल डूबा।

इतने बड़े अहसान के बाद संतन दादा की बात भला सक्सेना क्यों न

मानता! फिर संतन दादा के धकधकाते चेतक पर सवार हुआ मैं। सड़क पर दौड़ते चेतक पर हर राहगीर की नज़र थी। संतन दादा के लिए अभी हेलमेट का क़ानून नहीं बना था, इसलिए उनकी लहराती जुल्फ़ें विजय अभियान पर निकले सुघढ़ रणनाहर की झलक दिखा रही थीं। मैं भी अपने को शहर के किसी युवराज से कम नहीं समझ रहा था। मैंने यह अंदाज़ भी लगा लिया था कि संतन दादा ने कमर में खुंसे रहने वाले माउजर को डोरी के साथ बाँधकर पहन रखा है।

कॉलेज में सक्सेनाजी से मिलना आसान काम नहीं था। पर संतन दादा का नाम सुनकर तो उसने दफ़्तर की कुर्सियाँ ख़ाली करवा लीं। मेरी तरफ़ तो उनका ध्यान ही नहीं था। फटाफट घंटी बजी। पानी आया। दो मिनट में चाय-बिस्किट आ गए। अभी तक प्रयोजन सामने नहीं आया था। सक्सेना पूछता, इससे पहले ही दादा ने केस सामने रख दिया और ज़ोर देकर कहा, "अपने घर का लड़का है। ये प्रवेश-पत्र रोकने वाला धंधा बंद कर दो लालाराम जी।"

खिसियाए हुए सक्सेना ने ही-ही करते हुए कहा, "लड़के ने आपका नाम तो बताया ही नहीं। महाराज आप फ़ोन ही कर देते... काहे को टाइम वेस्ट किया!"

पहली बार मैंने अपने माफ़िया का जलवा देखा। मेरा प्रवेश-पत्र मिल गया, मगर इस शर्त के साथ कि साठ परसेंट नंबर लाकर दिखाने होंगे। शर्त विकट थी। लेकिन मैंने स्वीकार की और संतन दादा की लाज भी रख ली। लेकिन मैंने अपने पिताजी को कभी नहीं बताया कि संतन दादा ना होते तो बारहवीं में मुझे एक साल और घिसटना पड़ता।

संतन दादा की लाज रखने के लिए मैंने दिन-रात एक कर दिया और बासठ परसेंट नंबर लाकर दिखाए। पास होने के बाद दादा के कहने पर मिठाई का डिब्बा लेकर सक्सेना के घर गया तो मेरा आत्मविश्वास ही कुछ और था। प्रिंसिपल साहब बड़ी इज़्ज़त से पेश आए। बाक़ायदा, बीए

में पढ़ रही अपनी लड़की से मिलवाया। मगर पूरी अकड़ के साथ बोल गए, "वैसे तो यह सब मुझे पसंद नहीं, लेकिन संतन दादा ने भेजा है, इसलिए रखे लेता हूँ।"

इस दूसरी भेंट का असर यह हुआ कि उन्होंने आईआईटी की तैयारी के लिए कुछ बातें बताईं। साथ ही सावधान किया कि कोटा-दिल्ली जाने के चक्कर में मत पड़ना। घर से ही अच्छी पढ़ाई हो सकती है। अच्छे नंबर आने के बाद माफ़िया जगत में मेरी रुचि घटने लगी थी।

इसके बावजूद संतन दादा के प्रति मेरी श्रद्धा बढ़ती जा रही थी। लेकिन मैंने ग़ौर किया कि इज़्ज़तदार घरों के लड़के को बरबाद करने से वो परहेज रखते थे। ज़्यादातर कालीबाड़ी व्यायामशाला के लड़कों को ही वो काम के लायक़ समझते थे। उनका कोड वर्ड था–कीला ठोंकना। हॉकी-चेन से किसी की तुड़ाई, मोटे दुकानदार से वसूली के लिए कीला ठोंकू टीम बनती थी। अहीराने के लड़के सक्रिय भागीदारी के लिए तैयार रहते थे। उनकी देखादेखी दूसरी बिरादरी भी आने लगीं। कुर्मी-काछी, खटिक, तुरुक सबको सम्मान था।

बस महाराज का एक ही क़ानून था कि जिसको दारूबाज़ी-मुर्ग़बाज़ी-लौंडियाबाज़ी करनी हो अपने घर में करे। और संतन दादा का कहीं नाम लिया तो चौराहे पर जुतिहाव होगा। चेले भी अपने नियम के पक्के थे। उन्होंने कस्टम के केस देखने वाले रामनारायण वकील के ख़ाली प्लॉट में बनी चौकीदार की मड़इया में अपना डेरा बना रखा था। वहीं टैक्सी टाइप की लड़की लाकर शाम रंगीन हो जाती। शिकायत होने पर जब कभी चौराहे का सिपाही आ जाता तो दारू के दो कुल्ला उसे लगवाकर शांत कर देते और विनती कर लेते कि संतन दादा तक बात ना पहुँचे।

ज़ाहिर है, संतन दादा के पास सब कुछ था। सफ़ेद बुलेट, ऐतिहासिक माउजर, शानदार चरेर जिस्म, जिसके आगे सारे बदमाश, लफंगे दीन-हीन

थे। न जाने कितनी लड़कियों ने जीभर के उनकी वीर छवि को देखकर आहें भरी होंगी। उन्होंने बाक़ी चितवन से संतन दादा को निहारकर न्योता भी। मगर ये ऐसे भृगुवंशी दादा थे कि प्रीत की रीत छू तक नहीं गई।

एक-दो चेले मज़ाक़ भी उड़ाते कि– अच्छा मान लो कउनो लौंडिया अपने महाराज से फँस गई तो क्या हो सकता है? वह कंधे से चिपकते हुए कहेगी– ऊपर देखो राजा चाँद कित्ता सुंदर लग रहा है। हमरे महाराज कहेंगे– एक मिनट महारानी जी, पहले ये प्याज वाला गंधैला मुँह धोकर आओ और तीन फ़ुट की दूरी से बात करो। चाँद-फाँद को मारो गोली, बाप से कहो, बढ़िया लौंडा ढूँढ़कर बियाह दो। हम कोई इत्ते बड़े धरमेंदर नहीं हैं, जो मरे जा रही हो!

और इस दृश्य वर्णन पर चेले हँस पड़ते। साथ ही कहते, "क्या कॉम्बिनेशन है महाराज का... काम ठाकुरों-जाटों वाले, संस्कार पंडितों जैसे।" छुटके बदमाशों को शायद लगता था कि कहीं महाराज ओवरएज ना हो जाएँ।

लड़के फ़िक्रमंद थे कि माउजर पांडे की कुंडली में किस लड़की का जोग लिखा है। पर संतन दादा का सोचना कुछ अलग था। उनके पास भी रिश्ते आते थे। पर ये स्वार्थ वाले रिश्ते ज़्यादा होते थे। सब बाहुबली दामाद चाहते थे, पर उन्हें लड़की के भविष्य से कोई लेना-देना नहीं था। संतन दादा का मानना था कि उनकी ज़िंदगी तो तलवार की धार पर चल रही है। कब कौन सनसनाती गोली ज़िंदगी का फ़ैसला कर दे। नेता बन नहीं सकते थे। भाजपा में संभावना थी, मगर इलाक़े के कुर्मी सांसद महोदय बाभन बाहुबलियों को ज़्यादा घास नहीं डालते थे।

हालाँकि यह विषय भी दिलचस्पी का था कि क्या संतन दादा के परिवार में ऐसे ही दबंग लोग हैं। पर ऐसा कुछ नहीं था। बड़े भाई का फ़र्ज़ निभाकर दो बहनों की शादी उन्होंने एक ही परिवार के दो चचेरे भाइयों में कर दी थी। लड़के वालों की दीक्षित बस सर्विस का अच्छा नाम था इलाक़े

में। धनपशु किसिम के बहनोइयों को फ़ायदा यह हुआ कि संतन दादा का नाम जुड़ने के कारण कोई इन बस वालों से वसूली नहीं कर पाता था। घर में मतलब भर की माया आ गई थी, इसलिए पिताजी पुजारीगिरी छोड़कर घर में पत्नी के साथ ताश खेलते रहते थे। छोटा भाई ऋषिदेव पांडे एमए करने के बाद नौकरी और छोकरी की जुगाड़ में था। पड़ोस के अग्रवाल साहब की लड़की के चक्कर में वह टेली सीख रहा था। लेकिन संतन दादा का कहना था कि टेली-फेली में क्या धरा है। बिजनेस का मन बनाओ तो पैसा लगा दिया जाए। अभी तो घर में दो गायें पली थीं, जिनकी सेवा में वह लगा रहता और दूध पीकर शरीर बना रहा था। वह दिन भर शीशे में अपने बाल देखता और अमिताभ बच्चन की नकल करता। अच्छी बात यह थी कि उसे माउजर पांडे का भाई कहलाने में कोई फ़ख्र नहीं। बल्कि कई बार भुनभुनाकर कहता, "रंगबाज भइया के चक्कर में मोहल्ले की ठीक-ठाक लौंडिया बिदकी रहती हैं। कोई भला आदमी घर में बुलाने से बचता है!"

फ़ायदा बस यही था कि आस-पास की पान की दुकानें, चायवाले उससे पैसा नहीं माँगते। वह देने लगता तो कहते, "अरे मरवाओगे क्या! महाराज की किरपा से काम चल रहा है।"

असल में संतन दादा की वजह से पुलिसवाले, नगर निगम वाले वसूली करने से बचते थे। ऋषि मना रहा था कि भाई की शादी हो तो उसका भी रास्ता खुले। पर संतन दादा की शादी भी इतना सरल काम थोड़ी था। अगर जन्नत में उनकी शादी तय हो चुकी थी तो ज़मीन पर फलीभूत होना बाक़ी था। और यह शादी का मामला भी दिलचस्प था और कई बाधाओं को पार करता अंजाम को प्राप्त हुआ। बहुतों की मनौतियाँ काम आईं।

हुआ यह कि भोजपुरी फ़िल्मों की रेखा कही जाने वाली कँटीली अभिनेत्री सुमेधा प्रसाद ने शहर के बाहर जोगी विहार में तीन एकड़ में एक आलीशान फ़ार्म हाउस बना रखा था। यहाँ वीआईपी जलसे होते थे। लेकिन कुछ दिन पहले गुलशन बग्गा नाम के एक बिल्डर ने अपना दफ़्तर

खोलकर प्रापर्टी डीलर का काम शुरू कर दिया। लोगों की लफंगई से तंग आकर अभिनेत्री के माँ-बाप अपनी जगह छोड़कर पटना चले गए। सुमेधा ने पुलिस में रपट की तो उन्होंने हाथ खड़े कर दिए और कहा, "बग्गा के पीछे पूरी पंजाबी बिल्डरों और प्रापर्टी वालों की लॉबी है। दिल्ली तक उसकी पहुँच है। नेताओं को फ़्लॉप हीरोइनें सप्लाई करता है।" साथ ही पुलिस ने रास्ता दिखा दिया कि माल ख़र्च करो, संतन दादा बग्गा का बैंड बजाकर जगह ख़ाली करवा देंगे।

सुमेधा का बंगाली सेक्रेट्री बिपुल दास नाम पूछता-पूछता संतन दादा के ठिकाने पहुँचा तो देखा, आजकल घर में महामृत्युंजय का जाप चल रहा है। ख़ैर, उसे टाइम देकर भेज दिया गया। कहा गया कि मैडम को डायरेक्ट भेजो।

सौदा तय हुआ कि फ़ार्म हाउस ख़ाली कराने के बदले सुमेधा प्रसाद बग्गा का दफ़्तर संतन दादा को सौंप देगी। एक्शन में सिर्फ़ दो दिन लगे। पहले दिन बग्गा के आदमियों की करीं तुड़ाई हुई। दूसरे दिन बग्गा की महँगी ऑडी पर तेल छिड़ककर दो घंटे की मोहलत दी गई। संतन दादा अपना माउजर लिए, आँख पर चश्मा लगाए सुमेधा के साथ राजसी रंग में आराम कुर्सी पर बैठे थे। बग्गा ने लेड़ीबाज़ कुकुर की तरह जाते-जाते इतना ही कहा, "महाराज एक बार बता तो देते कि दिल दा मामला हैगा। असी अंडरएस्टीमेट कर गए!"

संतन दादा ने दहाड़कर कहा, "अबे पंजाबड़े क्या बकचोदी करता है, यहीं दनदना दूँगा।"

पर सुमेधा को बग्गा की यह कयासी लाइन बुरी नहीं लगी, बल्कि नशा आ गया। उसने संतन दादा उर्फ़ माउजर पांडे को शांत करते हुए, बल्कि अपना नरम हाथ उसकी गरम कलाई पर रखते हुए कहा, "छोड़िए न, काहे को पगलैटी सुन रहे हैं।"

इस बात पर बड़ी जान थी। संतन दादा ने सजल नैनों से पहली बार

किसी सुंदरी को इतने क़रीब से देखा। गोरे, भरे चेहरे की कजरारी आँखों में किसी को बसा लेने की तमन्ना कुलबुला रही थी।

उसने जाते-जाते फ़ार्म हाउस में बने फ़्लैट की चाभी भी संतन दादा के हवाले कर दी। हीरोइन ने फ़ार्म हाउस बड़ी तबीयत से बनाया था। लेकिन यह राज समझ में किसी के नहीं आया कि भोजपुरी फ़िल्मों और थर्ड ग्रेड की हिंदी फ़िल्मों में काम करने वाली सुमेधा ने पटना से सैकड़ों किलोमीटर दूर दूसरे प्रदेश के इस एकांत इलाक़े में फ़ार्म हाउस क्यों बनवाया।

मामला यह था कि सुमेधा के एक नहीं कई दीवाने थे। भोजपुरी फ़िल्मों में उसे राजद का एक यादव नेता हैदराबाद से लेकर आया था। अहसान चुकाने के लिए वह कई बार उनके साथ रमण-भ्रमण पर नैनीताल और पंचमढ़ी गई। फिर चार लड़कों के बाप नेताजी ने प्रस्ताव रखा, "आप एकदम्मे हमारी हो जाओ। एक शानदार फ़ार्म हाउस बनवा देते हैं। इधर-उधर जाने की बजाय यहीं आराम फ़रमाया करेंगे!"

तो इस तरह अत्याधुनिक मयखाने को समाहित किए यह शानदार फ़ार्म हाउस बना। महीने में दो-चार बार नेताजी विशाल भुजंग गाड़ी यहीं खड़ी दिखती। वो तो बाक़ायदा सुमेधा को एक बच्चा देना चाहते थे। कहते थे, "एक सुंदर निशानी आपसे चाहिए सुमेधा जी। एकदम सीक्रेट रहेगा।" लेकिन वह हर बार बहाना कर जाती, "दो-चार साल रुक जाइए। थोथिया जाऊँगी तो कोई काम भी नहीं देगा।"

नेताजी रुके ही रह गए और एक दिन मोतिहारी के पास उनकी गाड़ी ट्रक भिड़कर ध्वस्त हो गई। सुमेधा को उनके मरने की ख़बर तब लगी, जब वह फ़ार्म हाउस में साजन फ़िल्म्स की यूनिट लेकर आई हुई थी।

तब से वह तनहा थी। यह ज़रूर हुआ कि यह फ़ार्म हाउस पूरी तरह उसका हो गया। नेताजी काफ़ी नगदी और सोना उसके पास छोड़ गए थे। कहा तो यह भी गया कि नेताजी बिहार के एक प्रख्यात घोटाले का पैसा

यहाँ लगा गए। वह चाहकर भी उनकी बीवी और बच्चों को यह बता नहीं सकती थी, क्योंकि उसके और नेताजी के रिश्ते एकदम पोशीदा थे। सब छिपाने के लिए ही तो यादव जी ने यहाँ फ़ार्म हाउस बनवाया था। नेताजी की पत्नी को वह आंटी कहती थी और बच्चे उसके पाँव छूते थे।

इस हादसे के बाद वह छह माह तक फ़ार्म हाउस नहीं आई थी। माँ-बाप और एक नौकर को छोड़ रखा था। इसी का फ़ायदा बग्गा ने उठा लिया। ख़ैर यह संकट जाता रहा। यह अब संतन दादा के हवाले था। सुमेधा पटना से आती तो फ़ार्म हाउस की चाभी उसके हवाले हो जाती और संतन दादा संत भाव दिखाकर निकल जाते। वह मन मसोसकर रह जाती... कैसा निर्मोही अखाड़े वाला है! कंचन-सी काया और शेर जैसा कलेजा लेकर दिल मेमने जैसा रखे है। इतना भी नहीं समझता कि इत्ती दूर से अकेले क्यों आई हूँ।

असल में बिंदास हीरोइन की पैसे की चाहत ख़त्म हो गई थी। दिल में एक ही हसरत थी कि कोई दिल में बसाकर बावली बना दे। पर संतन दादा से कुछ कहने की हिम्मत ही नहीं होती थी। सोचती, पता नहीं कौन-सी शपथ लिए है दिलजला।

दोनों के बीच इतनी दूरी के बाद भी यह बात हवा में तैर गई कि प्रेमद्रोही माउजर पांडे बिहार की किसी हीरोइन के दामनगीर बन गए हैं। लेकिन साथ ही लोग आश्वस्त थे कि हमारे संतन दादा वह गुड़ नहीं थे, जिसमें आसानी से चींटा लग जाए।

वो बातें भी बड़ी अजीब करते। जैसे बारिश होने पर सुमेधा कहती, "पांडेजी कितना बढ़िया मौसम हो रहा है। सब तरफ़ हरियाली ही हरियाली!"

संतन दादा इस रुमानी अभिव्यंजना का स्वागत करने की बजाय कहते, "बेचारे रेहड़ी सब्ज़ी वालों का सारा धंधा चौपट हो गया।"

वह कहती, "आप घर क्यों नहीं बसाते?"

तो ये महाशय फ़रमाते, "आप हमारी आज़ादी से चिढ़ती हो?"

और बात नतीजे तक पहुँचने के पहले ही ख़त्म हो जाती। सुमेधा फिर पटना लौट जाती। माउजर पांडे को यह कहकर जाती कि विश्वामित्र महाराज एक ना एक दिन तो आपकी तपस्या जबरन तोड़नी पड़ेगी।

शहर में अब भी सत्ता संतन दादा की थी। लेकिन बदलते माहौल में अब वो शराफ़त भरे कामों में प्रवेश कर रहे थे। एक महंत समर्थक ठाकुर लॉबी को मात देने के लिए अंग्रेज़ी शराब का ठेका लेने वाले जायसवालों के सिंडीकेट ने इस बार नीलामी के दौरान माउजर पांडे को आगे कर दिया। पंडित वाइंस के नाम से ठेके मिल गए। लोगों ने ताने मारे कि क्या महाराज कलारों के धंधे में कूद गए तो उनका जवाब हाज़िर था, "शंकर दयाल शर्मा के दामाद दारू का धंधा कर सकते हैं, हम नहीं, यह क्या बात हुई!"

इस तरह संतन दादा कारोबारी हो गए। सारे ठेकों की प्रशासनिक व्यवस्था उनके हाई स्कूल पास अहीर-कुर्मी चेलों ने सँभाल ली। मौक़ा पाकर मुँहलगे चेलों ने कहा, "महाराज बुलेट-सुलेट बहुत हो गई, अब प्रोग्रेस होनी चाहिए।"

प्रस्ताव पर अमल शुरू हो गया और हिंदू नव वर्ष के पहले दिन वीआईपी नंबर वाली सफ़ेद टवेरा आकर खड़ी हो गई। सफ़ेद बुलेट को भावभीनी विदाई देकर संतन दादा ने अपने छोटे भाई के हवाले कर दिया। हिदायत के साथ, "बउवा इसकी सर्विसिंग टाइम पर करवाना, ज़ाहिद ऑटो सर्विस में।"

संतन दादा ने याद किया वह दिन जब इलाहाबाद में फ़ौजी नीलामी से वो यह बुलेट लेकर आए थे। ज़ाहिद को उसकी सज्जा का ज़िम्मा मिला। सफ़ेद पेंट उसी ने किया था। वह रंग आज भी क़ायम था।

बहरहाल नए कारोबार का असर यह हुआ कि संतन दादा सफ़ेद सफ़ारी सूट में आ गए। वन विभाग की ग्रीन बेल्ट में जगह झटककर एक

साईं मंदिर का निर्माण शुरू करवा दिया और मोहल्ले के एक पार्क में अपनी अम्मा मिथिला देवी की याद में वाटर कूलर, बेंच और झूले लगवा दिए। यह उनका समाजसेवी रूप सामने आ रहा था। शहर में सर्वजाति युवक-युवती परिचय सम्मेलन शुरू करवाया तो लखनऊ से मायावती ने उन्हें बधाई संदेश भेजा। दैनिक जागरण और भास्कर में कभी-कभी उनकी फ़ोटो छपने लगी। कैप्शन में नाम होता था– जाने-माने समाजसेवी और युवा उद्यमी संतकुमार पांडे।

इतना सब होने के बाद भी सुमेधा प्रसाद की इश्क़ियानी दरख़ास्त पर उनकी नज़र नहीं जा रही थी। महीने में एक बार वह ज़रूर आती। इधर भोजपुरी फ़िल्मों में लोटालाटी करने वाली नई लड़कियों की एंट्री ने उसका भाव हल्का कर रखा था। एक दिन माल-मत्ता समेटकर वह अपने फ़ार्म हाउस में आ गई और सुमेधा फ़िल्म्स के नाम से छोटी कंपनी खोल ली।

असल में कंपनी तो एक बहाना था। वह संतन दादा के बिना रह नहीं सकती थी। सुमेधा ने बाँकी हँसी के साथ यहाँ तक कहा कि ब्याहता ना सही, एडहॉक सखी बनाकर रख लो। और एक दिन सुहाने मौसम में जब जिनके दो घूँट ज़्यादा हो गए तो वह संतन दादा के पाँवों में लोट गई, "पांडेजी, हमें साथ नहीं रख सकते तो संखिया चटाकर मार दो। किस माटी के बने हो आप!"

शहर भर को दहशतिया देने वाले संतन दादा उर्फ़ माउजर पांडे का पाला पहली बार ऐसे विकट दुश्मन से पड़ा था, जो प्यारा और हसीन दोस्त भी था। बोले, "ठीक है हम कल अपनी कुंडली देखेंगे। अम्मा कहती थीं कि हमारी कुंडली में अल्पायु का बुरा जोग है। इसलिए डर लगता है कि असमय कोई अपनी चूड़ियाँ तोड़े।"

"ओ तेरे की!" ज़ोर से वह हँसी, "क्या पांडे महाराज ढपोरसंखी बात पर अड़े हो। चलो, अपने फ़ैमिली पंडित श्रीमालीजी से आपकी नई

कुंडली बना देते हैं, सौ साल वाली। एक बढ़िया जाप करवाते हैं काशी में... सारे अलप कट जाएँगे।" कहकर उसने संतन दादा की सख़्त बाँहें खींचकर अपने गले में डाल लीं। इस खुमार में भी उसे यह पंक्ति याद थी– लाभ-हानि, जीवन-मरण, यश-अपयश विधि हाथ...

सुमेधा जड़वत बैठे संतन दादा की नासेह बन गई, "महोदय, अल्पायु योग का मतलब होता है दस-पंद्रह साल... बत्तीस साल की उम्र में अल्पायु की चिंता कैसी! मेरी धन-दौलत, यह तन-बदन सब आपका है और आप बेमुरव्वती की हद किए हो। तुम्हारी क़सम, कोई और होता तो बिछ जाता। इतने बेपीर मत बनो, तुम्हारी क़सम अब तुम्हारे बिना जी नहीं सकते। ज़्यादा करोगे तो यह फ़ार्म हाउस काशी की राँड़ों को दान कर हम ऋषिकेश में बस जाएँगे।"

सचमुच संतन दादा पतिया गए। कहने लगे, "अबे, यह तिरिया चरित्तर छोड़ दो। तुम तो साला सरेस की तरह चिपककर बैठ गई हमारी ज़िंदगी में!"

सुमेधा ने पूरा संयम दिखाते हुए धीरे से उनके चिकने हाथ को चूम लिया, बेआवाज़ चुंबन!

फिर संतन दादा ने अपनी कुंडली नहीं तलाशी।

दूसरे दिन सुमेधा ने फ़िल्म कंपनी वाला अपना साइन बोर्ड भी हटा लिया।

विकास की नई दौड़ में शहर में बदमाशी की दुनिया में भी आमूलचूल परिवर्तन हो रहा था। एनकाउंटर से बचने के लिए बदमाश अपनी-अपनी बिरादरी को सूट करने वाली पार्टियाँ पकड़ रहे थे। बच्चों को देहरादून और बंगलौर में पढ़ा रहे थे। नए मुख्यमंत्री ओबीसी बिरादरी के थे। डीजीपी ठाकुर और गृहसचिव ब्राह्मण। इस तिकड़ी ने तीन महीने में बचे हुए बदमाश ठिकाने लगवा दिए।

संतन दादा मोटा चंदा देकर सरकार समर्थक व्यापार मंडल के अध्यक्ष बन गए। लेकिन अब वो संत-सुमेधा मैसर्स वाले संतकुमार पांडे थे। सरकार के एक साल पूरे होने पर जो समारोह किया गया, उसमें जो रत्न चुने गए, उनमें एक नाम संतन दादा का भी था। पहली बार वो किसी समारोह में सुमेधा प्रसाद को अपने साथ ले गए और सार्वजनिक तौर पर सबसे मिलाते रहे, "ये हमारी धर्मपत्नी हैं सुमेधा पांडे प्रसाद।" यह धर्मपत्नी शब्द सुनकर सुमेधा को पहली बार लगा कि उसने जग जीत लिया है।

वैसे ऐसा कम ही होता है कि बदमाशों के जीवन पर कोई कहानी लिखी जाए और उसे सुखद मोड़ पर लाकर ख़त्म कर दिया जाए।

पर हम क्या कर सकते हैं! हम वही बताएँगे जो हक़ीक़त है। संतन दादा यानी माउजर पांडे हमारी किशोरावस्था के नायक थे। पढ़-लिखकर जब हम आईआईटियन बन गए तो लगने लगा कि वह नशीला नायकत्व समय के साथ ही काफ़ूर हो गया है। मुंबई की एक बड़ी कंपनी ज्वॉइन करने के बाद मैं जब पहली बार दिवाली पर घर आया तो पिताजी ने ख़ुद ही कहा, "अपने पांडेजी से भी मिल लेना टाइम निकालकर।"

"कौन से अपने पांडेजी?" मैं चौंका।

"अरे तुम्हारे माउजर पांडे। अरे भाई अब तो मढ़ी है उनकी। नगर रत्न बन गए हैं। ससुरा मुख्यमंत्री हमें तो कहता है कि एप्वॉइंटमेंट लेकर आइएगा, और पांडे के फ़ार्म हाउस में साली की सालगिरह मनवाता है। बीयर पीकर ठुमकता है। वाह रे, पुरुष का भाग्य!"

मैं सुन रहा था। उनकी कातरता और खीझ भी समझ रहा था, क्योंकि वो अब भी पार्टी के ज़िलाध्यक्ष ही रह गए थे। तसल्ली के लिए खादी ग्रामोद्योग से जोड़ दिया गया था।

मैंने भरोसे के साथ कहा, "कहिए तो उन्हें घर बुलाता हूँ। आपको